Ruth Edelmann-Amrhein

THEODORA UND DER ENGEL DES TODES

Ein Schwabenkrimi

Oertel+Spörer

Für Werner

PROLOG

5 Jahre vorher

Am zweiten August, einem Sonntag, schien die Sonne. Sie erwachte beim Klang der Kirchenglocken, den der Wind zu ihr herübertrug. Vermutlich hatten auch an diesem Morgen die Vögel gesungen, ein kühler Hauch hatte die Zweige des Kirschbaumes vor ihrem Fenster bewegt, und der dicke fremde Kater war auf seinem Heimweg durch den großen verwilderten Garten gestreift. Frieden lag über dem jungen Tag. Beim Versuch sich aufzurichten schmerzte ihr Rücken. Vor Erschöpfung hatte sie sich gestern am späten Abend, nachdem sie von der Klinik nach Hause gekommen war, auf das Bett geworfen und war sofort eingeschlafen. Seit sechs Wochen wachte und betete sie, doch es bestand keine Hoffnung mehr, dies hatten ihr die Ärzte gestern schonungslos mitgeteilt. Sie öffnete die Augen, deren Wimpern vom vielen Weinen verklebt waren.

Langsam erhob sie sich und ging ins Bad. Sie trug noch immer die Kleidung von gestern, die bequeme rote Hose und ein weites blaues T-Shirt. Beides schien durchdrungen vom Geruch des Äthers, der Desinfektionsmittel und der über allem stehenden Angst. Als könnte sie sich davon befreien, schälte sie sich die Klamotten vom Leib. Sie sehnte sich nach einer heißen Dusche, nach dem herbsüßen Duft der Wildrosenseife überall auf ihrer Haut. Mit steifen Gliedern stieg sie in die Wanne und zog den Duschvorhang zu. Das Wasser prasselte auf ihren schmerzenden Rücken, als das Telefon zum ersten Mal klingelte. Sie zuckte zusammen, Panik erfasste sie. Sie schloss die Augen, wartete, bis das Telefon verhallte, ließ einen letzten Schauer über sich gleiten und stieg schließlich aus der Wanne, um sich abzutrocknen.

Eine viertel Stunde später stand sie am Fenster in der Küche. Beim Versuch den Kaffeebecher zum Mund zu führen zitterte ihre Hand. Sie stellte ihn ab und zündete sich eine Zigarette an. Gierig nahm sie den ersten Zug, da klingelte das Telefon erneut. In der Hoffnung, es möge auch diesmal verstummen, verharrte sie reglos. Sie wusste, wer der Anrufer war, wusste, dass er ihr mitteilen würde, was sie nicht ertragen konnte. Trotzdem nahm sie schließlich den Hörer ab. Aus der Ferne drang die Nachricht in ihr Bewusstsein. Es war vollbracht. Ihr Herz begann zu rasen, in ihren Ohren setzte ein Orkan ein, ihr Himmel verfinsterte sich. Sie ließ den Hörer fallen, griff sich in die Haare und riss, ohne es zu bemerken, ein Büschel heraus. Ziellos rannte sie durch die Wohnung, öffnete die Tür zur Terrasse und floh in den Garten auf die große Wiese hinter dem Haus. Wie gejagt hetzte sie bis zur verdorrten alten Brombeerhecke, von der sie früher gerne gemeinsam Beeren gepflückt hatten. Ihre Lungen brannten und sie rang nach Atem. Sie warf sich auf den Boden und krallte ihre Finger in die trockene Erde. Dann schrie sie, schrie ihren Schmerz und ihre Ohnmacht in den blauen wolkenlosen Sommerhimmel.

FREITAG, 2. AUGUST

Die Sonne schien. Ein Tag. Der Himmel wolkenlos. Sie hasste diese Tage. Sie wurden zu Feuer in ihrem Kopf. So viele Bilder mit der Sonne. So viele Worte, die nie wiederkommen würden. Sie hörte ihr Lachen, dort, am Bach, sah jeden Tropfen auf ihrer Haut. Sie spürte den Schmerz und kämpfte dagegen an. Angespannt versuchte sie, sich zusammenzureißen. Hier war der Koffer, dort war die Tür. Hatte sie auch alles. Sie suchte ihren Schlüssel. Hoffentlich traf sie niemanden im Aufzug. Nähe konnte sie keine ertragen. Menschen suchten immer Nähe. Die meisten jedenfalls. Sie nicht. Sie wollte niemandem mehr nah sein. Warum musste sie überhaupt raus heute. Wieso dieser Termin. Nur weil sie von etwas leben musste. Ärmlich, sehr ärmlich, dachte sie. Doch es ging nicht anders. Sie musste dahin. Ihre Arbeit machen. Auch wenn es ihr verdammt schwerfiel. 150 Meter bis zum Bus. Nur 150 Meter. Ein Rinnsal rann ihr den Rücken hinab, schon jetzt klebte der Stoff auf ihrer Haut. Schweiß tropfte über ihre Augenbraue, rann ins Lid, brannte. Sie blinzelte, war geblendet. Sie hatte ihre Sonnenbrille vergessen. Zurück konnte sie nicht mehr. Der Bus würde nicht warten. Den Fahrer kannte sie nicht. In ihren Ohren rauschte es. Es war nicht der Wind. Sie suchte nach ihrem Verbundausweis. Der Fahrer trommelte auf sein Lenkrad. Sie fand den Ausweis. Er warf einen Blick darauf, nickte kurz und sie ging durch. Auf der vorletzten Bank ließ sie sich nieder. Ihr Herz klopfte hart gegen ihre Brust. Er ließ den Motor an. Die Türen schlossen sich. Der Bus fuhr los. In 38 Minuten würde sie ihr Ziel erreicht haben. 38 Minuten, in denen sie zur Ruhe gekommen sein musste. Wie konntest du nur, ausgerechnet heute? Da war sie wieder, die Stimme. Wenn sie doch endlich verstummen würde. Eine Klammer legte sich um ihre Brust. Heute war der 2. August. Die Luft stand still. Die Klammer um ihre Brust wurde enger. Sie musste die Haltestellen nicht zählen, sie wusste, es waren noch fünf, dann würde sie aussteigen. Vor ihr auf dem Sitz hatte eine junge Mutter mit zwei kleinen Kindern Platz genommen. Der Junge saß auf ihrem Schoß. Das Mädchen kniete auf dem Sitz. Es starrte nach hinten. Zu ihr. Unentwegt. Das Mädchen trug lange Zöpfe. Blonde. Nächste Haltestelle: Bopser, sagte die Stimme, deren Gesicht sie auch nicht kannte. Endlich, der Bus hielt. Die Mutter zog das Mädchen vom Sitz. »Mama, warum guckt die Frau so böse?«, fragte es. Die Antwort der Mutter hörte sie nicht mehr. Noch immer war die Klammer da. Doch sie fühlte noch etwas, fühlte, wie es näherkam, Besitz von ihr ergriff. Sie fürchtete sich davor. Sie fürchtete sich vor der Wut. Sie griff in ihre Tasche. Sie brauchte eine dieser kleinen gelben Tabletten. Ihr Griff ging ins Leere. Sie hatte gewusst, dass sie heute etwas vergessen hatte. Das Rauschen wurde lauter. Gleich würde sie am Schlossplatz sein. In zwei Stunden war ihr Termin. Sie hatte noch genau zwei Stunden, um zur Ruhe zu kommen …

Wohnung Häberle Stuttgart, Schwabstraße, vormittags

»Nie hab ich mit meinem Mann Verdruss, nur wenn er Geld hergeben muss!« Kichernd nahm Karolina Häberle das längst vergilbte, bestickte Deckchen vom Nussbaum-Sideboard ihres Wohnzimmers.

»Die Zeiten sind zum Glück vorbei. Und des hat der so

mögen«, kopfschüttelnd trug sie es zum Fenster, um es bei Tageslicht genauer zu betrachten. »Vergilbt, alt und altbacken!«, stellte sie fest. »Fascht wie ich auch. Aber des wird jetzt anders, gell Gottlieb, jetzt wo du bei deiner Mutter im Himml bisch, jetzt isch alles gut!«

Vor einem viertel Jahr war Gottlieb ganz plötzlich im Alter von 84 Jahren verstorben. Dabei war er kerngesund gewesen, hatte nie getrunken, nie geraucht, überhaupt hatte er sehr enthaltsam gelebt, in jeder Hinsicht, was sie in jungen Jahren sehr traurig gemacht hatte. Es war ein Wunder gewesen, dass sie wenigstens einmal schwanger geworden war, mit Emilie, ihrer Tochter. Karolina seufzte, als ihr Blick auf die vielen Fotos fiel, die sie in Reih und Glied auf dem Sideboard angeordnet hatte. Fotos ihrer Emilie von der Einschulung bis zur Doktorfeier, von ihrer Hochzeit, bereits in den USA, wohin es sie nach dem Studium verschlagen hatte und Fotos ihrer Enkeltochter Leslie, die sie leider erst einmal in ihrem jungen Leben in Stuttgart besucht hatte. Verbittert blickte sie auf das Stück Stoff in ihrer Hand. Was ihr geblieben war, waren Gottlieb und ihre Schwiegermutter. Wenn sie es genau betrachtete, so hatte Gottlieb eigentlich immer nur für seine Mutter gelebt. Daran hatte sich auch nach deren Tod nichts geändert. Im Frühjahr war Gottlieb seiner Mutter nach einem Erstickungsanfall – er hatte sich an einer Gräte verschluckt –, ins Jenseits gefolgt. Karolina atmete tief durch. Eigentlich musste sie niemandem etwas vormachen. Sich selbst am allerwenigsten. Sie war erleichtert, dass der alte Kotzbrocken ihr das Leben nicht mehr schwer machte. Endlich konnte sie tun und lassen, was sie wollte. Sie konnte essen, worauf sie Appetit hatte, ohne darauf achten zu müssen, ob sie zu fettig oder zu süß aß. Sie konnte sich am Abend ein Glas Wein gönnen, in ganz seltenen Fällen auch mal zwei. Nein, es war gut so, wie es war. So Gott wollte, würde sie vielleicht weitere fünf oder zehn erfüllte Jahre haben. Sie war schließlich gesund, zumindest hatten die letzten Vorsorgeuntersuchungen nichts Besorgniserregendes ergeben. Und mit ihrem neuen, leichten Rollator aus Aluminium kam sie wunderbar zurecht. Vielleicht würde sie die eine oder andere Reise unternehmen können; keine Kaffeefahrten natürlich, sie dachte da eher an eine Reise an die Mosel oder den Rhein, vielleicht auch einmal nach Cornwall, dort wäre sie ihr Leben lang schon gerne einmal hingefahren. Noch immer hielt sie den alten Stofffetzen in Händen. Energisch trat sie auf den Treteimer in der Küche. Mit blechernem Scheppern öffnete sich der Deckel.

»Leb wohl, Schwiegermutter«, murmelte sie und warf das muffige, mit blauen Kreuzstichen beschriftete Deckchen in den Eimer. Sie blickte zur Uhr und erschrak. Es war bereits kurz nach elf. Wie immer am ersten Freitag des Monats traf sich die *Gemeinsam-statt-Einsam-Gruppe* im Gemeindehaus zum Kaffee. Heute allerdings erwartete sie zuvor einen Besuch der besonderen Art. Die würden Augen machen. Die würden sich sowieso bald alle wundern. Der Besuch, den sie heute erwartete, würde erst der Anfang sein. Heutzutage konnte man ja fast alles von zu Hause aus erledigen, darauf freute sie sich.

Um halb zwölf betrat sie die Bäckerei in der Schwabstraße. Ihre Augen glänzten, als sie die vielen bunten Kuchen und Torten in der Auslage betrachtete. Nie wieder würde Gottlieb ihr Vorhaltungen machen, wenn sie sich ein solches cremiges ungesundes Stück Torte gönnen würde. War das Leben nicht schön? Heute würde sie sogar zweimal Kaffee trinken. Zuerst zu Hause mit ihrem Besuch und später zusammen mit den anderen im Gemeindehaus. Etwas brummte in ihren Ohren.

»Herrgott, die Weffzga«, bruddelte die Verkäuferin. Jetzt

erst sah Karolina den brummenden Schwarm der Wespen, die um die Torten herum flogen. Auf einer Vanilleschnecke hatten sich gleich fünf der Viecher niedergelassen.

»Was derfs sein?«, fragte die Verkäuferin und schaute Karolina lächelnd an.

»Gebed Sie mir einen halben Hefezopf mit Rosinen, wie immer, und zwei Laugaweggla auch, bitte«, antwortete Karolina. Sie zog einen Stoffbeutel mit Teddybärenmuster aus dem Korb des Rollators und faltete ihn seelenruhig auseinander. Dann reichte sie ihn über den Tresen. »Tätet Sie mir die Sachen bitte in des Täschle füllen? Wissed Sie, meine Gicht in dene Finger, die isch heut ganz besonders arg«, bat sie die Verkäuferin, die dem Wunsch, noch immer lächelnd, gerne nachkam. »Wissed Sie, den hat mir meine Urenkelin zum achtzigschde Geburtstag gnäht und mit einem Päckle aus Amerika rüber gschickt«, fuhr Karolina fort, doch die Damen hinter dem Tresen wandten sich bereits dem nächsten Kunden zu, so entging ihnen der Satz, den sie leise hinzufügte: »Wissed Sie, nachher bekomm ich nämlich Besuch.«

Vorsichtig legte Karolina Häberle den Beutel in den Korb ihres Rollators und schob ihn zum Ausgang. An der Tür blieb sie stehen und drehte sich um.

»Danke für älles«, rief sie ins Ladeninnere, hob den Arm und winkte den Umstehenden zu. Kurz danach schloss sich die Ladentür hinter ihr.

»Ha, des isch aber jetzt komisch«, sagte eine der Verkäuferinnen, des hat die ja noch nie gmacht.«

»Eine ganz reizende alte Dame«, meinte ein Herr mit Strohhut abschließend und orderte sechs Schneckennudeln.

SAMSTAG, 3. AUGUST

Gemeindesaal, Stuttgart, Elisabethenstraße, nachmittags

»Jetzt mache ich mir aber doch langsam Sorgen«, sagte Pfarrer Scheible in die fröhliche Runde der Kaffeegesellschaft.

»Was ist morgen?«, fragte Frau Pfeifer, eine ehemalige Musiklehrerin, die neben ihm Platz genommen hatte. Sie war neu in der Runde und offensichtlich schwerhörig.

»Sorgen«, wiederholte Pfarrer Scheible verzweifelt. »Sorgen mache ich mir, sagte ich.«

»Ach so«, sagte Frau Pfeifer und nickte, »aber genau deswegen frage ich Sie ja, also, was ist morgen?«

Pfarrer Scheible schüttelte den Kopf. Warum nur hatte ihm der liebe Gott solche Prüfungen auferlegt? Ihm graute jeden Monat vor diesem Nachmittag. Das laute Geschnatter der Alten erinnerte ihn stets an seine Heimat auf der Schwäbischen Alb. Wenn im August die Gänse über die Wiese rannten, war das Geschnatter nicht weniger aufdringlich, mit der Ausnahme, dass diese Gänse nur bis November schnatterten, und dann zwischen Kartoffelknödeln und Rotkohl auf festlich gedeckten Tischen landeten.

»Jetzt wolled mir singen«, ertönte die schrille Stimme einer fünfundachtzigjährigen ehemaligen Oberstudienrätin am Ende des Tisches, und sie hob auch sofort an:

»Morgen muss ich fort von hier, und muss A-a-a-a-abschied nehmen.«

Ihr treu ergebener Mitbewohner aus dem Seniorenstift, in dem sie untergebracht war, griff sofort zur Ziehharmonika und stimmte mit ein, was dem Ganzen die Krone aufsetzte. Wie sehr wünschte sich Pfarrer Scheible doch manchmal, genauso schlecht zu hören, wie die meisten der hier Anwesenden. Nur so ließ sich erklären, dass sie dies alles Monat für Monat ertragen konnten.

Inzwischen war es kurz vor sechs. Um halb sieben war die Veranstaltung zum Glück beendet und Pfarrer Scheible hatte wieder für einen Monat seine Ruhe. Doch was war nur mit Frau Häberle, warum war sie nicht erschienen? Erst am Donnerstag hatte er sie auf dem Markt getroffen. Sie war ihm so fröhlich vorgekommen, geradezu befreit. Sie hatten ein paar Worte gewechselt, dabei machte sie einige Andeutungen, die er nicht einordnen konnte. Als sie sich schon von ihm verabschiedet hatte, drehte sie sich noch einmal um und rief ihm nach »bis Samstag«. Nun war der Tag fast vorbei und Frau Häberle war nicht gekommen.

»Hallo«, versuchte er, die grauenvolle musikalische Darbietung zu unterbrechen, doch erst auf sein geharnischtes »Ruhe!« verstummten die Musikanten. Alle Blicke waren auf ihn gerichtet.

»Bitte hören Sie mal alle her«, sprach der Pfarrer in nun versöhnlicherem Ton. »Ich mache mir Sorgen um Frau Häberle, eigentlich wollte sie den heutigen Nachmittag mit uns verbringen. Hat jemand von Ihnen vielleicht eine Ahnung, ob ihr was dazwischengekommen ist? Ist sie krank?«

Beim Blick in die Runde sah der Pfarrer nur in ratlose Gesichter. Schließlich ertönte die Stimme der Oberstudienrätin: »Ach wissen Sie, Herr Pfarrer, die Karolina hat sich doch sehr verändert seit dem Tod ihres Mannes. Vielleicht hat sie es sich kurzfristig tatsächlich anders überlegt. Das weiß man bei der neuerdings nicht mehr so genau.«

»Trotzdem, merkwürdig ist es schon«, sagte nun eine andere Dame. »So kenne ich sie gar nicht.«

Ich auch nicht, dachte Pfarrer Scheible und laut sagte er: »Ich werde am Montag bei ihr vorbeigehen und klingeln, vielleicht gibt's ja für alles eine ganz harmlose Erklärung.«

MONTAG, 5. AUGUST

6.30 Uhr, Wohnung Klein, Stuttgart, Artusweg

Es hätte eine gute Woche werden können. Hätte!

Als Theodoras alter Kupferwecker um 6.30 Uhr mehr schepperte als klingelte, lag ihr ein leiser Fluch auf den Lippen. Dabei hätte sie eigentlich froh sein müssen, dem Albtraum, der sie seit Jahren immer und immer wieder quälte, entronnen zu sein. Sie schloss die Augen und konzentrierte sich auf ihren Atem. Es war ein Traum gewesen, und obwohl er vorüber war, fühlte sie sich noch mittendrin. Sie spielte wieder mit ihrem Ball im Hinterhof des Mehrfamilienhauses, in dem sie mit ihren Eltern wohnte. Es war Sommer und es war heiß, so wie jetzt. Sie stand im Schatten, warf ihren Ball gegen die Hauswand und fing ihn wieder auf. Irgendwann entglitt er ihr und fiel zu Boden. Sie sah ihm zu, wie er von ihr fortrollte und bei den Mülleimern liegen blieb. Langsam ging sie hinüber. Als sie sich bückte, um den Ball aufzuheben, erschrak sie. Vor ihr saß ein kleines schwarzes Tier mit einem langen Schwanz, das sie verstört anblickte. Das muss eine Maus sein, dachte sie und freute sich. Endlich hatte sie ein Haustier. Von da an stibitzte sie jeden Tag heimlich irgendetwas aus dem Kühlschrank und fütterte die Maus, die ihr schon bald ein zutraulicher Freund wurde, der wuchs und gedieh. Das war der schöne Teil des Traumes, der in all den Jahren jäh in dem Moment endete, in dem ihr Vater in Erscheinung trat. An seinem Arm baumelte ein Eimer, er sagte, er gehe hinunter in den Hof. Es dauerte nicht lange, da kam er zurück. Er lachte gehässig, warf ihr einen hämischen Blick zu und griff in den Eimer. Genussvoll zog er einen langen dünnen schwarzen Schwanz hervor, an dessen Ende Theodoras Freund baumelte. Mutters gellender Schrei klang noch heute in ihren Ohren, »Eine Ratte!«

Das war der Moment, in dem Theodora erwachte, so auch heute. Seit damals liebte sie Ratten und seit damals hasste sie ihren Vater.

Erneut öffnete sie die Augen. Der Sonne war es gelungen, einen Strahl durch den einzigen Spalt im Vorhang zu werfen und Muster auf die bunte indische Bettwäsche zu zeichnen. Ein fröhlicher Anblick, doch heute war Montag, und da konnte rein gar nichts fröhlich sein. Eine endlose Woche lag vor ihr. Konnte sie sich krankmelden? Nein, das hatte sie bereits im vergangenen Monat getan, zweimal sogar, worauf ihr Kriminaloberrat Hummel nach der wöchentlichen Dienstbesprechung mangelnden Arbeitseinsatz gepaart mit viel zu wenig Empathie ihren Kollegen gegenüber vorgeworfen hatte. Der Idiot! Während Theodora sich langsam aufsetzte, überlegte sie, was sie diese Woche wohl wieder erwarten würde. Wahrscheinlich lagen neue Fälle von Sachbeschädigung auf ihrem Schreibtisch, ganz sicher hatte übers Wochenende in irgendeinem Stadtteil Stuttgarts ein Einbruch stattgefunden, und irgendwo in einen Club war ein junges Mädchen mit K.-o.-Tropfen gefügig gemacht worden. Es waren immer dieselben Delikte. Theodora gähnte. Es hatte eine Zeit in ihrem Leben gegeben, da war sie besessen davon gewesen, Verbrecher zu jagen. Wie ein Terrier, der Blut geleckt hatte, hatte sie sich in die Fälle verbissen. Damals hatte sie sich den Ruf einer eiskalten Ermittlerin erworben, von dem inzwischen nicht mehr viel vorhanden war. Schon lange hatte kein Mordfall mehr auf ihrem Schreibtisch gelegen. Sie ertappte sich dabei, wie sie beinahe ein leises *Schade* gemurmelt hätte. Stuttgart wurde offensichtlich immer sicherer. Kriminaloberrat Hummel wurde nicht müde zu betonen, dass *seine* Mannschaft nicht unerheblich zu diesem Erfolg beigetragen hatte. Dass sie ein wesentlicher Teil dieser Mannschaft gewesen war, schien er allerdings vergessen zu haben. Dieser Lackaffe in seinen Maßanzügen machte keinen Hehl daraus, wie wenig er von ihr und ihren Ermittlungsmethoden hielt. Es war nur zu verständlich, dass sie darum in letzter Zeit häufiger über die Möglichkeit eines vorzeitigen Ruhestandes nachdachte.

Theodora schnupperte. Der verräterische Geruch lag noch in der Luft. Gestern Abend hatte sie sich zum Ausklang des Wochenendes einen Joint gegönnt.

»Ich muss dringend lüften«, murmelte sie und schwang ihre Beine aus dem Bett. »Verflixt«, stieß sie aus und hielt inne, als sie auf ihre Füße sah. Sie hatte das linke Bein zuerst auf ihren Bettvorleger gesetzt, war also sozusagen mit dem linken Fuß aufgestanden, das konnte ja nicht ohne Folgen bleiben. Benommen tappte sie hinüber in ihr Wohnzimmer. Ihr Blick fiel auf die Tarotkarten, die sie gestern Abend seit langer Zeit einmal wieder für sich selbst gelegt hatte. Das Kartendeck lag aufgedeckt auf dem Tisch, daneben eine leere Flasche Lemberger. Ein umgefallenes Weinglas sprach Bände und rundete das Stillleben ab.

»Kein Wunder, dass mir der Schädel brummt«, murmelte Theodora bei einem erneuten Blick auf die Karten. Seltsam, was sie da gezogen hatte. Die Sonne, den Stern, das As der Kelche. Immer wieder waren diese Symbole aufgetaucht und hatten in Verbindung zu Liebe, Fülle, Freundschaft und Lebensveränderung gestanden. Kopfschüttelnd schob sie die Karten zusammen und legte sie in das kleine, mit rotem Samt ausgekleidete Holzkästchen, das sie im vergangenen Jahr auf der Esoterikmesse gekauft hatte. Mit diesen

Deutungen wusste sie nichts anzufangen. Beim As der Kelche lachte sie bitter. Welche Fülle hatte sie denn bitteschön noch zu erwarten in ihrem Leben? An die Liebe glaubte sie nicht, und eine Lebensveränderung könnte nur bedeuten, dass sie vorzeitig ihren Dienst quittierte. Was Freunde betraf, so hatte sie in den dreiundfünfzig Jahren ihres Lebens gerne auf solche verzichtet. Freunde bedeuteten Verpflichtung, sie stellten Forderungen und stahlen einem die Zeit. Freunde, oder das, was man dafür hielt, waren falsch, neidisch und unaufrichtig. Die meisten jedenfalls! Bis auf Fritz. Vielleicht. Dazu kam, dass Frauen in ihrem Alter meist nichts anderes taten, als mit den Fotos ihrer Enkelkinder zu prahlen.

»Sieh mal das ist der kleine Tommy auf der Schaukel«, pflegte ihre Kollegin Gerda gern zu sagen und dabei strahlte sie wie ein Vollmond am Sommernachtshimmel. Als ob sie das nicht selbst sehen konnte. Dass es Tommy war, wusste sie, denn seit einem Jahr hatte Gerda kein anderes Thema mehr und sie konnte Tommy unschwer von der Schaukel unterscheiden. »Und das ist Tommy auf dem Bobby Car«, war Variante Nummer zwei. Nein, Theodora mochte keine Kinder! Kinder raubten einem den Schlaf, quengelten, waren laut, wollten gewickelt und bespaßt werden, einfach ätzend! Aber das durfte sie Gerda natürlich niemals sagen. Nein, ganz offensichtlich hatten sich die Karten diesmal geirrt. Theodora ergriff die leere Weinflasche und das Glas und trug beides in die Küche. Mutig zog sie das Rollo nach oben und wurde wie erwartet sofort geblendet. »Verdammt hell hier«, maulte sie vor sich hin, doch dann setzte das vertraute Rascheln ein und sie war versöhnt.

»Guten Morgen, Mephisto«, sagte sie, beugte sich hinab in den Käfig, hob ihre Ratte heraus und setzte sie sich auf die linke Schulter. »Mein lieber Freund, du wirst auch immer schwerer«, murmelte sie, nahm ihren alten Melitta Porzellanfilter und eine Kaffeekanne vom Regal über der Spüle und stopfte eine Filtertüte hinein. Dann füllte sie ihren Wasserkocher bis zum Rand und schaltete ihn ein. Vorsichtig setzte sie Mephisto zurück in seinen Käfig und machte sich auf den Weg hinüber in ihr Badezimmer.

Beim Blick in den Spiegel musste sie erkennen, dass sie es gestern wohl zu gut mit sich selbst gemeint hatte. Eine ganze Flasche Lemberger und einen Joint, das war eindeutig zu viel für eine Mittfünfzigerin. Ihre wilden roten Locken hatten sich wie ein Dornenkranz um ihren Kopf gewunden, wässrig grüne, von Fältchen umrandete Augen blickten ihr aus dem Spiegel entgegen. Ihre rote Nase und das Übrige, was sie dort noch sah, erfreute sie wenig und sie musste unweigerlich an den blöden Spruch von *Madame Plissee, der Vielfältigen*, denken. »Tja, Theodora, das ist der Preis den man bezahlt, wenn man über die Maßen schlank ist«, sagte sie zu ihrem zerknitterten Gegenüber, streifte sich die Träger ihres lila Nachthemdes über die Schultern und ließ es an ihren langen Beinen hinabgleiten. Frustriert kickte sie es in die Ecke unter das Waschbecken. Eine kaltwarme Wechseldusche würde ihr erfahrungsgemäß nach Exzessen dieser Art guttun.

Sie hatte sich gerade das Shampoo in die störrischen Locken gekleistert, als es an ihrer Wohnungstür klingelte.

»Egal wer du auch sein magst, du kannst mich mal«, fluchte sie in den Schaum hinein, doch es klingelte erneut. Was hatte das zu bedeuten? Etwa ein Notfall? »Moment«, rief sie und stieg rasch aus der Duschkabine. Sie rutschte aus und konnte sich gerade noch am Türgriff festhalten, als es heftig gegen ihre Wohnungstür klopfte.

»Ja ist denn da einer komplett irre? Moment, ich komm doch schon!«, schrie sie in den Flur, da wurde es still im Treppenhaus. Sie wickelte sich in ihr großes Badetuch und öffnete die Tür.

»Hallo, isch bins, der Murat.« Vor ihr stand der freche türkische Bengel, der vor Kurzem mit seiner Mutter und einem Mops über ihr eingezogen war. Unverhohlen ließ er seinen Blick von oben nach unten und wieder zurück über ihren Körper wandern. Ein breites Grinsen legte sich über seine feisten Züge.

»Das sehe ich, dass du das bist«, sagte sie. Sein unverschämtes Grinsen war ihr nicht entgangen. »Ich glaub, mein Schwein pfeift, was fällt dir eigentlich ein, mich am frühen Montagmorgen in einen solchen Schrecken zu versetzen?«

»Isch nix Schwein, isch Moslem!«, antwortete Murat und fuchtelte mit einem Brief vor Theodoras Nase herum.

»Ich habe auch nicht gesagt, dass du ein Schwein bist, Herrgott noch mal.«

»Isch nix glauben Herrgott, isch Moslem. Mohammed. Du verstehen? Isch glauben Mohammed.«

»Das ist mir vollkommen egal. Mohammed, Allah, Gott oder Winnetou!«

»Winnetou?« In Murats Gesichtsspeckfalten zuckte es auffällig.

»Was ist das für ein Brief, mit dem du mir hier ständig vor der Nase herumfuchtelst?«

»Ach so, ja, der Brief, is für disch, meine Mama hat versehentlisch mitgenommen.«

»Ist für Sie«, verbesserte ihn Theodora. Mit diesem Früchtchen duzte sie sich nicht!

»Nein, is nisch für sie, nisch für Mama, is für disch!«

»Ich geb's auf«, seufzte Theodora, griff nach dem Brief, nahm ihn Murat aus der Hand und machte ihm die Tür vor der Nase zu. Ein Blick zur Uhr ließ sie zusammenzucken. Sie steckte den Umschlag in die Seitentasche ihrer neuen großen Fair-Trade-Umhängetasche und schlüpfte rasch in ein weites langes Leinenkleid.

»Gefrühstückt wird heute im Büro«, sagte sie zu Mephisto, griff beherzt in seinen Käfig, hob ihn heraus und versenkte ihn in seiner Transportbox ebenfalls in der Tasche. Fünf Minuten später saß sie auf ihrem Rad und strampelte der Dienststelle entgegen. Ihre feuerroten Locken trocknete der warme Sommerwind.

7.15 Uhr, Wohnung Eisele Stuttgart, Rosenbergplatz

»Geeorg, wo bisch denn? Schoorschi.«

Georg blickte auf das Rasiermesser in seiner Hand. Es war scharf, doch weiter durfte er nicht denken! Er wischte sich die letzten Spuren des Rasierschaums vom Kinn, atmete tief durch und ging hinüber zu Mutter in die Küche, wo er wie angewurzelt stehen blieb.

»Mama, du sollst mich ned immer Schorschi rufen, wie oft muss ich dir des noch sagen?«

»Ja, ja, ich weiß, du bisch der Georg Eissele, achtunddreißig Jahr alt und Assischdend bei der *Sitte.* Aber du bischd ond bleibschd trotzdem ällaweil no mein Bua!«

Gerade heute hatte er sich vorgenommen, besonders cool zu bleiben, denn heute war sein erster Tag in der neuen Abteilung. Aber wie so oft gelang es seiner Mutter auch jetzt, ihn aus der Fassung zu bringen.

»Ja, Mama, um Himmels willen, was isch denn des?«, war alles, was er hervorbrachte. Umhüllt von einem weißen wallenden Umhang, bedruckt mit knallroten Mohnblumen, saß seine Mutter am Küchentisch und lächelte ihm erwartungsvoll entgegen. »Des isch mein neuer Kimono«, sagte sie. »Gell da guggschd.« Georg schluckte, es hatte ihm sprichwörtlich die Sprache verschlagen, doch seine Mutter fuhr unbeirrt fort: »Was meinst, Schorschi, mit welcher Farb soll ich heut meine Nägel lackiera?« Sie wies auf eine Galerie kleiner Fläschchen, die sie vor sich aufgestellt hatte.

»Mutter, des isch vollkommen Wurst, was du nimmst, des isch nämlich alles nix! Von Himmelblau bis grell Pink, des kannst du ned machen, Mutter du bisch Vierundsiebzig! Und was isch denn des um Himmels willen für ein Fummel, den du da anhast? Hast du des alles etwa neu bestellt?«

Georg fühlte, wie er zu schwitzen begann. Er hasste die Schweißtröpfchen, die sich durch sämtliche Poren quetschten und sich als kleiner See auf seiner Stirn niederließen. Er sah es regelrecht vor sich, auch ohne sich im Spiegel zu betrachten. Es war schon sehr warm heute früh, dies hier kam jedoch eindeutig von seinen Nerven! Erst kürzlich hatte er einen Artikel in der Apothekenrundschau gelesen, in dem er sich wiedererkannt hatte. D*ie Seele schwitzt mit*, hatte dort unter anderem gestanden. *Tragen Sie weite, atmungsaktive Bekleidung, trinken Sie viel Wasser und vermeiden Sie Stresssituationen,* wurde vom Verfasser des Artikels, einem Psychologen, geraten. Der hatte gut reden. Das mit der Kleidung und dem Wasser war ja nachvollziehbar, seine Mutter kannte der Psychologe allerdings nicht.

»Ha woisch, des war's Tagesangebot auf meinem Verkaufssender«, plapperte sie unterdessen weiter und lächelte verzückt. »Und des beschde isch, des kann ich in 24 Monatsraten abstottern.«

Georg seufzte beim Blick auf seine Armbanduhr.

Elfriede griff zur Fernbedienung und drückte auf die eingespeicherte Taste. Sofort erschien eine strahlende Brünette auf dem Bildschirm. »Ah, des isch ja subber«, Elfriede war im Glück! »Jetzt kommt mei Lieblingssendung, die Schlankstützkollektion. Schorschi, gib mir doch bitte den Stift und den Block, dann kann ich glei die Bestellnummer notieren!«

»Darüber werdet mir reden müssen!« Georg schnaubte. »Heut Abend, wenn ich heimkomm. Ich bin viel zu spät dran, ich muss jetzt los.«

»Hosch koi Zeit mehr für a Tässle Kaffee, Bua?«, rief ihm seine Mutter noch nach, doch da hatte er längst die Tür hinter sich zugezogen und war im Treppenhaus verschwunden.

Noch immer in Gedanken bei seiner Mutter, hastete Georg in Richtung Schwabstraße. Bereits jetzt am frühen Morgen lag eine bleierne Schwüle über Stuttgarts Talkessel. Der neue graue Anzug war viel zu warm, das hellblaue Hemd schon jetzt zerknittert und die gelbweiß gestreifte Krawatte schien die Absicht zu haben, ihn erwürgen zu wollen. Er, der sonst eher legere Typ, hatte zur Feier des Tages seine geliebten Cordhosen und die karierten Hemden auf dem Bügel im Kleiderschrank seines Kinderzimmers gelassen. Das hatte er nun davon. Er schwitzte! Auf seiner hohen Stirn standen noch immer die kleinen Pfützen, er spürte es genau. Inzwischen konnte er seine Mutter nicht mehr dafür verantwortlich machen. Er griff in die Hosentasche und fühlte sein kleines braunes Notizbuch darin. Wie gut, dass er daran noch gedacht hatte. Er hatte sich extra ein Neues gekauft, doch sonst war da nichts, nichts, womit er sich den Schweiß hätte abtupfen können. Sein Stofftaschentuch steckte in der Hosentasche seiner Cordhose.

»Ich muss mein Leben endlich ändern«, nahm er sich in Gedanken vor, als die S-Bahn in Richtung Hauptbahnhof einfuhr. Sie war überfüllt wie immer. Georg gelang es gerade noch, sich zwischen zwei Mädchen in knappen Shorts zu quetschen, da schloss sich die Tür bereits und die Bahn fuhr davon. Verstohlen warf Georg einen Blick auf die langen, braunen Beine, die unter den knappen Shorts der beiden hervorlugten. Schöne Beine waren das, das musste er sich eingestehen, so ganz anders als die Beine von Chantal.

Er seufzte. Chantal, sie war seine eine »Baustelle«, die andere – wesentlich größere – war seine Mutter. Nach Vaters Tod vor 20 Jahren war er bei Mutter geblieben, mit Ausnahme der Jahre in Freiburg, in denen er die Polizeiakademie besucht hatte. Er hatte Vater auf dem Sterbebett versprochen, immer für Mutter da zu sein. Was das allerdings für sein späteres Leben bedeuten würde, hatte er damals noch nicht ahnen können.

Chantal hatte er vor drei Jahren bei einem Einsatz im Stuttgarter Bohnenviertel kennengelernt. Die junge Prostituierte hieß im wirklichen Leben Sieglinde Rebmann und stammte aus Dapfen auf der Schwäbischen Alb. Er hatte sich sofort zu ihr hingezogen gefühlt, als er bei den Befragungen im Hinterzimmer des Bordells zusah, wie sie genüsslich ihre *Sauren Kutteln* verspeiste. *Saure Kutteln* waren eine jener Lieblingsspeisen, die ihm seine Mutter niemals zubereitet hatte. Ein Freier hatte damals eine Kollegin Chantals niedergeschlagen und war ohne zu bezahlen aus dem Etablissement entkommen. Chantal hatte ihm mit vollem Mund Antwort auf seine Fragen gegeben, doch das hatte ihn nicht gestört, im Gegenteil, ihm war das Wasser im Mund zusammengelaufen vor Appetit auf die Kutteln, aber auch auf Chantal. Wenige Wochen nach diesem Einsatz hatte er seinen ganzen Mut aufgebracht und war eines Abends mit hochgestelltem Mantelkragen und tief in die Stirn gezogenem Hut über die Schwelle der Lust getreten. Rosemarie, die Betreiberin des Bordells hatte ihm mit einem Underberg am Tresen Mut zugesprochen, und dann war er schließlich in Chantals Zimmer gelandet. Bis heute hatte er diese *Beziehung* verborgen, vor den Kollegen, vor allem jedoch vor seiner Mutter, der er immer am ersten Freitag des Monats, dem Abend, an dem er Chantal aufsuchte, erzählte, er habe seinen Skatabend mit den Kollegen im »Brauhaus«.

Als die Bahn auf dem Hauptbahnhof einfuhr, war Georg bereits komplett durchgeschwitzt. Mit einem letzten Blick auf die gebräunten Mädchenbeine schälte er sich aus dem Abteil. Er musste sich beeilen zur neuen Dienststelle zu kommen, am heutigen Tag durfte er auf keinen Fall zu spät erscheinen. Auch brauchte er einen klaren Kopf. Er musste versuchen, sein lästiges Gedankenkarussell zu stoppen. Heute würde er keines seiner Probleme lösen können, und morgen auch nicht sofort. Zuerst musste er etwas an seiner beruflichen Position verändern, und heute war sein Tag, der erste Tag in der Kriminalinspektion. Gleich würde er seiner neuen Vorgesetzten vorgestellt werden. Ob sie überhaupt wusste, dass sie einen Assistenten, nämlich ihn, an die Seite gestellt bekam? Theodora Klein war bekannt wie ein bunter Hund. Nicht nur, dass Frau Klein 1,85 Meter groß und hager war, auch ihr sonstiges Äußeres war exotisch, genau wie ihre Art Ermittlungen zu führen, wenn man den Gerüchten glauben durfte.

Er würde sich überraschen lassen. Er griff in seine Brusttasche und holte seine neue Sonnenbrille hervor. Er setzte sie auf und nahm dabei automatisch eine andere Körperhaltung ein. Es waren nur wenige Meter bis zur Dienststelle. Als ihm eine grauhaarige Dame mit einem Pudel entgegenkam, grüßte er sie freundlich, obwohl er sie nicht kannte. Seinen Gruß ignorierend sagte diese stattdessen anerkennend zu ihrem Hund: »Fein Goliath, hast ein schönes Häufle gemacht«, und zog ihn rasch an der Leine hinter sich her. Das Häufle ließ sie liegen. Einen Moment später hörte man eine Männerstimme laut fluchen: »Verdammte Scheiße!«

Die Dame zuckte schuldbewusst zusammen und beschleunigte ihre Schritte. Goliath war es egal.

8.25 Uhr, Polizeidienststelle Stuttgart, Büro Klein

Kurz vor halb neun traf Theodora in ihrem Büro ein. Wie immer nach einem Wochenende roch es stickig im ganzen Gebäude, doch so schlimm wie heute war es schon lange nicht mehr gewesen. Sie ging rasch zum Fenster um es zu öffnen, als sie von unten jemanden *Scheiße* rufen hörte.

»Der bringt's aber mal auf den Punkt«, murmelte sie, nahm Mephisto aus ihrer Tasche und setzte ihn in seinen Bürokäfig, wo er sofort begann, sich über sein Müsli herzumachen. Ihrem Vorgesetzten, Kriminaloberrat Rüdiger Hummel, war Mephisto von jeher ein Dorn im Auge gewesen. »Eine Ratte im Büro, ausgerechnet eine Ratte«, war der am meisten zitierte Satz aus seinem Munde gewesen, wobei der das Wort *Ratte* genussvoll scharf betonte und das Ganze mit heftigem Kopfschütteln unterstrich. Gott sei Dank hatte dies nach der letzten Stuttgarter Love Parade ein jähes Ende gefunden. Hummels Verlobter Hubert war bei dieser Veranstaltung gestürzt und hatte sich das Bein gebrochen, nachdem er im Übermut in viel zu hohe High Heels geschlüpft war. Hummel war somit gezwungen, sich um Max, den gemeinsamen Dackel zu kümmern, dies bedeutete wiederum, dass er ihn mit in die Dienststelle bringen musste. Max war nicht nur ein entsetzlicher Kläffer – mit seinem Gebell brachte er die ganze Abteilung zur Verzweiflung – er hatte es auch auf Gerda abgesehen. Ausgerechnet auf Gerda. Theodora hatte die Kollegin von der Sitte nie besonders gemocht und sich auch nicht bemüht, das zu vertuschen. Immer wenn die dralle Gerda mit den schwarz gefärbten Haaren auf dem Flur erschienen war, war der Hund nicht mehr zu halten gewesen und eines Tages hatte er sie gebissen. In die Wade. Zum Glück war die Sache halbwegs glimpflich ausgegangen, dennoch war Gerda kurz davor gewesen, eine Dienstaufsichtsbeschwerde gegen den Kriminaloberrat einzureichen. Nur noch einmal hatte Hummel danach gegen Mephisto interveniert. Sie hatte ihm nur ganz cool geantwortet: »Mephisto hat noch niemanden gebissen.« Seither hatte sie ihre Ruhe. Bis heute. Doch nun hatte sich Hummel bereits seit mehreren Tagen nicht mehr in ihrem Büro blicken lassen. Meist war dies kein gutes Zeichen, und auch jetzt wurde sie das Gefühl nicht los, dass er über irgendetwas brütete, zumal er nach der letzten Dienstbesprechung merkwürdige Andeutungen gemacht hatte. Vor allem seine Kritik ihrer mangelnden Empathie gegenüber Kollegen hatte ihr schwer zugesetzt. Dabei konnte er nur an Gerda gedacht haben. Nachdem sie von einer Anzeige abgesehen hatte, schwänzelte Hummel nur so um sie herum. Früher war Gerda ja noch irgendwie zu ertragen gewesen, doch seit sie in den Olymp der Großmütter aufgestiegen war, ging sie mit ihrem Enkelkind-Gequatsche nicht nur ihr, sondern inzwischen der ganzen Dienstelle auf die Nerven. Beunruhigend war auch, dass Hummel einen zweiten Schreibtisch in ihr Büro hatte stellen lassen. Er würde hoffentlich nicht auf die Idee verfallen, eine zweite Person zu ihr ins Zimmer zu setzen? Er wusste genau, dass sie in ihrer Aura außer Mephisto niemanden dauerhaft ertragen konnte. Alleine bei der Vorstellung wurde ihr ganz übel. Sie würde ihr Pendel befragen. Doch zuvor würde sie den Brief, den ihr Murat vorhin in die Hand gedrückt hatte, lesen. In der Eile war sie nicht einmal dazu gekommen, einen Blick auf den Absender zu werfen. Wahrscheinlich handelte es sich wieder um irgendeine Werbung eines Immobilienhais. Seit sie vor einiger Zeit auf einer IMMO-Seite im Netz gesurft war, wurde sie überhäuft von derartigen Angeboten. Sie zog den Brief gerade aus ihrer Tasche, als es an der Tür klopfte. Schnell ließ sie ihn in ihrer Schreibtischschublade verschwinden.

»Wenn man an den Teufel denkt«, murmelte sie, denn vor ihr stand in Lebensgröße Kriminaloberrat Rüdiger Hummel.

»Guten Morgen Theodora«, grüßte er, zog ein weißes Taschentuch aus seiner Hosentasche und wischte sich über die gebräunte Stirn. »Was haben Sie da eben gesagt? Ich habe nicht alles verstanden.«

»Nichts, nichts, ich habe nur mit Mephisto gesprochen, er muss jetzt zuallererst sein Müsli bekommen«, beeilte sich Theodora zu sagen. Hummel würde nicht auffallen, dass Mephisto bereits heftig am Knabbern war, er hatte bereits begonnen, vor ihrem Schreibtisch im Kreis zu gehen. Das tat er immer dann, wenn ihn etwas bedrückte. Theodora wurde alleine vom Zusehen schwindlig, oder lag das noch immer an der Mischung des gestrigen Abends?

»Verdammt schwül schon, heute Morgen, machen Sie um alles in der Welt Ihr Fenster zu, außer heißer Luft kommt da ja nichts mehr rein!«, japste Hummel und wischte sich erneut mit dem Taschentuch über das Gesicht. Theodora betrachtete ihn misstrauisch. Irgendwie sah er mitgenommen aus, vermutlich hatte er ein wenig vergnügliches Wochenende mit Hubert verbracht. Rüdiger Hummel war ein großer stattlicher Mann, mit breiten, muskulösen Schultern. Als Dauergast im Solarium wies er eine ganzjährige Bräune auf, die durch das Tragen der ausschließlich weißen Hemden auffällig hervorgehoben wurde. Seine schwarzen Haare glänzten frisch gegelt und er roch wie immer sinnlich nach seinem teuren Herrenduft, den er sich regelmäßig aus Florenz kommen ließ. *Eigentlich schade, dass er der Frauenwelt nicht zur Verfügung steht,* dachte Theodora wie schon so oft und seufzte, ohne es zu bemerken. Bei einem Kerl wie ihm wäre sogar sie vielleicht einmal schwach geworden, aber diese Frage hatte sich niemals gestellt. Leider.

»Wir haben eine Leiche!«, platzte Hummel unvermittelt heraus.

»Eine Leiche?« Theodora runzelte die Stirn. »Endlich mal wieder ...«

»Aber Theodora! Wie können Sie denn so etwas sagen? Immerhin ist ein Mensch gestorben!« Endlich blieb er stehen und schaute Theodora kopfschüttelnd an.

»Schon gut, schon gut. Menschen sterben eben, und wir sind hier immerhin bei der Kriminalpolizei und nicht beim Statistischen Landesamt«, konterte sie und schob die Ordner ihrer statistischen Erhebungen der vergangenen Wochen zur Seite. Hummel betrachtete sie stumm.

»Was ist jetzt?«, Theodora wurde ungeduldig. »Muss ich die berühmten Fragen erst stellen? Wo, wer, wie, wie alt?«

»Nur der Reihe nach, eins nach dem anderen«, Hummel griff sich den Stuhl, der vor Theodoras Schreibtisch stand, und setzte sich.

»Es handelt sich um eine Seniorin, die tot in ihrer Wohnung in der Schwabstraße aufgefunden wurde.«

»Eine Seniorin? Ich nehme an, sie ist eines unnatürlichen Todes gestorben? Wer hat sie denn gefunden?«

»Der Hausmeister. Gemeinsam mit dem Pfarrer.«

»Merkwürdiges Duo.«

»Nein, das ist gar nicht merkwürdig, wenn man bedenkt, dass der Pfarrer den Hausmeister gebeten hat, die Tür zur Wohnung der Verstorbenen zu öffnen, nachdem er sie nicht erreichen konnte. Sie hat ihm nicht aufgemacht.«

»Und weiter?«

»Pfarrer Scheible, so heißt er übrigens, ist zuständig für die Johannesgemeinde. Er hat die Frau zuletzt am Freitag gesehen.«

»Am Freitag? Na prima, jetzt haben wir Montag. Bei der

Hitze in der Stadt, da wird uns ganz schön was erwarten.« Sie verdrehte die Augen.

»Wann der genaue Todeszeitpunkt war, wird die Obduktion ergeben. Also, ich bitte Sie – Sie sind doch ein alter Hase, Sie bringt doch so schnell nichts mehr aus der Fassung, auch keine drei oder vier Tage alte Leiche. Jetzt kommen Sie schon!«

»Ist ja gut«, maulte Theodora, »ich bin ja schon unterwegs! Aber über den alten Hasen werden wir noch sprechen, wobei die Betonung auf dem Wort *alt* liegt!«

»Halt, da wäre etwas, worüber wir vorher reden müssen.« Hummel stand auf und schob den Stuhl zurück an seinen Platz. Er blickte zu Boden und faltete seine Hände.

»Wollen Sie beten?«, Theodora schien amüsiert.

Hummel wurde ernst. »Ich wollte es Ihnen eigentlich in der vergangenen Woche sagen«, er rieb sich die Hände, »ab heute haben Sie einen Assistenten.« Zur Tür gewandt rief er:

»Kommen Sie, Georg, wir sind so weit.«

Hummel stieß einen Seufzer aus, während Theodora perplex zur Tür schaute, die sich einen Spalt öffnete.

Herein trat ein kleiner, gedrungener Mann, auf dessen Stirn sich ein nicht zu übersehender, feuchter Niederschlag gebildet hatte. Er trug einen schlecht sitzenden Anzug, der ihn verkleidet wirken ließ. Auf seiner Nase saß eine goldumrandete Brille, die Theodora einer Kollektion aus den achtziger Jahren zuordnete. Oder war so etwas inzwischen wieder modern? Theodora betrachtete ihn genau. Seinen Blick konnte sie nicht deuten. Sah er tatsächlich so aus oder versuchte er ein Pokerface aufzusetzen? Unmöglich. Der Kerl war alles andere als *cool*. Hummel dieser Idiot! Das also hatte hinter seinen Andeutungen gesteckt. Ein neuer Assistent! Den hatte sie gerade noch gebraucht. Die junge aufstrebende Kollegin Sally, die erst seit Kurzem das Team verstärkte, reichte ihr vollkommen, nun auch noch so einer. Während Hummel nervös von ihr zu Eisele blickte, zuckte der neue Kollege auffällig mit dem Mund. Er kniff die Augen zusammen und atmete schwer, um gleich darauf von einem heftigen Niesanfall geschüttelt zu werden. Nach dem siebten Mal kehrte Ruhe ein.

»Eisele«, sagte er schließlich und streckte Theodora die Hand entgegen. »Georg Eisele.«

Theodora ergriff sie kurz, um sie sofort wieder loszulassen. Sie hasste nichts mehr, als feuchte Hände und dieser Georg Eisele hatte genau das. Feuchte Hände!

»Theodora Klein«, antwortete Theodora kühl.

»Ich weiß, wer Sie sind, ich habe schon viel von Ihnen gehört!«, sagte der neue Assistent.

»So? Was haben Sie denn von mir gehört?«

»Schon so einiges. Über Ihre individuellen Ermittlungsmethoden zum Beispiel, oder über den hier!«, er deutete auf Mephistos Käfig. »Das werden wir natürlich ändern müssen.« Seine Brille rutschte in Richtung Nasenspitze. Sofort schob er sie mit einem seiner dicken Wurstfinger zurück auf ihren Platz zwischen seine engen Augenbrauen.

Was glaubte denn dieser Vorgartenzwerg, wen er hier vor sich hatte.

»Daran werden wir nichts ändern müssen, rein gar nichts!« Theodoras Augen wurden zu Schlitzen und wanderten zu Hummel. Wehe, er würde auch nur ein Wort gegen Mephisto erheben. Der Biss von Max in Gerdas Wade war noch nicht verjährt!

»Wie Sie soeben bemerkt haben dürften, habe ich eine schwere Tierhaarallergie«, stammelte Georg Eisele und zog demonstrativ den Rotz nach oben.

»Wisst ihr was, macht das unter euch aus, ich habe einen Termin! Frau Klein, Herr Eisele, ich erwarte Ihren Bericht!«

Hummel drehte sich auf dem Absatz um und verließ das Zimmer. Theodora und Eisele blickten sich noch immer feindselig in die Augen.

»Und aus welcher Abteilung wurden Sie hierher abkommandiert?«, fragte Theodora.

»Abkommandiert wurde ich überhaupt nicht. Im Gegenteil, ich habe mich beworben.«

»Das ist nur eine Antwort auf die Hälfte meiner Frage. Für Sie aber gerne noch verständlicher ausgedrückt: Wo waren Sie bis gestern?«

»Ich war ..., ich war«, Eisele senkte für einen Moment seinen Blick.

»Ich war bei der Sitte.«

»Sie? Bei der Sitte?« Theodora lachte auf. »Du meine Güte, ausgerechnet Sie zwischen lauter Nutten und Zuhältern im Puff? Dann müssten Sie ja eigentlich auch unsere Kollegin Gerda kennen?«

»Woher, woher wissen Sie ...?«, stammelte Eisele und er begann, noch mehr zu schwitzen. Natürlich kannte er Gerda, wer kannte die nicht. Wahrscheinlich hatte sie etwas über ihn und Chantal herausgefunden und dies bereits herumposaunt?

»Woher ich weiß, dass die Sitte mit dem Rotlichtmilieu zu tun hat?«, unterbrach Theodora Klein seine Gedanken.

»Herr Kollege, ich darf schon bitten, Sie stehen einer Kommissarin gegenüber.«

Georg kratzte sich am Ohr. Er war erleichtert, diese Antwort ließ darauf schließen, dass sie nichts von ihm und Chantal wusste.

»Also, was ist jetzt mit dem hier?«, wieder deutete er auf Mephisto.

»Der hier hat einen Namen! Das ist Mephisto und der bleibt. Aber wissen Sie, was wir tun werden? Wir stellen Ihren

Schreibtisch dort hin!« Theodora wies ans andere Ende des schlauchförmigen Raums. »Da hinten werden Sie garantiert nicht mit Mephistos Haaren in Berührung kommen.«

»Aber …«, stammelte Eisele.

»Kein aber, hier bin ich der Chef«, sagte Theodora scharf. »Und übrigens – es gibt keine zweite Chance für den ersten Eindruck!«

»Das gilt für beide Seiten«, konterte Eisele und freute sich über seine Schlagfertigkeit.

Dieser verrückten Eso-Tante würde er es noch zeigen, samt ihrer Ratte.

»Ich kann mir nicht helfen, irgendwie riecht es hier nach Hundescheiße«, beendete Theodora mit Blick auf Georg Eiseles hellbraune Schuhe das Duell.

»Sie haben wahrscheinlich noch nicht allzu oft eine Leiche zu Gesicht bekommen?«, eröffnete Theodora das Gespräch im Auto. Sie hatte Eisele vorhin kurzerhand mit den Worten »Sie fahren« die Schlüssel zum Dienstfahrzeug zugeworfen und ihn damit offensichtlich etwas überrumpelt. Bevor er antworten konnte, fuhr sie auch schon fort:

»Also, zu Ihrer Information, vor zweieinhalb Stunden ist ein Anruf in der Notrufzentrale eingegangen. Der Hausmeister und ein Pfarrer haben die Tote gefunden. Eine Karolina Häberle. Die Kollegen von der *Trachtengruppe* sind sofort ausgerückt und haben dann auch den Notarzt informiert. Danach …«

»Frau Klein«, unterbrach Georg Eisele Theodoras Redefluss. »Erstens: ich habe sehr wohl schon eine Leiche gesehen, mehrere sogar, oder glauben Sie, bei der Sitte hat man es nur mit reinen *Lustvergehen* zu tun? Und zweitens: Warum erzählen Sie mir das alles? Was glauben Sie, wen Sie vor sich haben? Einen Praktikanten des Gymnasiums Stuttgart West?

Ich habe die Ausbildung zum …«, weiter kam er nicht, denn Theodora schrie auf:

»Passen Sie doch auf! Haben Sie denn nicht gesehen, dass die Ampel da vorne auf Rot geschaltet hat? Beinahe wären Sie auf ihren Vordermann aufgefahren, außerdem sind wir da. Dort vorne ist das Haus, in dem die tote Frau gefunden wurde, wir können langsam einen Parkplatz suchen.«

»Quatsch, ich bin die Polizei«, kam es trotzig von Georg Eisele, »ich parke in der zweiten Reihe, dort, direkt hinter dem Notarztwagen.«

10.48 Uhr, Wohnung Häberle, Stuttgart, Schwabstraße

Als Theodora das Haus in der Schwabstraße betrat, war sie plötzlich wieder da, die Erinnerung an frühere Ermittlungen, an die Zeit, in der er es noch *richtige* Verbrechen gegeben hatte und sie, die Jägerin, an den Tatort gerufen wurde. Seit dem letzten Einsatz dieser Art waren einige Jahre vergangen. Damals hatte sich der metallische Geschmack des Blutes auf ihre Schleimhäute gelegt und ihre Nasenflügel begannen zu beben. Die Kollegen hatten sie *das Tier* genannt. Wie lange war das her? Sie schnupperte. Hier im ersten Stock konnte sie den Tod weder riechen noch schmecken, doch die alte Jägerin in ihr hatte die Fährte bereits aufgenommen.

»Riechen Sie das auch?«, fragte Eisele in dem Moment.

»Was meinen Sie?«, fragte sie verwundert. Wie konnte es sein, dass ihr ausgerechnet Eisele um diese Wahrnehmung voraus war?

»Na, das Sauerkraut. Im ganzen Haus riecht es doch nach Sauerkraut, und das mitten im Hochsommer!«

»Ach das meinen Sie«, antwortete Theodora erleichtert.

Es hätte sie doch sehr gewundert, wenn ausgerechnet ein solcher Trottel diese Gabe gehabt hätte.

»Ich hasse diese alten Häuser, fünf Stockwerke und kein Aufzug«, bruddelte Eisele, als er auch schon von oben Theodoras Stimme hörte. Im Gegensatz zu ihm hatte sie das Gipfelkreuz bereits erreicht.

»Hallo Kollegen, für diejenigen unter Ihnen, die mich noch nicht kennen, mein Name ist Theodora Klein«, sie machte eine Kunstpause. »Eigentlich wollte ich Ihnen auch meinen Kollegen Eisele vorstellen, doch der ist mir unterwegs abhandengekommen.« Ein verhaltenes Lachen ging durch die Reihen der Polizisten, als Eisele kurze Zeit später völlig außer Atem in der Wohnung, in der es vor Menschen bereits wimmelte, erschien.

»Eisele, endlich, da sind Sie ja. Ich dachte schon, Sie hätten unterwegs eine Vesperpause eingelegt. Vielleicht überlegen Sie sich, ob Sie nicht der Polizeisportgruppe beitreten wollen. Ich meine für zukünftige Fälle, wir haben nicht immer ausreichend Zeit darauf zu warten, bis auch Sie endlich am Ziel sind.«

»Warum tut sie das?«, flüstere eine junge Beamtin ihrem Kollegen zu. »Ich meine, die blamiert den armen Kerl doch ganz fürchterlich vor uns allen.«

»Ich kann's dir wirklich nicht sagen«, antwortete der junge Mann. »Die Klein hat schon einen speziellen Ruf. Wen sie nicht leiden kann, der …«, er ließ den Satz unvollendet und warf einen verunsicherten Blick in die Runde. Eisele hatte inzwischen sein Notizbuch und einen Stift aus der Hosentasche gezogen.

»Nun, Eisele, was sehen Sie?«, fragte Theodora, als sie das Büchlein in seiner Hand bemerkte, doch er schwieg verwirrt.

»Also gut, da Sie es vorziehen zu schweigen, stelle ich fest, dass der Fundort bereits abgesperrt ist. Kollegen, ihr habt sehr zügig gearbeitet, vielen Dank. Wo ist die Leiche? Wer hat sie gefunden?«

Ein Beamter der Schutzpolizei trat auf sie zu. Wie alt mochte er wohl sein, ging es Theodora durch den Kopf. Er war blass, seine Augen vor Schreck geweitet. Auf seiner Stirn hatte sich eine tiefe Falte in das junge Gesicht gegraben. So sah Erschütterung aus. Sie hatte es oft gesehen in den Gesichtern der Kollegen in all den Jahren. Die Konfrontation mit dem Tod war etwas, woran man sich nie gewöhnen würde, ganz besonders, wenn die Toten, zu denen man gerufen wurde, junge Menschen oder gar Kinder waren. Im vorliegenden Fall handelte es sich um eine alte Frau. Dennoch, sie war nicht freiwillig aus dem Leben geschieden.

»Die Tote befindet sich im Wohnzimmer«, sagte der junge Beamte. »Der Gerichtsmediziner ist verständigt und muss jeden Moment eintreffen. Der Arzt ist jetzt in der Küche, dorthin haben wir den Pfarrer und den Hausmeister gebracht. Die beiden haben die Frau gefunden.«

»Wie geht es den Herren?«

»Der Hausmeister hat eine Beruhigungsspritze bekommen, er war völlig außer sich.«

»Und der Pfarrer?«

»Der brauchte das nicht, er hatte einen Flachmann dabei.«

»Aha, da war wohl der Melissengeist der Klosterfrau drin«, sagte Theodora und grinste. »Gibt es sonst irgendwelche Zeugen?«

»Bis jetzt ist nichts bekannt.«

»Gut, dann werden wir uns später mit dem Pfarrer unterhalten, vielleicht kann er uns etwas über die familiären Umstände der Toten verraten. Eisele, wo sind Sie? Kommen Sie, es wird ernst.«

Zielsicher schritt Theodora in Richtung Wohnzimmer. Eisele folgte ihr mit rotem Kopf und schleppenden Schritten.

Das Notizbuch in seiner Hand flatterte auffällig. »Was lässt du dir jetzt wieder einfallen, um mich bloßzustellen?«, flüsterte er leise vor sich hin, als er hinter Theodora das Wohnzimmer betrat, in dem zwei Kollegen der Kriminaltechnik gerade die nächsten Schritte besprachen.

»Stopp«, rief einer der beiden unter seinem weißen Schutzanzug hervor. »Keinen Schritt weiter, nicht dass sie mir quer durch irgendwelche Spuren latschen!«

Theodora überhörte diese Aufforderung. Um sich einen Überblick zu verschaffen, war es nicht nötig, dass sie direkt an die Leiche herantrat. Sie ließ die Situation auf sich wirken, die bizarrer nicht sein konnte. Die Sonne fiel durch ein großes Fenster direkt auf ein leuchtendes Ölgemälde. Es zeigte einen großen Strauß Sonnenblumen in sattem Gelb, das über einem Sideboard hing. Auf dem Möbel stand eine Reihe Fotos in silbernen Rahmen. Ein Mann mit faltigem Gesicht und zusammengekniffenen Augen teilte sich den Platz mit einem strahlenden Hochzeitspaar. Dem Brautkleid nach zu schließen, musste dies, ebenso wie das Foto des Mannes, bereits älteren Datums sein. Daneben stand das Porträt eines jungen Mädchens, das mit strahlenden Augen in die Welt lächelte. Das letzte Foto in der Reihe zeigte ein auf dem Bauch liegendes pausbäckiges Baby in einem rosaroten Strampelanzug. Eine chinesische Winkekatze wirkte fremd in diesem ansonsten stilvollen Arrangement. Wahrscheinlich war sie ein Erinnerungsstück an eine Reise oder ein Geschenk. Versonnen blickte Theodora auf eine große Kugel aus Glas, in der eine Wiese mit vielen bunten Blümchen zu bestaunen war. Vielleicht hatte der Täter diese ja in Händen gehabt und sie würden etwas Verwertbares darauf finden?

»Mille Fiori, ein Briefbeschwerer, wahrscheinlich aus Venedig«, sagte eine männliche Stimme neben Theodora. Sie blickte auf.

»Fleischhauer, Dr. Fleischhauer. Ich bin der neue Gerichtsmediziner. Und bitte – sagen Sie jetzt nichts – meinen Namen habe ich mir nicht ausgesucht!«

Theodora kniff die Augenbrauen zusammen, dann wandten sie sich der toten Frau zu, die auf dem Bauch lag, mit dem Gesicht nach unten. Während ihr Körper auf dem Untergrund eines dunkelblauen Orientteppichs lag, war der Kopf offensichtlich beim Sturz auf dem weißen Fliesenboden aufgeschlagen. Eine tiefe Wunde am Hinterkopf hatte ihre silbergrauen Haare verklebt, der Blutsee, der sich um ihren Kopf herum ausgebreitet hatte, war in der Sommerhitze auf dem steinigen Untergrund getrocknet. Einige Fliegen summten um sie herum.

»Können Sie schon was sagen, Doktor?«, fragte Theodora, als sie ein Würgen hinter sich wahrnahm.

»Eisele? Was ist mit Ihnen?« stieß sie hervor. Eisele, der die ganze Zeit wortlos hinter ihr gestanden hatte, antwortete nicht, sondern rannte, beide Hände vor den Mund gepresst, in den Flur.

»Da rein!«, hörte sie einen der Streifenbeamten noch rufen. Kurz darauf waren auch schon eindeutige Geräusche aus der Toilette zu vernehmen.

»Was für einen Helden hat man mir da nur untergejubelt?«, murmelte Theodora leise und schüttelte den Kopf.

Dr. Fleischhauer räusperte sich verlegen.

»Also, die Frau starb, wie unschwer zu erkennen ist, durch Fremdeinwirkung, nämlich durch einen Schlag auf den Hinterkopf.

»Was schätzen Sie, wie lange ist sie bereits tot?«, fragte Theodora.

»Etwa zwei bis drei Tage, nehme ich an. Sie hat bereits ausgeprägte Krampfadern.«

»Krampfadern?«, drang es von der Tür in den Raum.

»Was heißt denn das? Ich habe auch Krampfadern, aber ich lebe noch.« Eisele war wieder im Wohnzimmer erschienen, seine Gesichtsfarbe erinnerte an die der Toten, auf seinem Hemd waren eindeutige Spritzer zu erkennen.

Theodora rümpfte angewidert die Nase, als sie antwortete: »Also, Eisele, ein bis zwei Tage post mortem ist die Haut des Opfers grünlich. Zugegeben, auch Ihre Haut weist im Moment diesen Farbton auf. Und ja, ich weiß, Sie leben noch, was im Übrigen gerade auch nicht zu überhören war. Als Krampfadern bezeichnet man die Venen eines Toten, die sich ab dem dritten Tag nach Eintritt des Todes deutlich dunkel abzeichnen, eigentlich sollten Sie das wissen!«

Das Klingeln ihres Handys brachte Theodora zum Schweigen. Sie zog es aus der Manteltasche und ging zum Fenster.

»Das wird ganz sicher Hummel sein«, mutmaßte Dr. Fleischhauer. »Das kenne ich schon von dem, der will immer sofort auf den neuesten Stand gebracht werden.«

Eisele und der Arzt traten näher an Theodora heran. Sie sprach verhalten, doch ihre letzten Worte an Hummel waren deutlich zu verstehen: »Der neue Kollege? Wie er sich bis jetzt gemacht hat? Das ist vielleicht ein Weichei, kann ich Ihnen sagen. Der hat erst einmal gekotzt.«

Durch das Fenster fiel die Sonne auf ihr rotes Haar.

»Fegefeuer«, raunte Dr. Fleischhauer Eisele zu.

»Wahrhaftig«, Eisele nickte. »Wie eine Hexe, es fehlt nur noch der Besen.« Er schluckte hart und kämpfte gegen einen neuerlichen Brechreiz an. Er wusste, dass er sich bis auf die Knochen blamiert hatte. Doch niemand hier im Raum ahnte, was in ihm, Georg Eisele tatsächlich steckte. Er würde es ihnen allen zeigen, voran Theodora Klein, dieser Hexe.

Theodora beendete ihr Gespräch und drehte sich zu den beiden um.

»Das war Kriminaloberrat Hummel«, informierte sie

knapp. »Die Tote wird in die Gerichtsmedizin gebracht und wir, Herr Dr. Fleischhauer, hören dann voneinander. Kollege Eisele, wir beide werden uns jetzt um den Pfarrer und den Hausmeister kümmern. Bitte kommen Sie mit.«

»Dünke dich nicht, weise zu sein, sondern fürchte den Herrn, und weiche vom Bösen, das wird deinem Leibe heilsam sein, und deine Gebeine erquicken«, murmelte der Pfarrer mit vornübergebeugtem Körper, als Theodora und Eisele die Küche betraten.

»Können Sie dem nicht sagen, dass er endlich mal die Klappe halten soll?«, fragte der Hausmeister gequält, der trotz Beruhigungsspritze offensichtlich noch immer sehr unruhig war. »Die Gebeine der alten Frau wird ganz sicher niemand mehr erquicken.«

»Das verstehst du nicht mein Freund, das ist Luther, der diese Worte spricht und wer, wenn nicht Luther kennt sich aus? Er, der mutig sein Tintenfass nach dem Teufel geworfen hat.« Während der Pfarrer sprach, nickte er ununterbrochen wie ein Wackeldackel auf der Hutablage. »Ja, schreib es ruhig nieder, mein Freund«, sagte der Pfarrer nun an Eisele gewandt, der bereits eifrig dabei war, in sein schwarzes Notizbuch zu kritzeln.

»Meine Herren, mit Bibelzitaten kommen wir hier nicht weiter.« Theodora schien ratlos. Ganz offensichtlich hatte der Pfarrer doch etwas äußerst Hochprozentiges in seinem Flachmann mit sich geführt und davon mehr zu sich genommen, als er vertragen konnte. Der Hausmeister schien trotz seiner verständlichen Erregung noch weitaus klarer bei Sinnen zu sein, darum wandte sie sich zunächst an ihn.

»Herr, wie war doch gleich Ihr Name?«

»Meiner? Ich heiße Tauber, Reinhold Tauber.«

»Gut, Herr Tauber, was können Sie uns über Frau Häberle

berichten? Wie lange hat sie in diesem Haus gewohnt? Hatte sie Kontakt zu anderen Hausbewohnern? Was wissen Sie über Freunde, Bekannte? Hat sie gelegentlich Besuch bekommen, und wenn ja, von wem?«

Herr Tauber begann sich am Kopf zu kratzen.

»Frau Klein …«

»Ja, Eisele, was ist denn?«

»Meinen Sie nicht, dass das ein bissle viel ist, so auf einmal meine ich? Sie sehen doch, in was für einer Verfassung die beiden sind.«

»Schon möglich Eisele, wenn Sie meinen, dann beginnen wir mal am besten von vorn. Also, Herr Tauber, was fällt Ihnen denn ganz spontan als Erstes ein?«

Theodora fuhr zurück. Auf dem Beifahrersitz klappte Eisele sein Notizbuch zu und schob sich die Brille zurück auf den Nasenrücken. Er hatte alles fein säuberlich protokolliert, was in den vergangenen zwei Stunden hier in der Küche gesprochen worden war. Der Hausmeister hatte nicht viel beizutragen gehabt, was auch daran lag, dass er selbst erst seit einem halben Jahr in Stuttgart lebte. So waren sie übereingekommen, in den nächsten Tagen die Hausbewohner zu befragen. Vielleicht hatte ja der eine oder andere eine Beobachtung gemacht, die von Bedeutung sein konnte. Etwas ergiebiger war das Gespräch mit dem Pfarrer ausgefallen, der in den höchsten Tönen von Karolina Häberle berichtete. Am kommenden Freitag würden sie im Gemeindesaal alle Mitglieder der *Gemeinsam-statt-Einsam-Gruppe* befragen, und vielleicht lag bis dahin ja schon das eine oder andere Ergebnis der Kriminaltechnik vor.

DIENSTAG, 6. AUGUST

Sie ließ die Zeitung sinken. Die Buchstaben tanzten vor ihren Augen. Eine alte Frau war gefunden worden. Erschlagen. In ihrer Wohnung. Die Polizei ermittelte, stand da. Nur ein kleiner Artikel, unten rechts. Damit hatte sie nicht gerechnet. Noch nicht. Erstaunlich, wie schnell das gegangen war. Ob sie wohl etwas gefunden hatten? Etwas, was sie übersehen hatte? Nein. Das konnte nicht sein. Sie hatte präzise gearbeitet. Wie ein Profi. Auf sie würden sie nicht kommen. Niemals. Oder doch? Selbst wenn. Was hatte sie zu verlieren? Nichts. Sie würde sich keine Sorgen machen. Schließlich hatte es die Alte nicht anders verdient. Sie stand auf, ging durch die Wohnung. Wieder nahm sie die Zeitung zur Hand. Was hast du getan?, fragte die Stimme in ihr und sie antwortete: Ich habe getötet. Ja, getötet. Einen Menschen getötet. Doch sie bereute es nicht. Sie sah das Gesicht der Alten noch immer vor sich. Nah. Zu nah. Ihr Grinsen. Hatte sie denn nicht bemerkt, wie sehr sie sie damit gequält hatte? Sie erzählte. Hörte gar nicht mehr auf damit. Wie gerne hätte sie ihr ins Gesicht geschleudert, dass sie das alles nicht im Geringsten interessierte. Doch sie brachte den Mut dazu nicht auf. Sie war feige gewesen. Konnte die Alte nicht endlich ihre Klappe halten? Doch die plapperte weiter. Immerzu. Immerfort. Schließlich hatte sie ihr dieses Foto unter die Nase gehalten. Dies sei ihre Enkelin, hatte sie behauptet. Sie wusste, dass die Alte log. Sie kannte das Mädchen auf dem Foto. Sie erkannte es an der roten Haarspange mit dem kleinen Marienkäfer in der Mitte. Und an ihrem Lächeln. Sie hatte nach dem Foto gegriffen, doch die Oberschwester hatte es ihr aus der Hand gerissen. Sie hatte den Kopf geschüttelt und gelacht. Die Oberschwester hatte gelacht! Wie sie die Oberschwester hasste. Wo war Frau Häberle gewesen? Dann war das Rauschen gekommen. Sie wusste, was es zu bedeuten hatte, wenn dieses Rauschen einsetzte. Gestern war es besonders laut gewesen. Es hatte gedröhnt in ihrem Kopf. Wie damals, als sie sie mitgenommen hatten. Nie würde sie diesen Tag vergessen. Sie würden ihr helfen, hatten sie ihr versprochen. Doch auch das war gelogen. Alle hatten sie gelogen, damals genauso wie heute. Der Schmerz war nicht gewichen, im Gegenteil er war geblieben. Immer stärker war er geworden, mit jedem Tag. Tabletten hatten sie ihr gegeben, viele. Geholfen hatten nur die kleinen, die gelben, die aussahen wie Smarties, nur dass sie nicht süß gewesen waren. Immer wenn sie diese genommen hatte, war ihr leichter geworden. Dann hatte sie zur Ruhe gefunden. Dann, in diesen Nächten war alles wie früher gewesen. Sie waren zusammen, unzertrennlich. Diese Tabletten, die ihr immer geholfen hatten, die sie vergessen hatte mitzunehmen, und von denen nur noch wenige übrig waren …

MITTWOCH, 7. AUGUST 2019

8.45 Uhr, Polizeidienststelle Stuttgart, Büro Klein

»Wie sieht's aus, wie weit sind die Ermittlungen im Fall *Tote Oma* gediehen?« Ohne vorher angeklopft zu haben, war Kriminaloberrat Hummel in Theodoras Zimmer gestürmt, die gerade dabei war, Mephisto von ihrer Schulter zu nehmen.

»Genug Streicheleinheiten für heute Morgen«, flüsterte sie und setzte die Ratte behutsam in ihren Käfig zurück, wo sie sich sofort über das frische Müsli hermachte, das Theodora zuvor in seine kleine Schüssel in Form eines Käsedreiecks gefüllt hatte.

»Theodora, das mit der Ratte ist mir nach wie vor ein Dorn im Auge, das wissen Sie«, hob Hummel an, doch weiter kam er nicht, denn Theodora holte bereits tief Luft und was das zu bedeuten hatte, wusste er nur zu gut.

»Ich weiß, ich weiß«, lenkte er rasch ein, noch bevor sie etwas sagen konnte. »Aber dennoch, ich bleibe dabei, es ist eine Zumutung, vor allem jetzt für ihren neuen Kollegen Eisele. Sie wissen von seiner Tierhaarallergie. Ich höre ihn ständig niesen, wenn er hier im Büro ist. Und in der Universität haben die Viecher die halbe Bibliothek aufgefressen. Eine Ratte ist und bleibt Ungeziefer.«

»Das mit dem Ungeziefer habe ich überhört!«, schnaubte Theodora. »Im Übrigen, die ›Leseratten‹ der Unibibliothek vermehren sich auch nur darum, weil die Stadt nicht in der Lage ist, den Stadtpark ordentlich zu säubern und der Mensch seinen Müll überall in die Natur wirft. So läuft das eben, und was den Eisele betrifft«, Theodora kniff ihre Augen zusammen, »hören Sie mir mit dem auf. Sie wissen es ja, gekotzt hat er! Das war seine erste Amtshandlung, als wir die tote Frau gefunden haben. Eine schöne Blamage war das, das kann ich Ihnen sagen.«

Theodora war heute von Kopf bis Fuß in leuchtendes Tomatenrot gekleidet. Hummel wusste inzwischen, dass dies ein Spiegel ihres brodelnden Inneren war. Immer, wenn sie diese Farbe trug, wusste jeder, der sie kannte, dass Vorsicht geboten war.

»Das haben Sie mir ja schon am Telefon gesteckt«, räumte er daher in versöhnlicherem Ton ein. Einen Disput mit seiner Hauptermittlerin wollte er tunlichst vermeiden, auch wenn es eine Tatsache war, dass die Ermittlungen noch nichts Neues ergeben hatten.

»Wir haben die ganze Wohnung auf den Kopf gestellt«, begann Theodora. »Wir haben nichts, aber auch rein gar nichts gefunden, was uns einen Hinweis geliefert hätte. So wie es sich darstellt, ist nichts gestohlen worden. Es wurde nichts durchwühlt, alles schien ordentlich und aufgeräumt. Trotzdem, bevor uns die Ergebnisse der Kriminaltechnik nicht vorliegen, sollten wir uns nicht in Spekulationen ergehen. Ich habe zusammen mit Eisele und Sally die Hausbewohner befragt. Wir haben alle angetroffen, bis auf ein Ehepaar, das in Urlaub ist. Niemand hat irgendetwas Verdächtiges gesehen oder gehört. Für Freitag haben wir im Gemeindesaal Stuttgart West ein Treffen mit den Mitgliedern der *Gemeinsam-statt-Einsam-Gruppe* vereinbart, mal sehen, ob uns das neue Erkenntnisse bescheren wird.«

»Gut, na dann, viel Erfolg Frau Klein.«

»Ach, Herr Hummel«, Theodora blickte zur Uhr und grinste, »nur, weil wir vorhin vom Kollegen Eisele sprachen, es ist schon nach neun, wo steckt denn der Gute?«

»Eisele kommt heute später«, antwortete Hummel und kratzte sich verlegen in den gegelten Haaren.

»Wieso das? Er wird doch nicht krank sein?«

»Seine Mutter bekommt heute ein neues Boxspringbett angeliefert, da muss Eisele dabei sein.«

Und verlegen fügte er hinzu: »Eisele lebt bei seiner Mutter am Rosenbergplatz. Wussten Sie das denn nicht?«

»Nein, das wusste ich nicht, woher auch. Über private Dinge sprechen wir nicht. Aber, das passt.«

Hummel überhörte ihren Kommentar geflissentlich. »Also Theodora, noch mal viel Erfolg«, sagte er und verließ ihr Büro.

12.30 Uhr, Wohnung Eisele Stuttgart, Rosenbergplatz

Eisele blickte nervös auf seine Armbanduhr. Es war halb eins. Vor einer Stunde hatte sich der Spediteur von unterwegs gemeldet. Auf der A 81 hatte der Lastwagen einer Brauerei seine Ladung verloren. Nun stand ein ganzer Autobahnabschnitt unter Bierschaum, an ein Durchkommen war im Moment nicht zu denken.

»Schorschi, du darfst ned gehen, ich brauch dich doch, wenn das Bett kommt«, hatte seine Mutter gebettelt. Wie er diesen larmoyanten Ton an ihr hasste, den sie immer ganz gezielt einsetzte.

»Was musst du dir auch so einen neumodischen Scheiß kaufen«, hatte er sich gewehrt. Viel lieber hätte er noch ganz andere Dinge zu ihr gesagt, doch ein letzter Rest guter Erziehung verbot ihm das.

»Ich weiß, ich weiß, du bisch der Meinung, in meinem Alter da bschdellt man sich eher ein Krankenbett, aber des brauch ich noch ned!«, hatte sie gebäfft. »Zum Glück!«

»Der Tag wird komma, an dem du froh wärtscht, wenn du einen Galgen häddescht, an dem du dich festhalten könntescht, wenn du aufstehen willst.«

»Ach Bua, was brauch ich denn an Galga? Ich hab doch dich! Und noch äbbes, wenn du es zu mehr gebracht häddescht, als bloß zu einem Assischtenten, dann wärsch du jetzt dein eigener Chef und dann wär's alle egal, wann du ins Büro kommschd. Homeoffice könndeschd du dann macha, aber noi, du musch immer dann antanza, wenn die Chefin pfeift. Mein Gott, wenn ich da an dein Vadder denk, des war an ganz anderer Kerle.«

Georg holte tief Luft und machte eine Faust in seiner Hosentasche.

»Ich geh jetzt«, rief er, bemüht, nicht doch noch die Beherrschung zu verlieren.

Seine Mutter stand im Wohnzimmer am Fenster und blickte erwartungsvoll hinaus auf den Rosenbergplatz.

»Ja was soll ich denn ohne dich macha, wenn des Bett kommt?«, rief sie Georg nach, aber er antwortete nicht mehr.

Als er durchs Treppenhaus nach unten hastete, musste er an die alte Frau mit dem eingeschlagenen Schädel denken.

Handelte es sich bei der Getöteten womöglich auch um so eine alte Nervensäge wie seine Mutter eine war? Konnte er den Täter dann vielleicht sogar verstehen? So weit war es inzwischen also gekommen. Hasste er seine Mutter? Die Tatsache, dass er keine Antwort darauf fand, erschütterte ihn beinahe.

Was hatte seine Mutter vorhin gesagt? *Was brauch ich einen Galgen, ich habe doch dich!* Ja genau so war es, er war ihr Galgen, an den sie sich gehängt hatte, vor Jahren schon. Wie eine Klette klebte sie an ihm, und er hatte es nicht geschafft, sich aus dieser Klammer zu befreien.

Jede Freundin hatte sie im schlecht geredet in den vergangenen Jahren. Mit allen hatte sie irgendwann irgendeinen Krach angefangen, ihm eingeredet, keine sei gut genug für ihn, solange bis er es geglaubt hatte.

Sie hatte ihn gefüttert mit Schweinebraten, Kässpätzle und schlonzigem Kartoffelsalat und er hatte es zugelassen. Irgendwann hatte er festgestellt, dass sich seine Taille verabschiedet hatte, sein Gesicht war unbemerkt aufgegangen wie der Vollmond über Stuttgart West, und als seine Stirn höher wurde, und er eine Brille brauchte, hatte er mit der Welt abgeschlossen.

Wäre er damals nicht Chantal begegnet …

Doch nun musste er erst einmal seiner Chefin erklären, weshalb er so spät zum Dienst erscheinen würde. Sie konnte ihn nicht leiden und machte nicht den geringsten Hehl daraus. Vielleicht hatte Mutter zumindest in der Hinsicht recht, er war ein Versager, ja, das war er. Irgendwie musste er es schaffen, Kriminaloberrat Hummel von seiner Kompetenz zu überzeugen, doch wie?

FREITAG, 9. AUGUST

Sie erwachte aus einem tiefen Traum. Alles schien wieder da. Ganz nah. Als sei es gestern erst gewesen. Sie fröstelte. Erinnerungen konnten schön sein. Und grausam. Diese Erinnerung gehörte zu den Letzteren. Sie spürte noch die Faust, die in ihr Gesicht schlug, als sie schrie. Damit sie zur Besinnung kommt, sagten sie damals. Sie spürte die Gurte, die sich um ihre Handgelenke spannten. Ihre Wangen waren nass, nass von ihren Tränen. Tränen, die sie nicht wegwischen konnte. Sie war festgebunden. Ihre Kehle brannte. Ihre Augen brannten. Sie erinnerte sich an die Schreie. Daran, dass sie irgendwann erkannte, dass sie selbst es war, die diese Schreie ausstieß. Erst spät hatte sie es bemerkt. Dann, irgendwann, hatte sie den Einstich gespürt. Dann war es wieder Nacht um sie geworden und sie hatte nichts mehr gefühlt. Sie hatten sie vom Dach geholt, damals. Wie gerne wäre sie gesprungen. Sie hatten sie zurückgehalten. Warum nur. Sie hatten sie dort hingebracht. Dort, wo man sie ans Bett fesselte. Dorthin, wo den Menschen die Würde genommen wurde. Wo sie keiner mehr wusch. Wo es egal war, wie sie rochen. Dorthin, wo es keine Gespräche gab, sondern Spritzen. Das war bequem. So waren sie still. Alle. Später waren dann die Stimmen zu ihr gekommen. Vielleicht, weil sonst niemand mit ihr redete? Von den Stimmen hatte sie niemandem erzählt. Sonst hätten sie sie nicht gehen lassen. Das hatte sie gewusst. Lange hatten die Stimmen geschwiegen. Nun waren sie zurückgekommen. Manchmal sagten sie ihr, was sie tun sollte. Meistens hörte sie auf sie. Dass sie die alte Frau töten sollte, hatten sie ihr nicht gesagt. Im Gegenteil. Nun beschimpften sie sie. Mörderin. Mörderin. Mörderin schrien sie so laut, dass sie sich die Ohren zuhielt. Es gab Tage, da konnte sie es kaum ertragen und Nächte wie diese. Nächte, in denen sie gerne wieder auf das Dach gestiegen wäre. Nächte, in denen sie sich wieder eine Spritze wünschte. Eine Spritze, die sie in die Dunkelheit und Stille schickte.

Gemeindesaal, Stuttgart, Elisabethenstraße, nachmittags

Im Gemeindesaal herrschte gedämpftes Kerzenlicht. Schwere Vorhänge verdunkelten den Raum, in dem die Luft stand. Eisele begann zu niesen. Sieben Mal hintereinander. Auf Theodoras fragenden Blick hin, murmelte er: »Staub. Eine Stauballergie habe ich auch.« Theodora schüttelte den Kopf und verkniff sich eine Antwort. Das Schauspiel würde gleich beginnen und was die abgestandene Luft betraf, so befürchtete sie ebenfalls innerhalb kürzester Zeit schlappzumachen. Der Geruch nach alten, von fettigen Fingern abgegriffenen Gesangbüchern, ungewaschenen Haaren und Mottenkugeln stieg ihr in die Nase. War das der Geruch des Alters? Oder bildete sie sich das nur ein? In den Stuhlreihen vor ihnen hatten die Damen und Herren der *Gemeinsam-statt-Einsam-Gruppe* Platz genommen, und soweit sie es überblicken konnte, handelte es sich hierbei um ausnahmslos gepflegte Seniorinnen und Senioren. Wahrscheinlich verströmten die alten Staubfänger von Vorhängen diesen unguten Geruch, weshalb wohl auch Eisele seinen Niesanfall bekommen hatte.

»Liebe Mitglieder der *Gemeinsam-statt-Einsam-Gruppe*«, hob der Pfarrer an und schaltete sein Mikrofon ein, das sofort zu pfeifen begann.

»Verstehen Sie das?«, raunte Eisele. »Weshalb nimmt er ein Mikro?«

»Weil die meisten der Anwesenden wahrscheinlich schwerhörig sind?«, mutmaßte Theodora und räusperte sich. Der Staub hatte sich bereits in ihren Rachen gelegt.

»Darf ich Ihnen Frau Klein und Herrn Eisele vorstellen«, fuhr der Pfarrer fort, »Sie ermitteln im Fall unserer lieben verstorbenen Freundin Frau Häberle.«

»Freundin? Welche Freundin? Also meine Freundin war die ganz bestimmt ned!«, krähte es aus der hintersten Bank.

»Frau Oberstudienrätin, wir wissen, dass Sie Frau Häberle nicht besonders mochten, dennoch, lassen wir der Toten ihre Würde. Ich bitte Sie alle darum, auch Sie«, konterte der Pfarrer, auf dessen Stirn sich eine tiefe Falte abzuzeichnen begann.

»Ja, ja, es wird selten so viel gelogen, wie bei einer Beerdigung, gell!«, gab ein älterer Herr mit grauen Locken von sich, der mit seinem Stuhl auffällig nahe neben der Oberstudienrätin Platz genommen hatte.

»Genauso ischs«, sagte diese mit fester Stimme. Ganz offensichtlich war sie es gewohnt, das letzte Wort zu haben.

»Meine Damen und Herren«, Theodora war spontan nach vorn gegangen und hatte dem Pfarrer das Mikrofon aus der Hand genommen. »Meine Damen und Herren«, sprach sie noch einmal etwas lauter ins Mikrofon, »mein Kollege Eisele wird nun einige Fragen an Sie richten. Bitte helfen Sie mit, zur Aufklärung am Verbrechen an Frau Häberle beizutragen.«

Eisele war zusammengezuckt, als Theodora ihm das Mikrofon in die Hand drückte und sich auf einem der hintersten Stühle im Saal niederließ.

Kurz vor siebzehn Uhr war die Befragung der Senioren abgeschlossen. Eisele hatte versucht, ein *Bewegungsbild* der

Verstorbenen zu erstellen. Zunächst hatte er den Senioren mit viel Behutsamkeit erklärt, was es mit diesem Begriff auf sich hat. Die Anwesenden sollten ihm alles, was sie über Karolina Häberles Gewohnheiten wussten, nennen. Die kleinste Kleinigkeit, auch scheinbar Unwichtiges. Die alten Herrschaften plapperten aufgeregt durcheinander und Eisele hatte Mühe, alles zu erfassen. Am Ende waren zwei Hinweise interessant gewesen, die Eisele später in seinem Notizbuch wie folgt vermerken würde:

... die Frau sagte aus, Karolina Häberle habe ihr von einer jungen Polin erzählt, die alle zwei Wochen bei ihr geputzt habe. Erst am Donnerstag, also vermutlich einen Tag vor ihrem gewaltsamen Tod, hat die junge Frau dort zuletzt gearbeitet. Erklärt das den sauberen Zustand der Wohnung? Angeblich musste die Polin kurzfristig in ihre Heimat reisen, irgendjemand in ihrer Familie ist krank geworden oder hat ein Kind bekommen, Näheres wusste die Frau nicht zu berichten.

... Frau Häberle hatte die Angewohnheit, an sonnigen Tagen in einen der Stuttgarter Parks zu gehen. Dort konnte sie dann stundenlang auf einer der Parkbänke sitzen, die Spatzen füttern und sich mit vorbeikommenden Passanten unterhalten.

... Keiner der anwesenden Befragten hatte jemals Frau Häberle zu Hause besucht, mit Ausnahme des Pfarrers.

Auf dem Weg zum Dienstfahrzeug schwiegen beide. Theodora musste sich ungern eingestehen, dass Eisele die Sache mit der Befragung recht gut gemeistert hatte.

»Wer fährt?«, fragte sie knapp und biss sich auf die Lippen. Sie wusste genau, dass Eisele auf einen Kommentar von ihr wartete, doch dazu war sie nicht in der Lage.

»Sie«, antwortete er.

SAMSTAG, 10. AUGUST

Wieder eine Nacht. Erneut ein Traum. Sie hörte den Schrei. Sie lauschte. Dann war es still. Sie strich über ihr Gesicht. Zog ihre nassen Hände zurück. Sie hörte dieses Klopfen auf ihrem Kissen. Bum. Bum. Bum. Gnadenlos harte Schläge. Da war er wieder, der nicht enden wollende Druck in ihrer Brust. Ihr Nachthemd klebte an ihrem Körper. Sie stand auf, ging zur Balkontür, öffnete sie und sog die kühle Nachtluft ein. Ihre Beine waren wie Blei. In der Ferne erkannte sie die Lichter der Stadt. Wie durch Watte drangen Geräusche zu ihr. Zunächst fremd, doch dann hörte sie es deutlich. Menschen. Sie lachten. Irgendwo aus einem Lautsprecher erklang Musik. Es war eine Sommernacht. Eine Sommernacht wie damals, als sie ihn kennengelernt hatte. Fred. Wie lange war das her? Gut hatte er ausgesehen. In jeder freien Minute hatte er an einem Auto herumgebastelt. Später dann hatte er gesoffen. Sie hatte ihn rausgeworfen. Er war nicht gut gewesen. Nicht für sie beide. Sie hatte ihn auch nicht gebraucht. Sie war nicht mehr allein gewesen. Was brauchte sie mehr, als das Glück, das sie inzwischen in ihren Armen hielt. Nun waren ihre Arme leer.

MONTAG, 12. AUGUST

9.02 Uhr, Polizeidienststelle, Büro Klein

Theodora saß an ihrem Schreibtisch und grübelte. Vor wenigen Minuten hatte sie einen Anruf ihres Kollegen Fritz erhalten, der ihr das Ergebnis der DNA-Analyse mitteilte. In der Wohnung wurden jede Menge Haar und Hautpartikel gefunden, die jedoch größtenteils dem Opfer selbst zuzuordnen waren. Die fremde DNA war die einer Frau. Sie suchten also nach einer Täterin. Nach einer Täterin, die noch nie auffällig geworden war, zumindest hatte das der Abgleich mit der Analysedatei des Bundeskriminalamtes ergeben, es lagen keinerlei Hinweise vor.

»Ich fürchte Theodora, das war so etwas wie der perfekte Mord«, hatte Fritz gesagt, bevor er auflegte. Sollte er Recht behalten? Das durfte nicht sein, irgendetwas musste sie übersehen haben. Sie konnte sich nicht daran erinnern, jemals einen ähnlichen Fall gehabt zu haben. Vor einigen Jahren hatte es eine Einbruchsserie gegeben, bei der es zu zwei Todesfällen gekommen war. Eine Rentnerin und ihr Ehemann wurden damals tot in ihrer Wohnung aufgefunden. Es hatte sich herausgestellt, dass der Ehemann einen tödlichen Herzinfarkt erlitten hatte, als er seine Frau erschlagen in der Küche vorfand. Den Täter hatte sie mit ihrer damaligen Truppe schnell ermittelt, schließlich hatte er eine Vielzahl verwertbarer Spuren am Tatort hinterlassen. Seine DNA war schnell abgeglichen und sie konnten ihn als alten Bekannten in der Datenbank ausfindig machen. Doch dieser

Fall hier lag ganz anders. Nichts deutete auf einen Einbruch hin, auch Feinde schien die Tote keine gehabt zu haben, wenn man mal von der alten, gehässigen Krähe, dieser Frau Oberstudienrätin, absah.

Sie stand auf und öffnete das Fenster. Was sollte sie tun? Vielleicht nach langer Zeit einmal wieder einen Hinweis in den Karten suchen? Es wäre nicht das erste Mal, dass sie durch das Tarot einen Impuls bekäme, der sie auf die richtige Spur führen würde. Sie zog ihre Schublade auf und griff nach einer kleinen Papierschachtel, die ebenso abgegriffen war, wie die Karten, die sich darin befanden, doch dadurch lagen sie beim Mischen viel besser in der Hand. Ihr Blick fiel auf einen Umschlag. Es war der Brief, den ihr Murat bereits vor einer Woche gebracht hatte. Er war nach ganz hinten in ihrer Schublade gerutscht.

»Oh Gott, den habe ich ja vollkommen vergessen«, murmelte sie, und zog ihn mit spitzen Fingern, als sei er schmutzig, aus der Schreibtischschublade. Ihr Name war in blauer Tinte schwungvoll auf den Umschlag geschrieben worden. Sie kannte diese Schrift. Eine typische Arztschrift! Die Schrift von Herrn Dr. Adick, seines Zeichens Psychologe und Nachbar ihres Vaters. Ein böser, kleiner Mann, giftig wie ein Pinscher. Dieser Brief konnte nichts Gutes bedeuten. Theodora schob die Karten zurück in die Papierhülle, legte sie in die hinterste Ecke ihrer Schublade und verschloss diese. Der Brief lag anklagend vor ihr auf ihrem Schreibtisch. Zögernd griff sie zum Brieföffner und schlitzte den Umschlag mit einem Ratsch auf.

Sehr geehrte Frau Klein … las sie da in gedruckter Form. Dann verschwamm ihr das Blatt vor den Augen …

»Ich muss dir sofort was zeigen«, rief Gerda und stürmte in Theodoras Büro.

»Herrgott, ist es denn inzwischen nicht mehr üblich anzuklopfen?«, maulte Theodora und wischte sich über die Augen. Die Unsitte Hummels, wie der Ochs in den Porzellanladen zu trampeln hatte sich ganz offensichtlich auf Gerda übertragen.

»Was ist los?«, fragte Gerda neugierig und warf einen unverhohlenen Blick auf den Brief, den Theodora noch immer in Händen hielt.

»Nichts, was dich betrifft«, gab Theodora unwirsch zurück, doch Gerda hatte bereits begonnen, hektisch am Reißverschluss ihrer Tasche zu nesteln. Theodora ahnte, was ihr bevorstand.

»Gerda«, trat sie die Flucht nach vorn an, »für den Fall, dass du mir Fotos von deinen Enkelkindern zeigen willst, dafür habe ich im Moment wirklich keinen Kopf. Tut mir leid!«

Verständnislos schüttelte Gerda den Kopf. Was war nur in Theodora Klein gefahren? Abrupt erhob sich Theodora von ihrem Bürostuhl, ging zu ihrem Schrank und holte ihre Umhängetasche heraus. Sie warf den Brief hinein, knallte die Schranktür zu und eilte aus ihrem Büro.

Auf dem Flur prallte Theodora mit Kriminaloberrat Hummel zusammen. Noch bevor er etwas sagen konnte, rief sie ihm zu:

»Ich muss mal raus hier, sonst erstick ich noch.«

Kopfschüttelnd schaute er ihr durch das große Fenster nach, wie sie zum Fahrradständer eilte und ihr giftgrünes E-Bike herauszog.

Einen Augenblick später sah er nur noch ihr im Wind wehendes Haar, das im Schein der Sonne rot leuchtete wie der Schlund der Hölle …

10.15 Uhr, Höhenpark Killesberg

Theodora hatte sich auf ihr Rad geschwungen und war einfach losgefahren. Als sie durch die Hildebrand Straße kam, bemerkte sie, dass sie unbewusst die Route Richtung Killesberg gewählt hatte, was merkwürdig war, denn eigentlich bevorzugte sie den wesentlich stilleren Rosensteinpark. Dort hatte sie stets das Gefühl sich in einem hochherrschaftlichen englischen Landschaftspark zu befinden. Oft hatte sie auch schon einen der mächtigen kalifornischen Mammutbäume umarmt, die dort wundervoll gediehen. Dann legte sie ihr Gesicht in die würzige Rinde, schloss die Augen, atmete tief ein und wurde eins mit dem Baum, fühlte, wie sich ihre Wurzeln tief unter der Erde mit denen des Baumes verbanden und sie neue Energie, Kraft und Ruhe daraus schöpfte. Gerade dies hätte sie heute so nötig wie schon lange nicht mehr gehabt, trotzdem war sie unbewusst in diese Richtung abgebogen.

Als der Spielplatz des Höhenparks vor ihr lag, entschloss sie sich, ihre Tour hier zu beenden. Es war erst kurz vor elf und nur wenige Mütter saßen auf den Bänken, meist schliefen ihre Babys in den Kinderwägen. So war der Spielplatz zu ertragen, im Gegensatz zum Nachmittag, da würde er vor schreienden, kreischenden Kleinkindern und ihren Müttern besiedelt sein. Theodora suchte sich eine Bank im Schatten einer großen Kastanie und ließ sich darauf nieder. Noch einmal zog sie den Brief hervor und begann zu lesen. Bereits die ersten Worte ließen ihr die Gallensäure in den Schlund schießen. Herr Dr. Adick setzt sie in Kenntnis, dass ihr Vater an Krebs erkrankt sei. Die Operation habe er bereits gut überstanden, auch über eine Anschlussheilbehandlung wurde bereits entschieden. Unklar sei jedoch das weitere Vorgehen, was seine häusliche Situation beträfe, wenn er von dieser Reha-Maßnahme wieder zurück nach

Hause entlassen werden würde. Herr Dr. Adick verwies in gewohnt vorwurfsvollem Ton darauf, dass weder er noch seine Frau weiter gewillt seien, Sorge für den alten Herrn zu tragen, schließlich sei sie, Theodora, seine Tochter und habe eine eindeutige Verpflichtung. Über dieses Schreiben, seinen Inhalt und das Ansinnen habe sie jedoch Stillschweigen zu wahren. Mit den Worten, er mache sie für alles Weitere verantwortlich, schloss er dieses unglückselige Schreiben.

Erneut fühlte Theodora, wie ihr die Wut den Hals zuschnürte. Ihr Vater war ein schlechter Mensch. Er hatte sie nie gemocht, was er sie stets spüren ließ. Schon früh in ihrer Kindheit hörte sie den Satz aus seinem Mund, wie viel lieber er einen Sohn bekommen hätte, aber nein, mit einer Tochter sei er gestraft. Mutter hatte dazu stets geschwiegen, wahrscheinlich empfand sie es genauso. Sie hatten ihr Hosen und flache Schuhe angezogen und im Winter einen dunkelgrünen Anorak.

»Der wärmt gut«, hatten die Eltern gesagt, die Mitschüler hatten sie ausgelacht. Die Haare wurden ihr geschoren, doch die widerspenstigen Locken standen wild von ihrem Kopf ab und die Jungs schrien ihr »Schrubber« hinterher. Damals begann sie alles, was männlich war, zu hassen. Zuerst ihren Vater, dann ihre Mitschüler. Wie viele Jahrzehnte waren seither vergangen? Alles war in ihrer Kindheit und Jugend geschehen, doch verarbeitet hatte sie es nie. Theodora seufzte tief. Sie musste ihre Gedanken ordnen, zur Ruhe kommen, eine Entscheidung treffen. Wie sollte sie mit ihrem Vater weiter verfahren? Wie sollte sie überhaupt mit ihm in Kontakt treten? Bei ihrem letzten Besuch hatte er sie hinausgeworfen und das nur, weil sie, nachdem sie mit dem Ellbogen ihres Pullovers auf der vor Schmutz strotzenden, klebrigen Tischplatte hängen geblieben war, einen Lappen aus der Küche geholt hatte, um den Tisch zu reinigen. Das war allerdings unmöglich gewesen, denn der schmierige Lappen roch bereits sauer. Ihr Vater hatte sich ihr daraufhin in den Weg gestellt, zur Tür gewiesen und gebrüllt, sie solle verschwinden und sich niemals wieder bei ihm blicken lassen. Dabei hatte er sie aus seinen wässrig grünen Augen hasserfüllt angeblickt. Mit diesen wässrig grünen Augen musste sie leben, in diese Augen blickte sie täglich, diese Augen hatte sie von ihrem Vater geerbt. War das der Grund, weshalb sie sich manchmal selbst nicht leiden konnte? Sie schloss die Augen und konzentrierte sich auf ihren Atem. Sie wusste nicht, wie lange sie so gesessen hatte, als sie hinter sich einen leisen Schrei vernahm. Sie drehte sich um und sah eine Frau in Joggingbekleidung, die sich hinabbeugte und mit schmerzverzerrtem Gesicht ihren Knöchel rieb.

»Kann ich Ihnen helfen«, rief sie der Frau zu. »Möchten Sie sich vielleicht einen Moment hinsetzen?«

»Danke, gerne.« Die Frau steuerte humpelnd auf die Parkbank zu und ließ sich mit einem tiefen Seufzer darauf nieder. Theodora betrachtete sie. Sie mochte etwa in ihrem Alter sein, etwas jünger vielleicht, konstatierte die Polizistin in ihr sogleich, doch kleiner als sie, von weiblicher Statur zwar aber nicht direkt mollig. Ihr halblanges, glattes, zu einem Pferdeschwanz gebundenes Haar, war bereits von Silberfäden durchzogen. Ansonsten wies es ein fades Braun auf. Einzelne kleine Strähnen hatten sich am Hinterkopf aus dem Gummi gelöst. Die Frau schwitzte stark.

»Geht's wieder?«, Theodora wies auf den verletzten Knöchel.

»Ich glaube, es ist nicht ganz so schlimm, wie es zunächst ausgesehen hat. Wahrscheinlich war der Schreck größer, als alles andere.« Sie zog eine Wasserflasche, die sie an einem Gürtel mit sich trug, hervor, löste die blaue Verschlusskappe und trank den Inhalt bis auf den letzten Tropfen aus. Dann stand sie auf, humpelte zu einem Mülleimer, der unweit der Bank stand, und warf die Flasche hinein.

»Ich weiß, ich weiß, der Plastikmüll«, sagte sie entschuldigend und setzte sich wieder. Offensichtlich hatte sie Theodoras anklagende Miene richtig gedeutet. »Aber wissen Sie, eine Glasflasche ist halt viel schwerer, und außerdem, sollte ich einmal stolpern und stürzen wäre es auch viel gefährlicher«, meinte sie beschwichtigend.

»Ich habe gar nichts gesagt«, antwortete Theodora und zog die Stirn kraus. Sie dachte an die vielen Menschen, die froh waren, wenn sie irgendwo eine Pfandflasche aus einem Gebüsch oder einem Mülleimer klauben konnten, um wenigstens ein paar Cent Pfand dafür zu bekommen. Als hätte ihre Banknachbarin ihre Gedanken gelesen, fuhr sie fort:

»Wissen Sie, ich bin sonst eigentlich nicht so. Ich mache mir viele Gedanken über unsere Umwelt. Wenn ich an die armen Eisbären denke, die irgendwann ihren Lebensraum verlieren, weil das Eis in der Arktis geschmolzen ist, und die ganzen Pinguine.«

»Na ja, wenn Sie damit erst mal anfangen, werden Sie bald nicht mehr wissen, wo Sie aufhören sollen«, antwortete Theodora und wunderte sich bereits über sich selbst, dass sie sich auf dieses unerquickliche Gespräch eingelassen hatte.

»Was meinen Sie, wie viele Arschlöcher es gibt, die meinen, sie müssten sich irgendwelche Pülverchen aus gemahlenen Elefantenzähnen oder Büffelhörnern ins Müsli rühren, nur damit ihr bestes Stück besser dasteht, im wahrsten Sinne des Wortes!« Theodora schnaubte. Da war er wieder, dieser Abgrund in ihr, alles, was das Männliche betraf.

»Jedes Mal, wenn ich mir einen Fisch in die Pfanne lege, denke ich darüber nach, auf wie vielen Plastiktüten ich wohl gerade herumkaue«, sagte die Frau nachdenklich, ohne auf Theodoras Einwand einzugehen.

»Halt, Ben, Vinc, bleibt sofort stehen!«, wurde ihre Unterhaltung jäh unterbrochen, und zwei Jungs in kurzen Hosen kamen direkt auf ihre Bank zugerannt. Die Bengel pflanzten sich vor ihnen auf und streckten ihre langen, himbeerroten Zungen heraus.

»Da seid ihr ja«, keuchend war die Mutter bei der Bank angelangt. Ohne die beiden Frauen eines Blickes zu würdigen und ohne eine Entschuldigung nahm sie die beiden Jungs an die Hand und führte sie von der Bank fort.

»Ihren Rotzlöffeln sollte dringend mal jemand bessere Manieren beibringen«, rief Theodora der Mutter verärgert hinterher, doch diese drehte sich nur um und antwortete giftig: »Diese Frechheit verbiete ich mir! Kinder brauchen Entfaltungsspielraum um ihre Persönlichkeit zu entwickeln. Wahrscheinlich sind Sie schon zu alt, um das zu verstehen und Kinder haben Sie ganz sicher auch keine.« Dann zog sie mit ihren Bälgern davon.

»Haben Sie das gehört?«, fragte die Joggerin entsetzt.

»Na klar hab ich das gehört! Ich bin ja offensichtlich schon sehr alt, ein Hörgerät brauche ich trotzdem keines und diese Person hat ja laut genug gekeift. Was wundert man sich über solche Hosenscheißer, wenn selbst die Mutter noch einen Erzieher nötig hätte.«

»Da haben Sie absolut recht«, pflichtete ihr die Joggerin bei. »Aber jetzt mal im Ernst, Sie mögen wohl wirklich keine Kinder, was?«

»Nein!«, antwortete Theodora spontan.

»Dann haben wir was gemeinsam«, sagte ihre Banknachbarin. »Kinder stinken, machen Krach, kosten Geld und quengeln den lieben langen Tag! Ich habe auch keine und ich sage Ihnen was, ich bin froh darüber!«

Theodora drehte sich zu ihrer Nachbarin um und schaute ihr direkt ins Gesicht. Ihr selbst waren Kinder schon immer gleichgültig gewesen, doch aus diesen Worten sprach eine abgrundtiefe Abneigung und sie fragte sich, was dieser Frau wohl geschehen sein mochte, dass sie Kinder so sehr ablehnte. Gerne hätte sie sie danach gefragt, doch sie war hier in keiner Vernehmung, so musste das wohl das Geheimnis der Joggerin bleiben.

»Ich muss dann auch weiter. Es war nett, Sie getroffen zu haben«, sagte diese und erhob sich langsam von der Bank.

»Ja, vielleicht werden wir uns wieder einmal begegnen«, murmelte Theodora und sah ihr lange nach …

Inzwischen war die Sonne gewandert und der Baum bot keinen Schatten mehr. Noch immer hatte Theodora den Brief in ihrer linken Hand, das Papier hatte inzwischen die Feuchtigkeit ihrer Finger angenommen. Die Ereignisse des bisherigen Tages waren eine große Belastung gewesen und hatten Theodora mehr mitgenommen, als sie sich eingestehen wollte. Sie faltete das Geschreibsel zusammen und stopfte es achtlos in ihre Tasche. Die Begegnung mit den beiden ungezogenen Rotznasen und ihrer Mutter, hatten ihr den Rest gegeben. Sie hatte keine Lust auf weitere Begegnungen dieser oder ähnlicher Art. Was tat sie eigentlich hier auf einen Kinderspielplatz? Reichte es nicht schon, einen Vater wie ihren Vater, einen Vorgesetzten wie Hummel und nun auch noch einen Kollegen wie diesen Eisele zu haben? Sie nahm ihr Rad, das sie an den Baumstamm hinter sich gelehnt hatte, und schob es langsam in Richtung Radweg. Es wurde Zeit, sich wieder an die Arbeit zu begeben. Inzwischen würde Kollege Eisele auch im Büro eingetroffen sein.

Vor dem Wagen des Eisverkäufers hatte sich eine lange Schlange versammelt. Wie jeden Montag stand er an seinem angestammten Platz. Ihre Zunge klebte an ihrem Gaumen.

Ohne es zu bemerken, war sie stehen geblieben. Wann hatte sie zum letzten Mal ein Eis gegessen? Sie konnte sich nicht daran erinnern. Paralysiert starrte sie auf die Menschen. Manche redeten zusammen, lachten. Viele kannten sich. Keiner kannte sie. Woher auch. Sie hatte kein Bedürfnis auf Gesellschaft. Ihre Kundinnen genügten ihr vollkommen. In letzter Zeit bewältigte sie schon das fast nicht mehr. Freundlich sein. So tun, als interessiere sie sich für deren Leben. Hatte je auch nur eine von all den Damen danach gefragt, wie es ihr ging? Nie! Die meisten von ihnen waren verwitwet. Viele waren froh, ihre Männer endlich losgeworden zu sein, zumindest erschien es ihr so. Im Wohlstand lebten sie, diese alten Schachteln. Im Wohlstand, der ihnen von ihren Männern hinterlassen worden war. Ekelhaft. Keine von denen wusste, wie gut es ihnen ging. Ihr war nie etwas geschenkt worden. Im Gegenteil. Um alles hatte sie kämpfen müssen. Am Ende war ihr das Liebste genommen worden. Ihre Schuhe drückten. Ihre Beine schmerzten. Verdammt, sie war nichts mehr gewöhnt. Wollte sie es anders? Sie wusste es nicht. Wenigstens hatten die Stimmen sie heute in Ruhe gelassen. Seit Tagen zum ersten Mal. Auch das Rauschen in ihren Ohren schien verschwunden. Sie atmete leichter als sonst. Darum hatte sie es heute auch getan, einfach die Schuhe angezogen. Sie war rausgegangen aus dem Haus. Und dort stand der Eisverkäufer. Im Moment war niemand vor dem Wägelchen. Langsam ging sie hinüber. Schon von Weitem lockten sie ihre Lieblingssorten von einst. Schoko, Haselnuss, Vanille. Gerade als sie einmal Schoko *sagen wollte, kam ein Junge auf Rollschuhen angerauscht, rempelte sie an und stieß sie zur Seite. Der Moment war vorüber. Sie ging.*

15.30 Uhr, Polizeidienststelle, Büro Klein

Gegen halb vier am Nachmittag traf Georg endlich in der Dienststelle ein. Wieder einmal war eine S-Bahn wegen Gleisarbeiten ausgefallen. Beim Betreten des Gebäudes stellte sich ein Druck in seiner Magengegend ein. War das jetzt das Neueste? Hatte er einen Reizmagen entwickelt, oder kam es gar daher, dass er vor lauter Boxspringbett nicht nur vergessen hatte zu frühstücken, auch sein Mittagessen war ausgefallen. Vor dem Aufzug hatte sich eine Schlange junger Menschen gebildet. Wahrscheinlich wieder einmal solche, die sich für den Beruf des Polizisten interessierten. »Wenn die wüssten, was da auf sie zukommt«, grantelte Georg und starrte auf die Anzeigetafel, auf der die *Vier* provokativ blinkte. Georgs Büro befand sich genau dort oben im vierten Stock. Ungeduldig trat er von einem Bein aufs andere. Es würde sich doch wohl nicht…

Von irgendwoher rief jemand: »Der Aufzug isch defekt, also treiben wir ein bissle Betriebssport, auf geht's!«

Schnell setzte sich die Meute in Bewegung und rannte in Richtung Treppenhaus. Ausgerechnet, das hatte ihm gerade noch gefehlt. Widerwillig folgte er den jungen Leuten, um sich, seinerseits langsam, auf den Weg in den vierten Stock zu machen.

Georgs Knie schmerzten, als er nach einigen Minuten erschöpft sein Stockwerk erreichte. Doch was war das? Wie roch es hier? Eindringlich süß! Je näher er seinem Büro kam, desto intensiver wurde der Geruch, oder sollte er es besser Gestank nennen? Unschlüssig blieb Georg vor seiner Bürotür stehen. Es kam eindeutig aus diesem Raum. Er klopfte. Nachdem er keine Antwort bekam, drückte er die Klinke vorsichtig nach unten. Die Tür öffnete sich. Georg traute seinen Augen nicht, die Rollos waren vollständig herabgelassen. Theodora Klein saß in Trance versunken hinter dem, was ursprünglich ihr Schreibtisch gewesen war. Dort, wo sonst die Akten lagen, stand nun, auf einem dunkelroten Samttuch, eine glänzende Schale aus Metall. Georg erkannte ein Gitter auf der Schale, auf dem ein Kohlestück lag. Aus der Mitte der Kohle stieg beißender Rauch auf, der das ganze Zimmer in blauen Dunst hüllte. Dieser Rauch roch süß und schwer. Georgs Augen begannen zu tränen. Theodora schien ihn nicht wahrzunehmen. Auf der linken Seite ihres Schreibtisches flackerte eine große lila Stumpenkerze. Direkt vor sich hatte sie einige bunte Karten ausgelegt, bei denen es sich eindeutig nicht um Spielkarten handelte. Es mussten diese verrückten Tarotkarten sein. Auf Zehenspitzen schlich sich Georg näher zum Schreibtisch, um einen Blick darauf zu werfen. Vorsichtig nahm er eine der Karten in die Hand und betrachtete sie. Mit dem, was er dort sah, konnte er nicht das Geringste anfangen. Eine junge Frau in einem bodenlangen roten Gewand, deren Arme gefesselt und die Augen verbunden waren, stand inmitten von acht Schwertern, die um sie herum in der Erde steckten.

»So ein Blödsinn«, murmelte Georg und legte die Karte vorsichtig an ihren Platz auf dem Tisch zurück, dabei stieß er gegen einen Teller, den er zuvor nicht gesehen hatte. Sofort spürte er seinen knurrenden Magen, denn auf dem Teller lagen, appetitlich angeordnet, knusprig braune Kekse. »Ha, dacht ich mir's doch«, flüsterte Georg gehässig, als er nach einem der Kekse griff. Diese Hexe hatte ihn an seinem ersten Tag schon zum Gespött der ganzen Kompanie gemacht. Sie hatte ihn bei Hummel angeschwärzt. Und nun saß sie hier, mitten in ihrem Büro in einem Räucherstäbchennebel, der ihm fast den Atem raubte, vor sich einen Teller mit »Kekse«, diese Chance konnte er sich nicht entgehen lassen.

Gebäck mit stimmungsaufhellender Wirkung. Wie sonst

sollte man auch in einen solchen Bewusstseinszustand verfallen? »Theodora, jetzt hab ich dich!«, murmelte er und zog ein frisches Stofftaschentuch aus seiner Hosentasche. Mit spitzen Fingern griff er einen Keks und begann ihn vorsichtig einzuwickeln. Rache musste man kalt genießen! Er freute sich bereits auf das Ergebnis, nachdem er Hummel den Keks zur Analyse übergeben hatte.

»Wieso haben Sie mich, Eisele?«, fragte Theodora scharf und erhob sich langsam von ihrem Stuhl. »Und seit wann duzen wir uns? Mein Bewusstseinszustand ist im Gegensatz zu dem Ihrigen völlig klar!«

Georg zuckte zusammen und ließ den Keks fallen, der am Boden zu einem Häuflein traurig brauner Krümel zerschellte. Theodora bückte sich, hob die Krümel auf und warf sie in Mephistos Müslischale.

»Aber … Sie können doch dem Tier nicht …«, stammelte Georg.

»Was kann ich nicht?« Theodoras Stimme wurde noch schärfer. Die Hände auf den Rücken gelegt, pflanzte sie sich vor Eisele auf.

»Also, heraus mit der Sprache, was kann ich nicht mit dem Tier …?«, wiederholte sie ihre Frage.

»Na ja, der Keks, ich meine …«, Georg rang um Fassung.

»Was ist, Eisele, haben Sie Hunger? Ich nehme an, das, was da so knurrt, ist Ihr Magen, oder?« Sie griff zum Teller und hielt ihn Eisele unter die Nase. »Möchten Sie einen probieren?«

»Nein, um Himmels willen, solche Kekse esse ich nicht. Jetzt schauen Sie mich nicht so ungläubig an, ich weiß genau, was das für Kekse sind!«

»Ach ja?«, sagte Theodora kühl und biss herzhaft in das Gebäck.

»Kennen Sie die auch? Das sind die Haferkekse mit Honig

von Aldi. Ich liebe diese Kekse und freue mich immer, wenn sie gerade im Angebot sind.«

Georg schluckte trocken.

»Ich sehe schon, an Ihrem kriminalistischen Spürsinn müssen wir noch arbeiten.« Ohne eine Antwort abzuwarten, ging Theodora zum Fenster. »Frische Luft wird uns beiden guttun«, sie zog die Rollos nach oben und öffnete beide Fensterflügel. Erst jetzt wurde der ganze Qualm sichtbar. Sie drehte sich um und erschrak beim Anblick ihres Kollegen. »Eisele, sie sind ja ganz blass um die Nase.« Sie hielt kurz inne, doch sie konnte es sich nicht verkneifen: »Nicht, dass Sie mir hier mein Büro vollkotzen, gehen Sie lieber, machen Sie Feierabend.«

Georg zuckte mit den Schultern. Zu Worten war er nicht mehr fähig. Was für eine neuerliche Niederlage. Nach Hause sollte er gehen? Jetzt? Nein. Er hatte keine Lust auf seine Mutter und ihr Boxspringbett. Sollte sie doch zusehen, wie sie damit klarkam. Er würde heute Abend zu Chantal gehen. Auch wenn der Monat noch nicht um war und seine Mutter ihm den Skatabend im Brauhaus nicht abnehmen würde. Es war Zeit, dass er alles in seinem Leben änderte.

»Ach Mephisto«, Theodora schaute in den Käfig. Genussvoll knabberte die Ratte an den Resten des Premium Müslis.

Eisele hatte tatsächlich das Büro ohne weitere Worte verlassen. »Der Eisele ist schon eine schräge Nummer, oder?«

Im Käfig raschelte es. »Weißt du, er fühlt sich in unserer Gesellschaft nicht wohl. Er mag dich nicht. Aber ganz ehrlich, ich mag den auch nicht.« Sie strich ihm über das seidige Fell.

»Ich kann mich bemühen, soviel ich will, aber für mich ist und bleibt er ein Eindringling. Vielleich bin ich ja zu streng mit ihm, er ist auch nur eine arme Sau. Wenn ich mir vorstelle, dass der noch bei seiner Mutter wohnt. Gott bewahre!«

Sie nahm die restlichen Haferkekse, legte sie zurück in die Schachtel und schloss den Deckel.

»Haschkekse«, murmelte sie und schüttelte den Kopf. »Der kommt vielleicht auf Ideen.«

Mephisto hatte aufgehört zu knabbern und sah Theodora aus schwarzen Knopfaugen an. Vorsichtig hob sie ihn aus seinem Käfig und setzte ihn in die Transportbox in ihrer Tasche. Genau betrachtet war er ihr einziger Freund, das einzige Wesen, das ihre Hand wärmte, wenn sie über sein kurzes Fell strich, und dass das ein bisschen wenig war, musste sie sich traurig eingestehen.

Nachdenklich bestieg Theodora ihr Fahrrad. Die Hitze lag noch immer brütend über Stuttgart und wieder einmal war sie froh, nicht im Talkessel, sondern auf der Halbhöhenlage zu wohnen. Dort, wo früher ausschließlich die Schönen und die Reichen gewohnt hatten. Nun gut, ein bisschen war es noch immer so. Sie selbst wohnte zwar ebenfalls in einer Villa, wenn auch in einer, die längst in die Jahre gekommen war. Ihrem Vermieter, einem Achtzigjährigen ehemaligen Finanzbeamten, fehlte das Geld um das Haus renovieren zu lassen, und da er keine Kinder hatte, denen er etwas hinterlassen musste, hatte er längst die Einstellung *nach mir die Sintflut* angenommen. Er brauchte nicht nur zwei neue Hüften, er hörte auch schlecht, war aber zu eitel, sich ein Hörgerät zuzulegen, was ihr sehr entgegenkam, denn so hörte er nicht, wenn sie am Abend ihre Musikanlage aufdrehte, und wenn der süßliche Duft des Cannabis durch das Treppenhaus zog, nahm er an, sie würde backen. Das alles hatte jedoch nun ein Ende gefunden, nachdem er das bislang unbewohnte Obergeschoss an die Türkin und ihren frechen Sohn Murat vermietet hatte. Als sie auf dem Klingelschild den Namen Kächele gelesen hatte, war sie der Annahme gewesen, über ihr sei ein schwäbisches Ehepaar eingezogen. Umso erstaunter war sie, als eines Nachmittags eine Frau mittleren Alters bei ihr klingelte und sich vorstellte. Es war Frau Kächele, doch sie trug ein großes beiges Kopftuch, hatte olivbraune Haut und große braune Augen.

»Hier, für Sie«, hatte diese Frau gesagt und ihr einen Teller mit Kuchenstücken gereicht.

»Weil gute Nachbarschaft ist wichtig«, konnte sie gerade noch hervorbringen, da hatte Theodora den Teller bereits unsanft zurückgeschoben.

»Danke, aber ich esse keine Süßigkeiten, Sie entschuldigen mich«, hatte Theodora gesagt und Frau Kächele die Tür vor der Nase zugemacht. Mit einem Blick hatte sie erkannt, dass es sich um das typisch türkische Gebäck handelte, das einem den Gaumen verklebte wie altbackener Uhu. Merkwürdig, dass sie gerade heute daran denken musste.

»Werde ich jetzt plötzlich sentimental? Nur das nicht!«, murmelte sie, als sie vom Rad stieg und dem hölzernen Gartentor einen Schubs gab, dass es quietschend aufflog.

19 Uhr, Wohnung Klein, Stuttgart, Artusweg

Im Garten roch es aufdringlich nach frischer Wäsche. »Weichspüler, ohne Ende, gut für die Umwelt«, maulte Theodora, ganz offensichtlich hatte der alte Vermieter es also doch zugelassen, dass die Türkin hinter dem Haus eine Wäscheleine aufgespannt hatte. Es fehlte nur noch, dass sie ihren fliegenden Teppich im Garten ausbreitete und den Staub ausklopfte.

»Es ist eben alles nicht mehr so, wie es einmal war,« murmelte sie frustriert und schloss die Haustür auf. Abrupt blieb sie stehen. Erneut war es ein Duft, der sie irritierte. So hatte es in diesem Treppenhaus ja noch nie gerochen. Während sie langsam nach oben stieg, lief ihr ungewollt das Wasser im Munde zusammen. Gewürze, die sie nicht kannte, gepaart mit dem unverwechselbaren Geruch nach frisch gebratenem Fleisch durchzogen das Haus. Theodoras Magen knurrte. Außer den Haferkeksen hatte sie heute noch nichts gegessen. Rasch schloss sie ihre Wohnungstür auf. Heute Abend würde sie sich nach langer Zeit endlich wieder einmal etwas kochen. Sie stellte die Tasche ab, hob Mephisto heraus, und setzte ihn in seinen Käfig. Als sie den Kühlschrank öffnete, stellte sie resigniert fest, dass dieser außer zwei Dosen Schwaben Bräu, einem angetrockneten halben Camembert und ein paar schrumpeligen Radieschen nur noch gähnende Leere zu bieten hatte. Während sie mit einem lauten *Knack* die Bierdose öffnete, ließ sie sich auf einen der Stühle plumpsen, die um ihren Tisch standen. Noch immer lag das Häufchen Tarotkarten dort. Gierig trank sie die Dose in einem Zuge leer. Sie hatte gar nicht bemerkt, wie durstig sie gewesen war. Von Rastlosigkeit getrieben, ging sie zu ihrem Radio.

Und es war Sommer, das erste Mal im Leben, erklang ein Schmachtfetzen aus den Siebzigern. Du lieber Himmel, wer hatte denn SWR 4 eingestellt? Etwa sie selbst? Nervös fuhr sie sich durch die Locken, sie schwitzte. Dieses Lied! Sie konnte es nicht ertragen. Damals, als sie es zum ersten Mal von Peter Maffay gehört hatte, war sie gerade zum ersten Mal frisch verliebt gewesen. Paul hatte er geheißen, und war zwei Klassen über ihr. Immer wenn er sie gesehen hatte, lächelte er, was sie damals für ein Lächeln gehalten hatte, war jedoch in Wirklichkeit Spott gewesen. Eines Tages hatte sie es selbst gehört, wie er auf dem Flur über sie geredet hatte. Über das Mannweib mit den kurzen Haaren, das Brett mit Warzen. Alle hatten gelacht, alle, auch die Mädchen ihrer Klasse. Damals hatte sie damit begonnen, ihren eigenen Weg zu gehen. Sie ging ihn bis heute. Als Kriminalistin hatte sie sich mit der Zeit einen guten Namen erworben, sie hatte jeden Fall gelöst, bis jetzt. Dieser Fall hier war anders. Er stellte sie vor eine ganz besondere Herausforderung. Warum wurde Frau Häberle auf so brutale Art und Weise umgebracht? Welchen Grund konnte jemand haben, eine alte Frau zu erschlagen? Verdammt wo war der Haken? Sie musste noch einmal in die Dienststelle, ganz egal wie sehr ihr der Magen knurrte, essen würde sie später noch können. Sie musste noch einmal los, Akten noch einmal durchsehen. Irgendwas hatte sie übersehen. Ganz sicher. An der Wohnungstür klingelte es. Theodora zuckte zusammen. Wer konnte das sein? Wieder schrillte es. Das Geräusch war nicht auszuhalten, seit wann klang das so? Schon immer? Müde erhob sie sich und schlurfte zur Tür. Das Bier auf ihren leeren Magen forderte seinen Tribut.

»Ich komme«, rief sie, als sie Schritte im Treppenhaus hörte. Sie öffnete, doch es war niemand mehr da, nur ein Zettel lag zusammengefaltet auf ihrer Fußmatte. Theodora hob ihn auf und faltete ihn auseinander.

Liebe Frau Klein, las sie, *leider haben Sie nicht aufgemacht, obwohl, glaube ich, dass Sie sind zu Hause. Ich habe gekocht, gutes Essen gekocht, türkisch, mit vielen frischen Kräutern. Süßes mögen Sie nicht, haben Sie mir damals gesagt, ich hoffte, dass Sie scharf mögen, und Reis. Schade, vielleicht hätte ich einladen sollen Sie vorher, damit Sie wissen Bescheid. Vielleicht ein anderes Mal. Viele Grüße Aylin Kächele*

Theodora ließ die Arme sinken. Hätte sie die Einladung annehmen sollen? Frau Kächele war eine freundliche Frau, die es als alleinerziehende Mutter eines pubertierenden Jungen bestimmt nicht leicht hatte. Auch Freunde schien sie keine zu haben, jedenfalls hatte Theodora noch nie jemanden nach oben gehen gesehen. Offensichtlich war sie eine gute Köchin, die Düfte, die durchs Haus zogen, seit sie hier wohnte, ließen diesen Rückschluss zu. Sie hatte Hunger und war trotzdem gerade dabei, schon wieder eine Einladung von Frau Kächele nicht anzunehmen. Es wäre ein Leichtes, nach oben zu gehen, zu klingeln und ganz einfach zu sagen, *hier bin ich.*

»Wir hätten uns bestimmt nichts zu sagen gehabt«, murmelte sie vor sich hin und blickte auf die Uhr. Hunger hin, Hunger her, es war kurz vor acht, wenn sie nochmals in die Dienststelle wollte, musste sie sich nun auf den Weg machen.

NACHT VOM 12. AUGUST, POLIZEIDIENSTSTELLE STUTTGART, BÜRO KLEIN

Theodora schaute zur Uhr. Kurz nach elf, Zeit die Akte *Tote Oma* zuzuklappen. Mit geschlossenen Augen blieb sie sitzen. Das grelle Licht der Schreibtischlampe schmerzte in ihren Augen. Erst jetzt fiel ihr der Gestank der Zwiebelringe auf. Wie hatte sie es nur so lange ausgehalten in diesem Mief? Auf dem Weg zur Dienststelle war sie am Abend beim *Bosporus* vorbeigegangen, um sich einen Döner zu holen. *So habe ich wenigstens etwas Türkischem meinen Tribut gezollt,* hatte sie sich beim Gedanken an Frau Kächele gesagt, und sofort ein schlechtes Gewissen bekommen. *Das nächste Mal werde ich zu ihr gehen, wenn sie mich überhaupt noch einmal einlädt,* nahm sie sich vor. Sie wickelte die restlichen Zwiebelringe – es waren ungenießbar viele gewesen – in die zerrupfte Alufolie und verschloss diese, so gut es möglich war.

Hatte sie etwas in den Aufzeichnungen gefunden, was sie zuvor nicht gewusst hatte? Resigniert zog sie den braunen Aktendeckel erneut zu sich, öffnete ihn ein weiteres Mal und begann erneut darin zu lesen, was sie gefühlt schon hundertmal gelesen hatte.

– Bei der Mörderin von Frau Häberle muss es sich um eine Frau handeln, da am Tatort eine weibliche DNA gefunden wurde, die jedoch in keiner Datenbank gefunden werden konnte.

– Karolina Häberle hatte außer ihrer Tochter, die mit Mann und Kind in den USA lebt, keine weiteren Verwandten mehr in Deutschland.

– Im Seniorenkreis der Kirche, in dem sie regelmäßig ver-

kehrte, hatte sie keinerlei Feindschaften zu beklagen. (Bis auf die giftige Oberstudienrätin, die sie offenbar nicht gemocht hatte.)

– Pfarrer Scheible, der Karolina Häberle tot in ihrer Wohnung aufgefunden hatte, berichtete von einer warmherzigen humorvollen Frau, die, so hatte der Pfarrer eingeräumt, allerdings nach dem Tod ihres Mannes erst so richtig aufgeblüht war.

– Befragt nach einem etwaigen neuen männlichen Begleiter hatte der Pfarrer den Kopf geschüttelt. »Nein, das hätten wir mitbekommen«, sagte er, denn Frau Häberle sei doch sehr in die Gemeinde integriert gewesen.

– Elisabetha, Frau Häberles polnische Putzhilfe, die an einem Nachmittag pro Woche für drei Stunden bei der Seniorin sauber machte, war noch einen Tag vor deren Tod in der Wohnung des späteren Opfers gewesen, was auch die nahezu klinische Reinlichkeit erklärte, die die Kollegen der Spurensicherung in der Wohnung der Toten vorgefunden hatten.

– Eisele war, nachdem in der Küche die leere Tüte der Bäckerei in der Schwabstraße gelegen hatte, dort gewesen, um die Damen zu vernehmen, die am Wochenende Dienst gehabt hatten. Frau Häberle sei wie immer gewesen, sagte die eine, eine andere meinte sich zu erinnern, die Rentnerin hätte etwas von einem Besuch gemurmelt, und eine Dritte gab verlegen zu, dass sie sehr gerührt war, wie sich Frau Häberle noch einmal umdrehte, um sich für alles zu bedanken, bevor sie die Bäckerei verließ.

– Die Hausbewohner beschrieben Frau Häberle als ruhig, unauffällig und freundlich. Keinem war etwas Ungewöhnliches aufgefallen, allerdings waren sämtliche Bewohner des Hauses berufstätig und kamen bis auf eine Ausnahme erst recht spät am Abend nach Hause.

– Frau Häberle liebte es, an sonnigen Tagen länger auf einer Bank im Park zu verweilen.

– Frau Häberle war nach einem Schlag auf den Hinterkopf verstorben. Die Tatwaffe war nicht am Tatort gefunden worden. Die genaue Untersuchung des Schädelknochens wies ein seltsames Muster auf, um was es sich bei der Tatwaffe gehandelt haben könnte, konnte der Rechtsmediziner nicht sagen.

– Um einen Raubmord hatte es sich offensichtlich nicht gehandelt, da in der Wohnung nichts durchsucht wurde.

– Umgebracht wurde Frau Häberle von einer Frau.

Zwei Seiten weiter las sie noch einmal die Ergebnisse der Kriminaltechnik, sowie den Obduktionsbericht von Dr. Fleischhauer, der die Kopfverletzung beschrieb und mit dem lapidaren Satz endete, die alte Frau habe erstaunlich gepflegte Füße gehabt.

Da ist wohl neuerdings ein Witzbold in die Rechtsmedizin eingezogen, wie geschmacklos, ging es ihr durch den Kopf.

Inzwischen war es halb zwölf. Endgültig Zeit nach Hause zu gehen. Sie nahm ihre Tasche, löschte das Licht und ging hinaus in die Nacht.

NACHT VOM 12. AUF 13. AUGUST, IN DER STADT

Endlich hatte es ein wenig abgekühlt. Die Hitze der vergangenen Tage war unerträglich gewesen und morgen sollte es laut Wetterbericht nicht anders werden. Der nächtliche Himmel war wolkenlos. Irgendwo in der Ferne schienen kleine Sterne zu blitzen, doch das Licht der Stadt war heller. Der Himmel über Stuttgart schlief noch nicht. Auch Theodora hatte keine Lust zu schlafen. Ob ihre Lieblingsweinstube Stetter im Bohnenviertel noch geöffnet haben würde?

In ihrer Umhängetasche musste ihr Geldbeutel vergraben sein. Tatsächlich fanden sich 80 Euro in Scheinen darin, das würde reichen für ein Glas Rotwein und ein Taxi nach Hause. Zur S-Bahn war es nicht allzu weit, wenn sie sich beeilte, würde sie in einer halben Stunde in der Stadt sein. Der Weg, den sie zu gehen hatte, war schlecht beleuchtet und sie duckte sich automatisch. »Theodora, du fürchtest dich nicht!«, sprach sie sich selbst Mut zu, während sie ihre Schritte unbemerkt beschleunigte. Hinter ihr im Gebüsch knackte etwas. Abrupt blieb sie stehen. Hörte sie jetzt schon Gespenster? Eine schwarze Katze huschte mit einem empörten »Miau« aus dem Gestrüpp. Erleichtert seufzte sie auf. Gleich hatte sie den Bahnsteig erreicht. Der Bahnhof war menschenleer. Theodoras Kehle war trocken. Sie freute sich auf einen kühlen Riesling. Mit einem markerschütternden Quietschen fuhr die Bahn ein. Einen kurzen Moment zögerte sie, schließlich musste sie morgen mit einem klaren Kopf in der Dienststelle erscheinen, doch ihr Entschluss stand fest. Dieser alte Tag musste angenehm ausklingen und der neue gut beginnen. Jetzt ein Viertele würde ihr guttun. Außer einer Frau um die Fünfzig saß niemand im Abteil. Theodora betrachtete sie. Die Frau wirkte müde. *Wahrscheinlich so ein armer Teufel im Pflegedienst, Nachtdienst im Krankenhaus oder Ähnliches,* ging es Theodora durch den Kopf. War sie nicht ein ebenso armer Teufel? Welche Frau trieb sich schon freiwillig um diese Zeit alleine in der Stadt herum? Egal, es zog sie ins Bohnenviertel.

Theodora liebte das Bohnenviertel, seine Menschen, die hier, anders als am reichen Killesberg, oft von Sozialhilfe leben mussten, denen das Leben nichts geschenkt hatte. Viele schräge Typen waren darunter, auch etliche Künstler, und so manches Mal hatte sie beim alten Benno im verwinkelten Hinterhofgarten seiner Behausung heimlich einen Joint geraucht. Inzwischen hatte ihn die Leberzirrhose längst von diesem Planeten abberufen. Er hatte ihr gern davon erzählt, dass das Bohnenviertel einst seinen Namen durch die Kletterbohnen erhalten habe, die sich an den Häusern in die Höhe rankten. Benno war Maler gewesen und in all seinen bunt abstrakten Bildern hatte er irgendwo eine Bohne versteckt. So war er über die Jahre zu einem Original seines Viertels geworden. Die Stadtführerinnen gingen auf ihrem Weg durch die Stadt gerne bei ihm vorbei und er verkaufte immer mal wieder ein Bild an einen Touristen. Ach ja, Benno, er fehlte ihr. Mit ihm hätte sie über alles reden können. Über ihre Versagensängste bis hin zu dem Drama, das sie gerade mit ihrem Vater erlebte. Doch alles Lamentieren half nichts. Benno betrachtete die Radieschen von unten, wie er selbst immer zu sagen pflegte, und sie musste zusehen, wie sie alleine klarkam. Im Gedenken an Benno war sie wie in Trance vom Charlottenplatz hinüber in die Rosenstraße gegangen. Bereits aus der Ferne sah sie, dass kein Licht mehr in der Weinstube Stetter brannte.

Geöffnet von 15 bis 23 Uhr stand auf dem Schild neben der Eingangstür. Wie hatte sie das nur vergessen können. Schließlich war sie oft genug zusammen mit Benno da gewesen. Unvergessen sein Strahlen im Gesicht, wenn er einer dampfenden Portion Gaisburger Marsch den Garaus gemacht hatte.

Resigniert machte sie sich auf den Weg zurück zum Charlottenplatz. Das Geld für ein Taxi würde sie sich sparen, denn um diese Zeit konnte sie noch gut mit der S-Bahn fahren. Rasch ging sie zwischen den Mädchen hindurch, die um diese Zeit zu Dutzenden an den Bordsteinen standen. An der nächsten Kreuzung hatte sie noch den Queens-Club, ein schwul-lesbisches Freudenappartement, und den Roten Flamingo, einen alteingesessenen Puff, zu passieren, dann war sie auf der sicheren Seite. Sie ging gerade am Roten Flamingo vorüber, als die Tür aufflog und ein untersetzter, vollschlanker, offensichtlich stark angetrunkener Mann herausstolperte und ihr direkt vor die Füße fiel. Als er im Versuch einer Entschuldigung den Kopf erhob, erstarben ihm die Worte auf den Lippen.

»Eisele? Na das nenn ich mal eine Überraschung, dass ausgerechnet Sie sich vor mir auf die Knie werfen. Damit hätte ich nun wirklich nicht gerechnet«, war alles, was Theodora hervorbrachte.

Da war wieder dieser Schrei. Jemand weinte. Sie lauschte. Sie hörte nichts. Sie strich sich über ihr Gesicht. Sie blickte auf ihre Hände. Die waren nass. Jemand klopfte. Bum. Bum. Bum. Noch schlug es. Ihr Herz. Sie rang nach Atem. Die Nacht war schwarz. Barfuß ging sie hinüber. Sie zündete eine Kerze an. Da wurde es licht. Sie schloss die Augen und summte ein Lied. Sie war wieder bei ihr …

DIENSTAG, 13. AUGUST

6.30 Uhr, Wohnung Theodora Klein, Stuttgart, Artusweg

Theodora hatte schlecht und viel zu kurz geschlafen. Bis vier Uhr in der Frühe hatte sie wach gelegen, danach musste sie in einen kurzen Dämmerschlaf gefallen sein, der ihr üble Träume beschert hatte. Immer wieder war ihr Eiseles Gesicht erschienen. Sie sah ihn als kleinen, weinenden Jungen, der vor seiner Mutter auf die Knie gefallen war, die nun bluteten. In ihrem Traum beugte sie sich hinab und reichte ihm die Hand, wollte ihm helfen aufzustehen, doch als er sie ansah, loderte der blanke Hass in seinen Augen und er spuckte sie an. An ihrem eigenen Schrei war sie schließlich aufgewacht. Sie fuhr sich über das Gesicht und wunderte sich, dass dieses trocken war. »Eisele, Eisele«, murmelte sie vor sich hin, während sie sich heute ein verkürztes Morgenritual gestattete. Mephisto hatte sie in seinem Käfig in der Dienststelle gelassen. Eine kalte Dusche, und eine Tasse starken Kaffees im Stehen, musste für heute genügen. Sie war gespannt, was Eisele, der in der vergangenen Nacht nur noch etwas von *Chantal* und *zu nahe gekommen*, gelallt hatte, wohl zur Erklärung des Vorfalls beizutragen hatte. Immerhin hatte sie ihm ein Taxi gerufen.

»Und was ist, wenn der mir den Karren vollkotzt?«, hatte der Taxifahrer sie gefragt und nur die 50 Euro, die sie ihm stillschweigend in die Hand gedrückt hatte, hatten ihn schließlich dazu bewogen, seine betrunkene Fracht aufzunehmen und an den Rosenbergplatz zu befördern. Dass der

Kollege im Kotzen geübt war, hatte sie geflissentlich für sich behalten.

Irgendetwas stimmt nicht mit Eisele, aber was? Und warum mache ich mir eigentlich Gedanken über den Idioten, wo er mich genau so wenig leiden kann wie ich ihn?, zermarterte sie sich den Kopf.

Seit der Sache mit den Keksen traue ich ihm nicht mehr über den Weg. Ganz sicher wird er weiterhin nach Mitteln und Wegen suchen, mir an den Karren fahren zu können. Bei Hummel scheint er – warum auch immer – einen Stein im Brett zu haben. Es ist nur eine Frage der Zeit, bis er damit Erfolg haben wird. »Verdammt Eisele«, sagte sie laut. »Gibt es eigentlich auch noch was anderes, an das ich denken kann als immer nur Eisele?« *Morgengedanken*, sinnierte sie, *die Realität hat mich wieder.* Unsanft stellte sie ihre Tasse auf der Spüle ab. Der Kaffee war ihr heute früh eindeutig zu stark geraten. Selbst das hatte sie verlernt!

Sie verließ die Wohnung und hörte es bereits von oben poltern. Zu spät! Murat kam in seinen Springerstiefeln nach unten getrampelt, drückte sie zur Seite und setzte seinen Weg fort.

»Dir auch einen guten Morgen«, rief Theodora ihm hinterher. Das Früchtchen wurde immer aufmüpfiger. Und wie der neuerdings gekleidet war, von seinem Haarschnitt ganz zu schweigen. Wobei Haarschnitt nicht stimmte, inzwischen trug er Glatze. Beim Hinausgehen knallte er die Tür laut zu.

»Warum wundert mich das jetzt nicht?«, Theodora stieß einen Seufzer aus und trat hinaus.

Der Morgen war frisch und klar, die Sonne leuchtete über Stuttgarts Himmel und die Vögel zwitscherten.

Eigentlich ein schöner Tag, wenn da nicht die Sache gewesen wäre, die Sache mit Eisele.

7.25 Uhr, Wohnung Hornung, Stuttgart, Bismarckplatz

Mit den Worten: »Was für ein wunderbarer Tag«, begrüßte Brunhilde Hornung am Morgen ihren Wellensittich Hansi. Wie immer hüpfte der kleine Kerl munter im Käfig umher und brachte das goldene Glöckchen gegenüber des Futterbehälters zum Klingen. Rasch füllte Brunhilde frisches Wasser und Körner in die Futterbehälter ein. Das Klingen verstummte augenblicklich und wich einem leisen Rascheln, Hansi machte sich hungrig über sein Frühstück her. Brunhilde gab einen Messbecher Wasser in die Kaffeemaschine und setzte die Filtertüte ein. Eigentlich lohnte sich das heute früh kaum, mehr als eine Tasse würde sie nicht trinken, da sie am Nachmittag Besuch erwartete. Ihr Hausarzt hatte sie ausdrücklich vor zu hohem Kaffeekonsum gewarnt, mehr als zwei Tassen täglich hatte er ihr angesichts ihres Blutdrucks nicht erlaubt. Ihr Blick fiel in den Spiegel neben dem Kühlschrank. Ihre Wangen waren rosig, ihr Augen glänzten. Welche Auswirkung so eine Vorfreude doch haben konnte. Ihre Haare hatte sie sich vor einer Woche bei Fräulein Resi an der Ecke frisch färben lassen. Trotz ihres Alters ließ sie es sich nicht nehmen, noch immer rotbraunes Haar zu tragen. »Du und grau auf dem Kopf? Bloß ned«, hatte Hermann, ihr verstorbener Mann, immer gesagt, wenn sie wieder einmal wegen des weißen Haaransatzes gemeckert hatte. »Wenn du weiß bisch auf dem Kopf, dann bisch eine alte Frau!«, hatte er behauptet und im Stillen gab sie ihm recht. Sie war noch immer nahezu faltenlos, was sie allerdings auch ihrem Übergewicht zu verdanken hatte. Bei einem Meter vierundfünfzig trug sie Konfektionsgröße 48, was nicht gerade vorteilhaft war. Dennoch, einen Tod musste sie sterben, und so freute sie sich vorzugsweise an ihrem faltenfreien Gesicht. Während das Wasser durch den Filter tropfte, ging sie hinüber in ihr Wohnzimmer und öffnete den Wandschrank. Stolz ließ sie den Blick über die vielen gelben und weißen Plattenhüllen schweifen. Der Schriftzug *Deutsche Grammophon* war bereits vergilbt, doch das tat den Aufnahmen, unter denen sich so berühmte Dirigenten wie Karajan und Furtwängler befanden, keinen Abbruch. Dort, wo ihre leider bereits verstorbenen Freundinnen Porzellan und Kristall beherbergt hatten, fand sich bei Brunhilde eine klassische Schallplattensammlung. Von Beethoven bis Tschaikowski war hier alles versammelt, was Rang und Namen hatte. Angesichts dieses Repertoires musste das Herz eines jeden Klassikliebhabers höherschlagen. Seit Hermanns Tod vor einem Jahr hatte sie keine der Platten mehr aufgelegt. Sie griff in den Schrank und zog zwei Hüllen hervor, Beethovens neunte Sinfonie und das Konzert für Klavier und Orchester Nr. 2 c-Moll von Rachmaninow. Brunhilde überlegte, mit welcher der beiden Aufnahmen sie den heutigen Gast wohl mehr beeindrucken konnte und entschied sich gegen die Melancholie Rachmaninows. Die lebhafte, pulsierende neunte Sinfonie von Beethoven erschien ihr angebrachter. Sorgfältig rückte sie die beiden Rokoko-Sessel näher an den runden Tisch, auf dem sie bereits gestern ihre schönste Gobelin-Tischdecke ausgebreitet hatte. Schon als junges Mädchen hatte Brunhilde diesen Stil geliebt und in Hermann einen Gleichgesinnten gefunden. Leider hatte es ihre Tochter Marion vorgezogen, nach ihrem Studium der Meeresbiologie nach Alaska auszuwandern, um dort einen Fischer zu heiraten. Brunhilde hatte nie begriffen, wie sich eine junge Frau so weitab der Zivilisation ein Leben einrichten konnte. Viele Jahre hatten sie und Hermann unter dem Verlust ihrer Tochter gelitten. Dann hatten sie sich *Napoleon* aus dem Tierheim geholt, eine alte, von Arthrose geplagte Französische Bulldogge, die auf einem Auge bereits blind war. *Napoleon* hatte ihnen wieder etwas Freude in ihr Dasein gebracht und Hermann war in dessen Begleitung wenigstens wieder ein paar Schritte vor die Tür gegangen. Sie hatte wieder jemanden gehabt, den sie lieb haben konnte. Bei Hermann war das schon lange nicht mehr möglich. Sein Altersstarrsinn hatte von Jahr zu Jahr zugenommen. Als *Napoleon* nur vier Wochen nach Hermann verstarb, trauerte sie im Stillen mehr um den Hund als um ihren Mann. Dass sie das niemandem jemals anvertraut hatte, verstand sich von selbst! Andererseits, wem hätte sie es auch sagen sollen. Selbst wenn sie gewollt hätte, hätte sich niemand zum Reden gefunden. Hier, in der Anonymität des Hochhauses kannten sich die Menschen untereinander nicht mehr, und wenn sie ihre Freundinnen besuchen wollte, musste sie sich schon auf den Prag- oder den Waldfriedhof begeben und dazu hatte sie, wer konnte es ihr verdenken, keine Lust. Umso mehr freute sie sich auf den heutigen Nachmittag.

Sie konnte ihr Glück kaum fassen, eine so interessante und liebenswerte Bekanntschaft gemacht zu haben, die ihr zudem das Gefühl, noch immer eine attraktive Frau zu sein, zurückgebracht hatte.

Als sie schließlich Beethovens neunte Sinfonie auf den Plattenteller legte, blickten Hermann, Marion und Napoleon besorgt aus ihren silbernen Rahmen auf sie herab.

Fröhlich ging Brunhilde zurück in die Küche, um sich die erste Tasse Kaffee dieses Tages einzuschenken.

8.15 Uhr, Polizeidienststelle, Büro Klein

Ihr Kollege Eisele hat sich krankgemeldet, stand auf einen Zettel geschmiert, der auf ihrem Schreibtisch lag. Wahrscheinlich war der Schönschreiber einer der Praktikanten, die seit einer Woche hier herumwuselten. Junge Leute, die sich noch nicht entschieden hatten, was aus ihnen einmal werden sollte. Es gab Tage, an denen sie versucht war, sich jeden einzelnen von ihnen einmal vorzuknöpfen, um ihnen klarzumachen, dass das Berufsbild eines Kommissars einem Mythos entsprach, der durch blödsinnige Fernsehsendungen wie den *Tatort* oder die unendlich vielen Krimis, die geschrieben wurden, genährt wurde. Die Realität des Alltags sah ganz anders aus, doch was sollte sie sich darum kümmern. Auf sie, die Alte, hörte sowieso niemand mehr. Gedankenverloren kraulte sie Mephistos Rücken. Kriminaloberrat Hummel war verreist, Eisele hatte sich krankgemeldet und sie, Theodora Klein, hatte absolut keine Lust auf Dienst. Außerdem war da noch etwas, was sie dringend zu erledigen hatte, und das keinen Aufschub mehr duldete, das war die Sache mit ihrem Vater. Heute würde sie zu ihm fahren. Jetzt würde sie zu ihm fahren. Es würde niemandem auffallen, wenn sie nicht da war. Jeder würde annehmen, dass sie ermittelte. Sie war gerade dabei ihre Tasche zu packen, als das Telefon klingelte. Nach kurzem Zögern entschloss sie sich, das Gespräch entgegenzunehmen.

»Klein.«

»Hallo Theo, ich bin's, Fritz.«

»Fritz, da hast du Glück, ich bin so gut wie weg. Gibt's irgendwas Neues?«

»Ja, Theo, ich weiß nicht, ob Hummel es dir gesagt hat. Heute ist die Beisetzung von Karolina Häberle.«

»Hummel konnte mir nichts sagen, er ist auf Reisen. Das ging aber schnell. Wieso denn so eilig?«

»Die Familie hat sehr darauf gedrängt. Du weißt ja, die sind alle aus den USA angereist. Aber das ist es nicht allein. Wir haben tatsächlich nichts Verwertbares gefunden, also werden wir der Staatsanwaltschaft das Verfahren gegen Unbekannt zur Einstellung vorlegen.«

»Wo wird sie denn beerdigt und wann?«, ging Theodora kommentarlos über das soeben Gehörte hinweg.

»Auf dem Pragfriedhof, um halb zwei.«

»Kannst du mir verraten, weshalb du mir das erzählst? Du glaubst doch nicht im Ernst, dass ich zu dieser Beerdigung gehe, ich habe was anderes vor. Das ist allerdings auch nicht viel anders ...«

»Wohin gehst du denn, wenn ich fragen darf?«

»Du darfst. Ich fahre zu meinem Vater.«

Fritz räusperte sich verlegen.

»Fritz? Bist du noch dran? Warum sagst du denn nichts?«

»Na ja, nach dem, was du mir bei der letzten Betriebsfeier von deinem Vater erzählt hast, bist du um diesen Gang nicht zu beneiden.«

»Beim nächsten Mal werde ich nicht so viel saufen, und dich mit meinem Scheiß zulabern!«

»Mensch Theo, jetzt sei nicht gleich beleidigt. Im Gegenteil, ich fand es sympathisch, dass du auch mal aus dir rausgegangen bist, wo du doch sonst immer nur die ›Toughe‹ gibst. Du weißt hoffentlich, dass ich immer für dich da bin, wenn du einen Freund brauchst, hört du? Schließlich hast du mir auch schon das eine oder andere Mal zugehört und einen Rat gegeben, wenn ich nicht mehr weiter wusste.«

Theodora schluckte. Das stimmte. Als Beate, Fritz Frau, vor zwei Jahren nach einer OP ein Verhältnis mit ihrem Physiotherapeuten angefangen hatte, war Fritz wochenlang völlig durch den Wind gewesen und es hatte so manche Abende nach Dienstschluss in Theodoras Büro gegeben, an denen Fritz bei ausreichend Dosenbier seinem Frust freien Lauf gelassen hatte.

»Danke Fritz, es tut gut, das zu wissen«, sagte sie nachdenklich. »Macht's gut.«

Sie griff sich ein DIN-A4-Blatt, schrieb mit rotem Filzstift *Habe kurzfristig einen Tag Urlaub genommen* darauf und legte es gut sichtbar auf ihren Schreibtisch.

»Ich fürchte, du wirst noch einen weiteren Tag ohne mich auskommen müssen«, sagte sie zu Mephisto und gab ihm ein paar Nüsse in die Futterschale. Rasch zog sie die Bürotür hinter sich zu. Sie hatte nicht das geringste Interesse, heute noch irgendjemandem hier auf der Dienststelle zu begegnen.

10.20 Uhr, Wohnhaus Theodoras Vater

Es war still in der Straße, als Theodora vor dem Haus ihres Vaters anhielt und ihr Rad abstellte. Vor wenigen Minuten war ein kurzer erfrischender Regenschauer niedergegangen. Inzwischen brach die Sonne durch die Wolkendecke. Ihr Blick ging hinüber zum Nachbarhaus.

In Herrn Dr. Adicks gepflegtem Vorgarten funkelten die Regentropfen an den blühenden Rosensträuchern, ein Windhauch trug den Duft der Rosen zu ihr herüber. Hinter den geöffneten Fenstern bewegten sich die Vorhänge.

»Liegst du wieder auf der Lauer, du alter Giftpinscher«, murmelte Theodora vor sich hin. »Wie gut, dann entgeht dir auch nicht, dass ich komme und mich kümmere.«

Das Grundstück ihres Vaters war verwildert. Der Rasen war seit Ewigkeiten nicht mehr gemäht worden. Widerwillig stieg Theodora die Treppe zur Haustür ihres Vaters nach oben. Beim Blick auf das verschmierte Namensschild und den klebrigen Klingelknopf überkam sie Ekel. Sie drehte auf der Treppe um, doch es war zu spät. Ihr Vater hatte sie bereits gesehen und die Tür aufgerissen.

»Was willst du hier?«, kam er sofort zur Sache.

»Grüß Gott, Vater. Lass mich rein. Wir müssen reden.«

Der Alte blickte sie aus wässrig trüben Augen an. Er hatte gesoffen, so früh am Tag roch er bereits nach Fusel.

»Ich wüsste nicht, was es zwischen uns zu reden gibt«, keifte er.

»Vater, willst du wirklich, dass die ganze Straße zuhört? Es reicht doch, wenn Herr Dr. Adick über alles, was uns betrifft, im Bilde ist, meinst du nicht auch?«

Wieder flatterte der Vorhang im Fenster des Nachbarhauses. Ohne ein weiteres Wort trat der Alte zur Seite und Theodora ging an ihm vorbei in den dunklen Flur. Ihre Knie zitterten. Es war zum Kotzen, wie schnell sie wieder zum dummen, hilflosen, kleinen Mädchen wurde, und verstummte, sobald der Alte vor ihr stand. Sie schüttelte sich. Sie war erwachsen, er hatte ihr nichts mehr zu befehlen. Dennoch erstarben ihr die Widerworte in der Kehle. Es dauerte eine Weile, bis sich Theodoras Augen an die Dunkelheit gewöhnt hatten. Nun sah sie im Flur überall Schuhe herumliegen, Slipper, Halbschuhe, Filzpantoffeln, ja sogar ein paar einzelne Socken befanden sich dazwischen. Ihr Vater selbst war barfuß.

»Du kommst doch nur, um zu spionieren«, schleuderte er ihr unvermittelt entgegen.

»Weshalb sollte ich spionieren?«, Theodora war weitergegangen ins Esszimmer. Auf dem mit Krümeln und Schmutz überzogenen Fußboden stapelten sich alte Zeitungen, Prospekte und ungeöffnete Briefe. Theodora bückte sich und hob einen ungeöffneten Kontoauszug auf, als sie ein harter Schlag auf den Arm traf. Augenblicklich ließ sie den Umschlag fallen, der in einem Koffer landete, der in der Mitte des Zimmers stand. Theodora erkannte einen alten Schlafanzug und ein paar weinrote Socken darin.

»Wusste ich doch! Du kommst nur zum Spionieren! Du, du erfolglose alte Jungfer, du ausgemergelte Möchtegern-Emanze. Es wundert mich überhaupt nicht, dass du keinen Mann abbekommen hast. Du kannst ja noch nicht mal kochen. Eine Frau gehört hinter den Herd und nicht ins Büro, Frau Kommissarin! Und was geht dich meine Post an, he? Mach, dass du rauskommst, hörst du! Ich brauch dich nicht, ich will dich nicht, ich habe dich nie gewollt!«

Auf wackligen Beinen ging der Alte zum Kühlschrank, griff hinein und zog eine fast leere Schnapsflasche hervor. Als er den Deckel abschraubte, zitterte er. Theodora fühlte, wie sich ihr Hals zuschnürte. Ihr Vater hatte die Kiste ihrer Vergangenheit aufgebrochen, in der sie ihren Schmerz verschlossen hielt, nun war er wieder da. Er hatte ihn herausgelassen. Sie hasste ihn. Ja, sie wünschte ihm den baldigen Tod!

Ohne ein weiteres Wort trat sie den Rückzug an. Im Haus gegenüber waren die Fenster geschlossen und die Fensterläden zugeklappt …

Stuttgart, Pragfriedhof, nachmittags

Mit einem freundlichen Empfang bei ihrem Vater hatte Theodora nicht gerechnet, dass der Besuch bei ihm jedoch derart eskalieren würde, erschütterte sie. Aber es hatte auch etwas Gutes, diesen Ort so schnell hinter sich lassen zu können. Die Information, dass heute die Trauerfeier von Karolina Häberle stattfinden würde, hatte sie zwar spät erreicht, doch früh genug, um jetzt noch auf den Pragfriedhof fahren zu können. Es war eine alte Weisheit, dass der Mörder oft an den Tatort zurückkehrte. Nun war der Pragfriedhof zwar nicht der Tatort, dennoch riet ihr ihr Bauchgefühl, sich die Gemeinschaft der Trauernden ein letztes Mal zu betrachten.

In der größten Mittagshitze hatte Theodora den Pragfriedhof erreicht. Sie war froh, endlich dem aufdringlichen Parfum einer Brünetten entkommen zu können, die neben ihr gesessen und sie mit ihrem Dunst fast zum Ersticken gebracht hätte. Als die weibliche Stimme die Haltestelle Pragfriedhof ankündigte, war sie regelrecht aus der Bahn der Linie U5 geflohen. So ein »Duftwasser« gehörte verboten! Im Schatten des Tores am Haupteingang blieb sie kurz stehen. Sie fühlte sich müde und ausgelaugt. Der Besuch bei ihrem Vater hatte ein schales Gefühl in ihr hinterlassen und das, was sie sich für die nächsten Stunden vorgenommen hatte, war auch nicht gerade aufheiternd. Langsam machte sie sich auf den Weg, vorbei an vielen Gräbern. Da gab es Berge frischer Blumen aber auch verwaiste Stätten, an denen ein längst verwelkter und nicht entsorgter Strauß stumm davon zeugte, dass der Verstorbene inzwischen zu den Vergessenen zählte. Sie ging weiter in Richtung Hauptallee, an deren Ende die Feierhalle und das Krematorium lagen. Der Kies knirschte unter ihren Sandalen und ein spitzer Stein hatte sich schmerzhaft unter ihrer Fußsohle verfangen. Hätte sie heute früh geahnt, dass sie sich im Laufe des Tages entschließen würde, eine Beerdigung zu besuchen, hätte sie ganz sicher andere Schuhe gewählt. Auch ihr knallgrünes weites Leinenkleid wäre dann im Schrank geblieben. *Schließlich bin ich nicht verwandt mit der Toten*, rechtfertigte sie sich im Stillen und hoffte, dass sie von niemandem erkannt werden würde. Schließlich hatte sie die Feierhalle erreicht und stieg die Stufen nach oben. Es war zehn nach halb zwei. Der Zeitplan wurde auf die Sekunde eingehalten. Leise schob sie sich durch die angelehnte Tür. Gott sei Dank, es schien, als hätten alle Trauernden bereits ihre Plätze eingenommen. In der hintersten Reihe an der Wand standen einige leere Stühle. Auf Zehenspitzen ging sie hinüber und nahm auf einem davon Platz. Von hier aus hatte sie einen freien Blick nach vorn. Links stand der Sarg von Karolina Häberle. Es handelte sich um ein einfaches Modell aus Kiefer. Ein Herz aus roten Rosen lag oben auf dem Deckel, versehen mit einem schwarzen Band, auf dem in goldenen Lettern stand: *In tiefer Trauer und ewiger Liebe Deine* und dann kamen die Namen, die im Faltenwurf der Schleife verschwanden. Theodoras Blick wanderte hinüber zu den Menschen. Beim Pfarrer handelte es sich um Pfarrer Scheible. Offenbar würde er die Trauerfeier gestalten. Automatisch musste sie bei seinem Anblick an den Melissengeist der Klosterfrau denken und sie hoffte im Sinne der Anwesenden, dass er heute nicht so viel davon genossen hatte. Theodora erkannte die giftige Oberstudienrätin ebenso wie ihren gelockten Begleiter, der auch hier sehr eng an sie herangerückt war. Im Grunde bot sich nahezu dasselbe Bild wie bei der Befragung im Gemeindesaal vor einer Woche. Theodoras Blick wanderte weiter, hinüber zur Stuhlreihe der rechten Seite. Ein Ehepaar mittleren Alters, eine jüngere Frau und ein kleines Mädchen saßen in der ersten Reihe. Die Frau weinte bitterlich, ihr Mann hielt ihre Hand und streichelte sie. Das Mädchen schnäuzte sich laut in ihr Taschentuch. Einzig das Kind baumelte wild mit seinen kleinen Füßen, die in weißen Söckchen und schwarzen Lackschuhen steckten. Es war noch zu klein, um zu verstehen, wo es sich gerade befand. In diesen Gesichtern erkannte Theodora die Menschen auf den Fotos wieder, die in der Wohnung von Frau Häberle auf dem Sideboard gestanden hatten. Es handelte sich eindeutig um die Tochter von Frau Häberle und deren

Mann, sowie um die Enkeltochter. Das wilde kleine Mädchen musste das Baby sein, das die Galerie vervollständigt hatte. Alle waren rechtzeitig zur Trauerfeier aus den USA angereist. Theodora gestand sich ein, dass sie hier zu keinen neuen Erkenntnissen gelangen würde. Inzwischen schien Pfarrer Scheible mit seiner Predigt zum Ende zu kommen, in ihre Betrachtungen und Überlegungen versunken hatte sie ihm gar nicht zugehört.

»Wir singen das zweite Lied auf dem Blatt«, hörte sie den Pfarrer nun sagen. Der Organist setzte ein und schrille Stimmen begannen zu singen:

O Haupt voll Blut und Wunden, voll Schmerz und voller Hohn.

Dies nahm Theodora als Zeichen, dass es Zeit war zu gehen. Sie stand auf und verließ die Feierhalle ebenso leise wie sie sie betreten hatte. So schnell es ihr möglich war, ging sie den Kiesweg zurück in Richtung Straßenbahn, dabei meinte sie, von greller Sonne geblendet, von fern eine Person wahrzunehmen, die ihr bekannt vorkam. Sie verspürte eine leichte Übelkeit. Für heute hatte sie sich doch zu viel zugemutet. Es wurde Zeit, nach Hause zu kommen.

MITTWOCH, 14. AUGUST

Die Stimmen trieben sie aus dem Bett. Schrille, neue, unbekannte Stimmen. Sie hielt sich die schmerzenden Ohren zu. Es wurde nicht still. In der Wohnung war es dunkel. Sie fragte sich, wie spät es wohl sein mochte? Sie blickte aus dem Fenster. Der Horizont im Osten war noch schwarz. Sie rieb sich die Augen. Unfassbar. Sie hatte es noch einmal getan. Sie hatte es tun müssen. Sie wusste das. Die Stimmen wussten es nicht. Sie begehrten auf. Ein apokalyptischer Chor beschimpfte sie, eine Mörderin zu sein. Die Hornung war keinen Deut besser gewesen als die Häberle. Und nun war auch sie tot. Erschlagen. Von ihr. Sie hatte es tun müssen. Es war ganz schnell gegangen. Sie hatte ihr zugehört. Es war ihr schwergefallen. Immer wieder war sie von der Alten aufgefordert worden, einen Blick in das Fotoalbum zu werfen. Möchten Sie nicht vielleicht doch ein Tässle Kaffee mit mir trinken, hatte sie gefragt und nicht bemerkt, wie abstoßend sie wirkte. Wie sehr sie sie quälte. Auch sie hatte ein Foto, von dem sie behauptete, das Mädchen darauf gehöre zu ihr. Auch sie hatte gelogen. Das konnte sie nicht ungestraft lassen. Sie wusste, wer das Mädchen auf dem Foto war. Wie war die Alte an das Foto gekommen? Das Foto und das Mädchen darauf gehörten ihr. Ihr ganz allein. Dann hatte das Rauschen eingesetzt. Zuerst ganz leise, wie von fern. Die Alte hatte pausenlos weitergeredet. Jedes Wort ein Stich ins Herz. Sie hatte gefühlt, dass bald der Moment käme, indem sie ihre Beherrschung verlor. So wie vor wenigen Tagen. Als ihre Hände sich verkrampften, wusste sie, dass es so weit war. Sie wollte gehen, sich rasch verabschieden, doch die Alte hatte sie am Handgelenk gepackt und dann das ungeheuerliche gesagt: »Tun Sie mir wenigstens den Gefallen und hören ein paar Minuten Beethovens neunte Sinfonie mit mir.« Der Griff der kalten Finger auf ihrer Haut glich der Klammer von damals. Wieder fühlte sie die Gurte an ihren Händen. Dann hatte die Alte sie losgelassen, sich umgedreht und hineingebeugt in den Schrank. Dort stand der Plattenspieler. Die Nadel kratzte. Die Platte war alt. Als der erste Ton erklang, hatte sich Frau Hornung umgedreht. Sie richtete sich auf. Entsetzen war in ihre Augen getreten, als sie begriff. Ein Schlag. Nur ein Schlag hatte gereicht. Begleitet von Beethovens wilden Klängen war sie röchelnd zu Boden gesunken. Sie hatte dann die Wohnung verlassen. Als sie die Tür hinter sich zugezogen hatte, wusste sie, dass es ihr irgendwie gelungen war, wieder keine Spuren zu hinterlassen.

Freude schöner Götterfunken erklang im Treppenhaus, als die Haustüre hinter ihr ins Schloss fiel…

7.45 Uhr, Wohnung Eisele, Stuttgart, Rosenbergplatz

Georg war bereits seit sechs Uhr auf den Beinen. Trotz der kurzen, beinahe schlaflosen Nacht, fühlte er sich frisch und voller Tatendrang. Er hatte ausgiebig geduscht und nun gönnte er sich eine ebenso ausgiebige Rasur. Während er vor dem Spiegel stand und mit dem Rasiermesser hantierte, summte er eine alte Schlagermelodie aus den fünfziger Jahren vor sich hin. *Junge, komm bald wieder.* Ausgerechnet. Und das, obwohl er sowohl *Freddy* mit seinen schwarzen Pomadenhaaren als auch seine Art zur singen nie gemocht hatte. Er hielt das Rasiermesser unter das fließende Wasser und sah dem Schaum zu, wie er zu kleinen Wölkchen zerfiel und langsam im Wasserstrahl zum Siphon tanzte, um gleich darauf im Ausguss zu verschwinden. Dann trocknete er das Messer ab und stellte es zurück in das Gefäß im Spiegelschrank. Dort stand – in einer Ecke – tatsächlich ein Fläschchen mit einem letzten Rest Rasierwasser seines Vaters. Er holte das Fläschchen der Duftmarke *Tabac* hervor, öffnete es und schnupperte daran. Die Flüssigkeit war inzwischen stark reduziert, eher eine Essenz, doch sie roch noch immer so, wie sein Vater gerochen hatte. Für einen Moment wurde Georg wehmütig, doch dann gab er ein paar Tropfen in die Hände und verrieb es im Gesicht, das sofort stark zu prickeln begann. Er warf einen letzten prüfenden Blick in den Spiegel. So konnte er sich sehen lassen, und nein, heute würde er sich von seiner Mutter die gute Laune nicht verderben lassen. Zum Glück war es bis jetzt still in der Wohnung, kein Verkaufssender lief im Fernsehen, seine Mutter schien noch im Bett zu liegen. Bald würde ihm ihr Geschnatter wieder durch Mark und Bein gehen. Während er auf leisen Sohlen in sein Zimmer zurückging, wanderten seine Gedanken zu Theodora Klein und wie so oft fragte er sich, was er ihr getan hatte, dass sie ihn derart demütigte, denn nichts anderes als eine Demütigung war es gewesen, bei seinem allerersten Einsatz mit ihr, in der Wohnung von Karolina Häberle. In seinen jungen Jahren war er oft das Opfer von Spott und Hänseleien geworden, erst seit wenigen Jahren widerfuhr ihm beides nicht mehr öffentlich, doch er glaubte zu fühlen, dass hinter seinem Rücken oft über ihn gelacht wurde. Im Laufe der Zeit hatte er einen regelrechten Komplex entwickelt und nur durch eine Therapie war es ihm gelungen, sich Selbstvertrauen zuzulegen. Wie brüchig dies jedoch war, hatte ihm Theodora Klein bewiesen. Doch er würde es sich zurückerobern, dieses Selbstbewusstsein, und er hatte auch schon einen Plan:

Er würde Theodoras Lieblingskekse, die sie seit Tagen wieder in ihrer Blechdose auf ihrem Schreibtisch stehen hatte, gegen Kekse mit *stimmungsaufhellender Wirkung* austauschen. Es wäre doch gelacht, wenn es ihm nicht gelingen würde, einen *Bäcker* zu finden, der diese genau nach dem Aussehen der Aldi Haferkekse herstellen könnte. Eventuell würde ihm vielleicht sogar Chantal dabei helfen können. Ihre *Sauren Kutteln* waren ein kulinarischer Hochgenuss, wer so kochte, konnte mit Sicherheit auch backen. Alles, was er dazu brauchte, war ein bisschen »Gras«. Und dann – die Fantasie begann mit ihm durchzugehen – würde er versuchen, ein zusätzliches kleines Portiönchen von dem weißen Pulver zu bekommen. So ein bisschen Koks würde dem Ganzen die Krone aufsetzen. Es wäre doch gelacht, wenn er nicht heute Abend schon mit diesem Corpus Delicti nach Hause kommen würde. Seit seiner Zeit bei der Sitte wusste er noch ganz genau, wann die Dealer sich im Roten Flamingo trafen, und daran hatte sich nichts geändert, alles andere hätte Chantal ihm todsicher berichtet. Georg grinste, sein Plan war perfekt. Er würde abwarten, bis Theodora sich einen Keks zurechtbröselte, und wenn es stimmte, was er von jenen gehört hatte, die im Genuss mit solchen Lebensmitteln vertraut waren, würde es nicht lange dauern, bis die Wirkung eintrat. Im Geiste sah er Theodora kichernd hinter ihrem Schreibtisch sitzen, ganz zufällig würde er die Aufnahmetaste seines Handys gedrückt haben und dieses locker in seiner Jackentasche mit sich führen. Dann würde er sie in ein Gespräch über Mephisto verwickeln. Er freute sich bereits jetzt diebisch auf den Unsinn, den sie dann wieder verzapfen würde. Mephisto sei eine Reinkarnation von Gustav Gründgens. Gründgens habe genau dieselben Augen gehabt in seiner Rolle als Mephisto, nur darum habe sie ihre geliebte Ratte nach ihm benannt. *Ich werde erst mal nach dem Typ googeln müssen,* ging ihm gerade durch den Sinn, als das morgendliche *Schooorschi* durch die Wohnung hallte. Georg zuckte zusammen und ballte eine Faust. »Ruhig bleiben«, murmelte er und schloss für einen Moment die Augen. Er stand wieder am Waschbecken, in der Hand das Rasiermesser von vorhin. Das Wasser lief unaufhaltsam frisch und klar, weiße Schaumflöckchen tanzten im Strudel des Wasserstrahls, plötzlich färbte sich das Wasser und aus den Flöckchen wurden rubinrote Tropfen, Blut troff von des Messers Schneide …

»Schooorschi«, gellte es noch einmal aus der Küche und holte Eisele zurück in der Realität. Er schüttelte sich, holte tief Luft und machte sich auf den Weg, der Stimme entgegen. Er hatte es schon so oft überstanden und er würde es auch heute tun. Er würde seine Mutter nach Gründgens fragen, darüber würde sie ihm ganz sicher gerne berichten. Gestern Abend hatte er sich wieder einmal den Vorwurf gefallen lassen müssen, dass er sich nicht genug um seine alte Mutter kümmere, worauf er versprach, heute ausgiebig mit ihr zu frühstücken. Dieses Versprechen bereute er zutiefst, erst recht bei ihrem Anblick. An den quietschbunten Morgenmantel mit den geometrischen Mustern würde er sich nie gewöhnen, da waren ihm sogar die Mohnblumen noch lieber. Er ging hinüber zur Küchenzeile, setzte das Kaffeewasser auf und stellte einen kleinen Wassertopf auf die Herdplatte. Seine Mutter hatte sich für heute ein Frühstücksei gewünscht.

»Sag mal, Mama, sagt dir Gustav Gründgens etwas?«, startete er den Versuch einer Konversation, worauf seine Mutter einen tiefen Seufzer ausstieß und die Augen schloss. Ein verzücktes Lächeln legte sich in ihr altes faltiges Gesicht und für einen Moment erschrak Eisele über seine Rasiermesserfantasien. Dann hob sie an und ein Schwall an Information ergoss sich über ihn. So genau hatte er es nun auch nicht wissen wollen, doch er ließ sie zu Ende reden. Der Kaffee war gleich fertig und die Eier blubberten im heißen Wasser vor sich hin.

»Ach ja, der Gründgens, war schon ein toller Mann irgendwie«, resümierte sie schlussendlich, und blickte wie gebannt auf ihre nackten Füße. Eisele schaute an ihr hinunter und erstarrte augenblicklich. Das hatte er ja noch gar nicht bemerkt! Seine Mutter trug rosa Straußenfederpantoletten! Einen größeren Ausbund an Geschmacklosigkeit hatte er nie an ihr gesehen und er war weiß Gott einiges von ihr gewöhnt.

»Um Himmels willen Mutter, woher hast du denn die scheußlichen Latschen?« Ohne ihre Antwort abzuwarten, fuhr er fort: »Wahrscheinlich wieder von einem deiner Verkaufssender, wie ich dich kenne?«

»Des sind die Flamingo-Träume von dem neuen Designer aus Amerika, Herrgott wie heißt der doch glei?«, sie fuhr sich durch die frisch blondierten Locken.

»Isch doch au egal«, wetterte Eisele, der sich soeben am Frühstücksei verbrannt hatte, das er wahrscheinlich wieder eine Minute zu früh oder eine Minute zu spät aus dem kochenden Wasser gefischt hatte. »Endlich mal ein gescheiter Eierkocher, des wär eine Investition, aber nein, so einen Eierkocher kann man ja nicht anziehen«, maulte er vor sich hin.

»Wahrscheinlich wird dieser Designer auch wieder schwul sein«, bäffte er weiter in Richtung seiner Mutter. »So wie die meischde von deine Designer«, fuhr er unbeirrt fort.

»Na und?«, kam es nun endgültig von seiner Mutter. »Erschdens war der Gründgens au homosexuell und zweitens«, sie blähte sich auf, ein Zeichen, dass sie jetzt richtig in Fahrt kam.

»Zweitens«, wiederholte sie, »haben die Schwulen in aller

Regel Geschmack, Stil und Sinn für Kunst. Gugg dir den Hummel an, des isch au so a Schnittle.«

»Mutter!«, entfuhr es Eisele entsetzt. »Weißt du eigentlich nemme, wie alt du bisch? Und den Hummel, den hosch du doch erst einmal von Weitem gesehen!«

»Ha ja, s isch aber trotzdem so«, echauffierte sie sich.

»Gugg dich doch einmal an, in deine altbackene Cordhosen da kannschd du kein Weib hinterm Ofen vorlocken. Und deine karierte Hemden, die kannschd vielleicht anziehen, wenn du einen Kettensägekurs im Schönbuch machschd, aber doch ned in die Dienststelle.«

Eisele knallte das Ei vor seiner Mutter auf den Tisch. Sie hatte es wieder geschafft, sie hatte ihm den Tag verdorben, mehr noch, sie hatte ihn dort getroffen, wo es ihn am Meisten schmerzte, an seinem Selbstwertgefühl. Genau wie Theodora Klein.

»Mir isch die Lust auf ein gemeinsames Frühstück vergangen«, zischte er und verließ die Küche.

»Und im Übrigen hast du zwei verschiedene Socken an«, rief ihm seine Mutter nach, doch da war er bereits im Treppenhaus.

10.10 Uhr, Polizeidienststelle, Büro Klein

Als Theodora kurz nach zehn ihr Dienstzimmer betrat, fiel ihr Blick sofort auf ihren Terminkalender.

»Scheiße«, entfuhr es ihr, denn Kriminaloberrat Hummel hatte für heute früh 8 Uhr die wöchentliche Dienstbesprechung angesetzt gehabt, und sie hatte diese komplett vergessen. Erfahrungsgemäß dauerten diese Unterredungen nie länger als eine Stunde. Es war also sinnlos, um diese Zeit

Hummels Büro aufzusuchen. Theodora fuhr sich durch die wirren Locken und ließ sich auf ihren Stuhl sinken. Sie wusste tatsächlich nicht mehr, wo ihr der Kopf stand. Den gestrigen Tag mit all seinen Ereignissen hatte sie bis jetzt nicht verdaut und was ihren Vater betraf, war sie ratloser denn je. Was hatte Fritz gesagt? *Wenn du einen Freund brauchst, dann bin ich da.* Ja, sie brauchte einen Freund, und zwar dringend. Sie griff zum Telefon. Ihr Herz klopfte heftig, als sie die Nummer 62301 wählte.

»Hallo Theo«, sagte Fritz sofort, was eine Angewohnheit von ihm war, wenn er ihre Telefonnummer erkannte. »Gerade habe ich an dich gedacht. Wie wars denn gestern?«

»Ach Fritz«, weiter kam Theodora nicht, denn sie fühlte, dass sich bereits ihr Hals zuschnürte.

»Theo, was ist denn? Sag doch, Theo, bist du noch dran?«

Theodora schluckte. Tränen stiegen in ihr auf. Das durfte nicht sein. Sie und heulen, das hatte es noch nie gegeben.

»Nun kommt schon, möchtest du reden?«, ließ Fritz nicht locker.

»Ich war bei meinem Vater, gestern«, begann Theodora zunächst zaghaft, dann brach der Damm.

Verdammt, nun waren sie da, die Tränen, die ihre Stimme erstickten, während sie Fritz von ihrem Besuch bei ihrem Vater erzählte.

»Soll ich heute Abend bei dir vorbeikommen? Ich bringe uns eine gute Flasche von dem trockenen Lemberger mit, der dir bei unserem letzten Treffen so gut geschmeckt hat, was meinst du?«

Theodora zog geräuschvoll die Nase hoch und schüttelte stumm mit dem Kopf.

»Nein Fritz, danke, es geht schon. Ich brauche einfach meine Ruhe, verstehst du?«

»Unglaublich, was der Alte sich erlaubt«, kam es von Fritz.

»Fritz, ich sag dir was, aus der Nummer bin ich noch lange nicht raus. Wenn mein Vater erst mal im Krankenhaus ist und dann noch zum Pflegefall wird, ich darf gar nicht dran denken …«

»Tja, ich fürchte für dich, dass das nicht einfach werden wird. Wie gesagt, du weißt, wenn du einen Freund brauchst, ich stehe immer zur Verfügung.«

»Danke, ich weiß das sehr zu schätzen, und ganz ehrlich, es geht mir schon viel besser jetzt. Übrigens – ich war gestern doch noch auf dem Pragfriedhof.«

»Tatsächlich? Erst dein Vater und dann noch die Beisetzung, dass du das noch geschafft hast, Respekt! Und? Hat sich eine neue Perspektive ergeben?«

»Nein, leider nicht im Geringsten.«

»Das ist schade, aber du kennst ja den dummen Spruch: *Wenn auf jedem Grab, in dem eine Leiche liegt, deren Tötung nicht erkannt worden ist, eine Kerze stehen würde, wären die Friedhöfe in Deutschland hell erleuchtet.*«

»Ich bitte dich Fritz, lass doch den blöden Spruch weg, zumal der ja auch gar nicht passt. Die Frau wurde ermordet, das zumindest wissen wir, aber was den Rest betrifft, so muss ich dir leider recht geben.«

»Übrigens, noch was«, Fritz hatte ihre letzte Bemerkung überhört, »wie stellt sich denn dein neuer Kollege Eisele an?«

»Eisele? Wieso? Wie kommst du auf ihn? Kennst du ihn etwa? Der ist schon ein ganz eigenartiger Geselle, irgendwie nicht von dieser Welt. Manchmal bin ich mir nicht sicher, ob er nur blöd ist, oder ob ich Mitleid mit ihm haben sollte. Ich habe keine Ahnung, weshalb der nicht bei der Sitte geblieben ist. Vielleicht frage ich Gerda, wenn sie das nächste Mal hier vorbeikommt. Sie ist schon so lange bei der Sitte, sie kann mir bestimmt was über Eisele berichten, und das wäre in jedem Fall interessanter, als ständig die Fotos ihrer Enkelkinder betrachten zu müssen.«

»Dazu musst du nicht Gerda fragen«, antwortete Fritz. »Über den kann ich dir auch eine ganze Menge Interessantes berichten. Aber du wirst dich jetzt wundern, der Eisele, das ist kein schlechter Kerl. Der hat es auch nicht leicht in seinem Leben, was man so hört.«

Theodora ahnte, was nun kommen würde.

»Wie wäre es morgen Abend in der Weinstube Stetter? Dann kann ich dir vielleicht ein bisschen was erzählen.« Fritz war hartnäckig.

Theodora überlegte kurz. »Einerseits wäre es schon interessant, etwas mehr über Eisele in Erfahrung zu bringen, dann könnte ich ihn vielleicht auch besser einordnen oder verstehen, andererseits… Nein Fritz, das läuft uns nicht davon, ein anderes Mal, morgen bin ich auf einer…«, es gelang ihr nicht mehr, das Wort Messe auszusprechen, denn von hinten hatte sich eine Hand auf ihre Schulter gelegt. Im nächsten Moment griff eine andere, stark sonnengebräunte Hand, die aus einer blütenweißen Hemdenmanschette hervorblitzte, nach ihrem Telefonhörer und legte diesen ohne ein Wort auf die Gabel. Wieso nur hatte sie nicht reagiert? Sie hatte doch seit geraumer Zeit den eindringlichen Duft des italienischen Aftershaves in der Nase gehabt. Theodora drehte sich um und blickte in die vor Wut blitzenden Augen Hummels.

»Wie lange stehen sie schon hier?«, stammelte sie.

Hummel pumpte mit dem Oberkörper wie ein Maikäfer vor seinem ersten Flugversuch.

»Schon lange, Theodora«, schnaubte er, »viel zu lange! Zum einen, ich dulde es nicht, dass in meiner Abteilung derart über Kollegen hergezogen und getratscht wird!« Theodora holte Luft, doch Hummel fuhr bereits fort:

»Zum anderen, was glauben Sie eigentlich, was uns hier Ihr Privatleben interessiert? Ganz ehrlich, ich habe es allmählich satt mit Ihnen.«

Hummel begann im Kreis zu gehen, Theodora wusste, was das zu bedeuten hatte.

»Wo waren Sie beispielsweise gestern Vormittag? Ach was, sagen wir ruhig, wo waren Sie den ganzen Tag. Na, wo waren Sie?«

»Tun Sie doch nicht so, als wüssten Sie es nicht längst? Schließlich haben Sie mein Gespräch von soeben belauscht. Das ist eine Ungeheuerlichkeit!« Theodora war außer sich.

»Belauscht? Ach, nennen Sie es, wie Sie wollen«, schnaubte Hummel. »Ich beobachte das jetzt schon länger. Sie kommen und gehen, wie es Ihnen beliebt. Das geht so nicht!«

»Das geht so nicht? Und was ist mit dem Kollegen Eisele? *Er ist zu Hause, seine Mutter bekommt ein Boxspringbett.* Haben Sie das nicht erst vor wenigen Tagen zu mir gesagt? Warum muss ein ausgewachsener Mann bei seiner Mutter bleiben, wenn die ein Boxspringbett bekommt? Und gestern, was war gestern? Da hat er sich krankgemeldet. Heute habe ich ihn übrigens auch noch nicht gesehen.«

»Er wird schon noch kommen. Und was seine Mutter betrifft. Dieser Mann hat Verantwortung übernommen für die alte Frau. Er kümmert sich, er lässt seine Mutter nicht im Stich, da könnten sich so manch andere ein Beispiel daran nehmen.«

Theodora schoss die Magensäure in den Schlund. Sie hustete. Hummel hatte sich in Rage geredet.

»Und noch was, was denken Sie sich eigentlich dabei, den Kollegen derart vorzuführen, wie Sie es bei dem Einsatz in der Schwabstraße getan haben?«

Theodora stutzte. Was meinte Hummel?

»Ja stellen Sie sich vor«, interpretierte er Theodoras fragenden Blick richtig. »Es hat sich bis zu mir herumgesprochen, wie Sie den Armen vor versammelter Mannschaft fertiggemacht haben. Theodora, was ist bloß los mit Ihnen, so sind Sie früher nicht gewesen!«

Theodora hatte Hummel fassungslos zugehört. Vor allem sein letzter Satz hatte sie tief getroffen. *So sind Sie früher nicht gewesen,* hatte er gesagt. Ein letztes Mal bäumte sie sich auf: »Denunzianten! Überall sind nur Denunzianten am Werk!«, stieß sie hervor. Hummel stoppte abrupt und blieb vor Mephistos Käfig stehen. Mit spitzem Finger wies er angewidert auf den Nager. »Und der hier«, sagte er mit heiserer Stimme, der hier, wird verschwinden. Über dieses Vieh lacht die ganze Dienststelle und über Ihren Esoterik-Tick schütteln alle nur den Kopf. Alle!«

»Also …«, hob Theodora an, doch Hummel ließ sie nicht zu Wort kommen.

»Wenn ich recht informiert bin, dann haben Sie noch zwei Wochen alten Urlaub aus dem vergangenen Jahr. Treten Sie in an, bevor er verfällt, und klären Sie in der Zeit Ihre privaten Angelegenheiten.«

Hummel holte tief Luft, er befand sich offensichtlich in einem Käfig voller Narren. Er griff zum blütenweißen Hemdenkragen und riss den obersten Knopf auf. Sein Adamsapfel hatte sich völlig wundgescheuert. Dann rannte er, ohne ein weiteres Wort an Theodora zu richten, hinaus, und schlug die Tür laut hinter sich zu.

Irgendwo in der Stadt

Eisele hatte fluchtartig das Haus verlassen und war hinunter, in Richtung Schwabstraße gerannt. An einer Fußgängerampel blieb er stehen. Er drückte auf grün und es wurde grün, rot, und wieder grün und er stand noch immer da, unfähig die Straße zu überqueren. Er musste nachdenken. Seine Mutter hatte ihn völlig aus der Bahn geworfen. In diesem Zustand konnte er auf keinen Fall zur Dienstelle. Eine Begegnung mit Theodora Klein würde er heute unmöglich verkraften. Als eine Schulklasse mit bunten Rucksäcken an ihm vorüberzog, kam ihm die Idee. Das Lindenmuseum! Als kleiner Junge war er oft dort gewesen. In den düsteren Ausstellungsräumen hatte er sich sicher und wohl gefühlt, genau das, was er heute brauchte.

Der Fußweg zum Museum hatte sich schier endlos hingezogen, doch im Inneren des Gebäudes war es angenehm kühl, auch waren kaum Menschen unterwegs, was zumindest für die Dauerausstellung *Wo ist Afrika* galt, die er aufsuchte. Erschöpft versank er in einem der niederen Besuchersessel und ließ die Gestalten und Exponate in den gläsernen Vitrinen auf sich wirken. Hier konnte er endlich seine Gedanken sortieren. Er griff zum Handy, rief in der Dienststelle an und meldete sich noch einmal krank. Und genau so fühlte er sich auch, krank. Was war nur los mit ihm? Die Fantasien, die seine Mutter betrafen, gingen in letzter Zeit immer öfter mit ihm durch – mehr noch – manchmal ertappte er sich dabei, ihr tatsächlich den Tod zu wünschen. Zum ersten Mal hatte ihn das Gefühl beim Anblick der Leiche von Karolina Häberle übermannt. Er war davon so schockiert gewesen, dass er sich sogar übergeben musste. Theodora Klein hatte es natürlich ganz anders ausgelegt und sich vor allen Kollegen über ihn lustig gemacht, was ihn bis ins Mark getroffen hatte.

Seit dem Einsatz bei Frau Häberle wurde er nachts immer öfter von Albträumen heimgesucht, in denen er eine alte Frau ermordete. Und immer trug sie die Züge seiner Mutter. Im Traum empfand er dies als befriedigend, doch bereits beim Erwachen verfiel er in Panik. Einmal war er sogar mit einer nassen Hose erwacht. Die Erinnerung daran brachte ihn zurück in die Realität. Wie lange hatte er hier auf diesem Sessel gesessen und diesen Wilden in seinem Glaskasten betrachtet? Er schaute auf die Uhr, es war bereits Nachmittag. Bis zu seinem Besuch im *Roten Flamingo* am Abend hatte er noch einige Stunden zu überbrücken. Er beschloss in Richtung Königstraße zu gehen, wohin er üblicherweise nur mit seiner Mutter kam, wenn sie wieder einmal Lust auf eine Kaffeestunde im Café Königsbau hatte. An der Fassade des *Gloria* stach ihm die Kinowerbung ins Auge. *Leberkäsjunkie.* Er hatte keine Ahnung, was sich hinter einem solchen Titel verbergen konnte, doch auf *Good boys – Nix für kleine Jungs* hatte er erst recht keine Lust. Er ging hinein, löste eine Karte und ließ den Film über sich ergehen.

17.10 Uhr, Polizeidienststelle Stuttgart, Büro Klein

Um 17.10 Uhr schloss Theodora ihren Schreibtisch ab und verstaute den Schlüssel in der Innentasche ihrer Jacke. Niemand sollte während ihrer Abwesenheit die Möglichkeit haben, in ihren Schubladen zu wühlen. Zutrauen würde sie dies nicht nur Eisele, auch Hummel war ein Kandidat, der davor ganz sicher nicht zurückschrecken würde. Zwar hatte sie außer ihren Tarotkarten und einem Pendel aus Amethyst nichts zu verbergen, doch allein das würde genügen, um neuen Anspielungen gegen sie Nahrung zu geben und das musste nicht sein. Den Urlaubsantrag hatte sie zuvor ausgefüllt und zur Unterschrift in Hummels Fach gelegt. »Genehmigt« musste dieser Urlaub ja schließlich nicht mehr werden. Dann hatte sie Mephistos Käfig gereinigt und einige Tropfen Wasser an ihre beiden stacheligen Kakteen geträufelt. Um 17.10 Uhr verließ sie die Dienststelle. Vom geschätzten Kollegen Eisele fehlte bis zur Stunde jede Spur.

17.15 Uhr, Brauhaus, Stuttgart

Kurz nach 17 Uhr betrat Eisele das Brauhaus. Durstig, wie er war, bestellte er sich ein Kristallweizen. Er trank es in einem Zug aus, was er sofort bedauerte, denn in seinem Bauch begann es gefährlich zu blubbern, und da er den ganzen Tag nichts gegessen hatte, fürchtete er, sein Darm könnte ihm einen Strich durch die Rechnung machen. Zum Glück beruhigte sich alles recht schnell, und er riskierte es, ein weiteres Bier zu trinken, das er sich sicherheitshalber hatte anwärmen lassen. Den amüsierten Blick des Kellners versuchte er zu ignorieren. Danach hatte er sich endgültig genügend Mut angetrunken, um seinen Plan im *Roten Flamingo* in die Tat umzusetzen. »Stimmt so«, sagte er gegen 19 Uhr zu dem Kellner und legte einen Zwanzigeuroschein auf den Tresen. Dann stand er schwankend auf und machte sich auf den Weg in Richtung Roter Flamingo.

19.15 Uhr, Polizeidienststelle Stuttgart, Büro Kriminaloberrat Hummel

Den ganzen Tag hatte sich Kriminaloberrat Hummel die Frage gestellt, ob er nicht zu hart mit Theodora Klein ins Gericht gegangen war. In der Tat nahm sie sich in letzter Zeit einige Freiheiten heraus, die ihr nicht zustanden, dennoch war er sich inzwischen nicht mehr sicher, ob es nötig gewesen war, sie angesichts der vorherrschenden Situation ausgerechnet jetzt in den Zwangsurlaub zu schicken. Er hatte eine Schwäche für den Kollegen Eisele, das musste er zugeben, obwohl er sich die Frage nach dem Warum selbst nicht beantworten konnte. Auch Eisele war nicht gerade die Zuverlässigkeit in Person, wie der heutige Tag zeigte. Für gestern hatte er sich krankgemeldet, heute hatte niemand in der Dienststelle etwas von Eisele gehört. Wo steckte Eisele? Hummel warf einen Blick auf seine Uhr. Inzwischen war es Abend geworden. Hummels Handy klingelte. Verwirrt blickte er auf das Display. Diese Nummer kannte er nicht. Normalerweise ging er nicht ran, wenn er nicht sehen konnte, wer ihn anrief, so auch heute, doch nach drei Minuten klingelte es erneut. Es war dieselbe Nummer, sie endete hinten mit drei Fünfen. »Ja«, bellte er, als er schließlich auf den grünen Hörer auf dem Display tippte.

»Chef, sind Sie es?«, fragte eine weibliche Stimme, die er nicht sofort zuordnen konnte. »Das kommt drauf an«, antwortete er, »ich gestehe, ich habe keine Ahnung mit wem ich das Vergnügen habe …«

»Sally«, kam es vom anderen Ende.

»Ach«, entfuhr es Hummel, Sally, die neue überaus ehrgeizige Kollegin mit dem auffälligen Tattoo über dem linken Auge.

»Sally, was gibt's? Weshalb rufen Sie mich an und was ist das überhaupt für eine Nummer?«

»Ich rufe vom Handy eines ..., naja ... sagen wir, eines guten Bekannten aus an. Ich habe eine Information für Sie, die Sie vielleicht interessieren könnte.«

»Was für eine Information denn, nun machen Sie es doch nicht so spannend, spucken Sie es aus!«

»Also, ich mach es kurz,« flüsterte Sally, »heute Abend treffen sich einige Herren im Roten Flamingo.«

»Und deshalb rufen Sie mich an? Der Rote Flamingo ist ein gewisser Ort der Begegnung, das wissen Sie doch. Irgendwelche Herren treffen sich immer im Roten Flamingo!«

»Chef«, wisperte Sally, »die Mexikaner sind in Stuttgart, Alvarez, verstehen Sie, Alvarez wird im Roten Flamingo erwartet, kurz vor Mitternacht.« Hummel wurde nervös. Alvarez war einer der größten international gesuchten Drogendealer. Und er sollte ausgerechnet nach Stuttgart in den Roten Flamingo kommen?

»Sally, Sie wissen aber schon, dass das eigentlich ein Fall für die Abteilung Drogendelikte ist?«

»Ja Chef, trotzdem, ist doch cool, wenn der Hinweis von Ihnen kommt.«

»So gesehen ...«, Hummel überlegte. Er wusste, dass Sally über die Maßen ehrgeizig war, doch an Alvarez klebte Blut, keine Frage und sollten sich diese Informationen als richtig erweisen, und er gar den entscheidenden Hinweis zur Ergreifung des Drogenbosses liefern, würde sich dies auch als Sprosse auf seiner Karriereleiter erweisen.

»Okay, ich werde sehen«, sagte er schließlich. »Und – Sally – wo auch immer Sie diese Information herhaben, wenn das stimmt, wenn das wirklich stimmt, dann haben Sie einen gut bei mir.«

19.30 Uhr, »Roter Flamingo«

»Hallo Georg«, begrüßte Uschi Eisele mit gewohnt knarziger Stimme. Sie stand an ihrem Platz am Tresen und zapfte sich gerade ein frisches Bier, als er eintrat.

»Magst auch eins?«, fragte sie freundlich und balancierte eine dünne, schwarze Zigarette im rechten Mundwinkel. Uschi hatte ihre besten Zeiten lange hinter sich, doch als Chefin des Clubs war sie in bestimmten Kreisen eine über die Stadtgrenzen hinaus bekannte Institution. Ihren ausladenden runzligen Busen hatte sie in eine Korsage aus lilabeigem Tigermuster gezwängt. Eisele mochte Uschi und Uschi mochte Eisele, das wusste er, vor ihr brauchte er sich nicht zu verstecken, musste nicht vorgeben, einer zu sein, der er nicht war. Es gab nichts Menschliches, was ihr fremd war.

»Gern.« Eisele griff über den Tresen, nahm das kühle Glas entgegen und setzte sich umständlich auf einen der roten Barhocker.

»Du bist aber mutig, heut schon wieder aufzukreuzen, wo du doch erst vor zwei Tagen hier rausgeflogen bist«, sagte Uschi und grinste. Eisele schwieg verlegen.

»Na ja, du wirst jetzt hoffentlich endgültig begriffen haben, dass du dich nicht einmischen kannst, wenn Chantal einen Freier hat, das ist nicht gut fürs Geschäft. Sei froh, dass sie dich nur vor die Tür gesetzt haben, besoffen, wie du warst«, fuhr sie fort. »Im Übrigen ist Chantal auch jetzt gerade beschäftigt, also mein Junge, keep cool!«

Eisele schluckte. Nie würde er sich daran gewöhnen können, auf welche Weise Chantal ihr Geld verdiente, doch das war im Moment auch nicht das Thema.

»Uschi, ich brauch was«, sagte er leise und beugte sich leicht über den Tresen. Uschi lachte. »Mein Schatz, pass auf, dass du nicht vom Hocker fällst«, noch immer lachte sie, »alle die hier her kommen brauchen was.«

»Nein, ich meine, ich brauche was, also, nicht DAS, ich brauche Stoff.« Uschi schaute ihn verblüfft an.

»Wie bitte? Du brauchst Stoff? Höre ich richtig? Du bist doch ein Bulle oder etwa nicht?«

Eisele nahm eine ungewohnt steife Haltung ein.

»Wirklich, du musst mir helfen, ich brauche etwas, nur ganz wenig Koks, gerade mal ausreichend für eine Linie, ich brauche es, weil …«

»Weißt du was«, Uschi wirkte plötzlich kalt, »halt mich da raus, ich will es gar nicht wissen für wen oder was du das brauchst. Komm in einer Stunde hier an den Tresen. Wenn es mir gelingt, etwas aufzutreiben, dann nimmst du es und verschwindest sofort damit nach hinten zu Chantal, hast du mich verstanden?«

»Ja klar«, stammelte Eisele, »ich bin ja nicht taub.«

DONNERSTAG, 15. AUGUST

0.10 Uhr, »Roter Flamingo«

Hummel war nervös. Es war mehreren Zufällen zu verdanken, dass er tatsächlich bei der Durchsuchung im Roten Flamingo dabei sein konnte. Nach Sallys Anruf hatte er sofort mit dem Chef des Drogendezernats telefoniert, der jedoch mit einer Seitenstrangangina das Bett hüten musste. Dessen Stellvertreter hatte Hummel nicht erreicht, was einen neuerlichen Anruf bei dem erkrankten Kollegen erforderlich gemacht hatte. Da »Gefahr im Verzug« war, machte Hummel den Vorschlag, im Sinne der Amtshilfe diesen Einsatz selbst zu leiten. Der Kollege hatte schließlich ohne weitere Einwände zugestimmt. Außerdem war auch noch ein richterlicher Durchsuchungsbeschluss zu erwirken. Nachdem all diese Formalitäten geklärt waren, stand dem Besuch im Roten Flamingo nichts mehr im Wege.

Nun waren sie bereits seit einer Stunde hier und Hummel hatte sich die ganze Zeit diskret im Hintergrund gehalten, während die Kollegen souverän ihre Arbeit taten. Inzwischen hatten sie das ganze Bordell abgesucht, doch mehr als ein paar Herren in Verlegenheit zu bringen, darunter auch einen namhaften Vertreter der katholischen Kirche, war ihnen nicht gelungen. Anscheinend sollte sich diese Aktion zu einer ausgewachsenen Lachnummer entwickeln, bis jetzt hatte sich der Hinweis auf die Mexikaner jedenfalls als Fake erwiesen. Dafür würde ihm Sally Rede und Antwort stehen müssen.

»Die da hinten noch, dann sind wir durch«, meinte ein Kollege des Drogendezernats und wies auf eine letzte Tür am Ende des Flurs, über der ein Schild mit der Aufschrift *Privat* angebracht war. Stumm sahen sich die Kollegen an, alle außer Hummel nickten. Mit den Worten »Dies ist eine Durchsuchung…«, traten sie gegen die Tür, die krachend aufflog. Mit ungläubig geweiteten Augen hielten die Ermittler in ihrer Bewegung inne. Jemand stieß einen merkwürdig heiseren Schrei aus. Hummel! Der ganze Rest schwieg. Das Geräusch eines herabfallenden und zerberstenden Glases zerschnitt die peinliche Stille. An einem kleinen runden Tisch in der Mitte des Raumes saßen zwei Menschen. Die Frau, offensichtlich eine Dienstleistende des Roten Flamingos, trug ein Mieder aus schwarzem Leder. Ihre Brüste wurden gehalten von einem diagonalen Band aus glänzendem Latex. Ihre Beine waren ebenfalls in eng anliegendem Latex verborgen, an den Füßen trug sie Schnürstiefel mit schwindelerregend hohen Blockabsätzen. Den Mund hatte sie, ebenso wie die Augen, schwarz umrandet. Neben ihr saß ein Mann in Feinrippunterhosen- und Hemd, an den Füßen trug er zwei verschiedenfarbige Socken. Auf einem Hocker in der Ecke lagen peinlich genau zusammengelegt eine grüne Cordhose und ein rotweiß kariertes Flanellhemd. »Eisele?«, stammelte Hummel und schlug sich mit der Hand gegen die Stirn.

»Was wolled Sie hier?«, fragte die Prostituierte und strich sich ihr tiefschwarzes Haar aus der Stirn. »Sie störed uns beim Essen, sehed Sie denn des net? Ich hab Feierabend.« Sie bückte sich und hob eine Scherbe des herabgefallenen Glases auf. »Wo isch denn der Kehrwisch?«, bäffte sie verärgert.

Erst jetzt nahm Hummel wahr, dass die beiden eine Schüssel und zwei Teller vor sich stehen hatten.

»Kutteln«, erklärte Eisele, dessen Schockstarre sich so langsam zu lösen begann. »Die Chantal isch meine Freundin und niemand macht so gute Kutteln wie sie. Ich komm immer freitags zum Kutteln essen zu ihr.«

»So, so, zum Kutteln essen«, erwiderte Hummel. »Nackt! Und das soll ich Ihnen jetzt glauben. Na gut, Sie können schließlich Ihre Freizeit verbringen wo und mit wem Sie wollen, wenn ich auch sagen muss, es ist schon eine seltsame Umgebung um schwäbische Spezialitäten zu genießen, meinen Sie nicht auch Eisele? Und noch was Eisele«, fuhr Hummel fort, »wäre es jetzt nicht an der Zeit sich anzuziehen? Ich meine ja nur...«

»Natürlich«, sagte Eisele und legte den Löffel in den Teller, in dem noch ein Rest der Speise zu erahnen war.

Geschnittener Pansen, wie kann man so etwas nur essen?, dachte Hummel – und – *Max, ja Max, Huberts Dackel, dem würde das schmecken, aber wie ein halbwegs kultivierter Mensch so etwas essen kann, werde ich wohl nie begreifen.*

Fassungslos beobachtete Hummel Eisele dabei, wie er sich langsam anzog. Er wirkte wie jemand, der zu tief ins Glas geschaut hatte. Gerade als Eisele seine Cordhose vom Stuhl nahm, fiel etwas zu Boden. Hummel hätte schwören mögen, dass es direkt aus Eiseles Hosentasche gerutscht war. Eisele wollte sich bücken, doch Hummel war schneller.

»Was haben wir denn da?«, fragte Hummel erstaunt, und hob ein kleines, durchsichtiges Beutelchen in die Höhe. Das konnte doch nicht wahr sein, Eisele und Drogen? Mit einem Satz war ein Kollege des Drogendezernats zur Stelle und nahm das Beutelchen in Augenschein. »Dabei dürfte es sich wohl kaum um Zucker handeln«, sagte er und nahm das Päckchen in Verwahrung.

»Eisele, was ist das?«, fragte Hummel scharf.

»Ich hab keine Ahnung«, stammelte Eisele. »Ehrlich! Das hat bestimmt schon vorhin da gelegen und ich habe meine Hose draufgelegt. Chantal, sag doch du auch mal was dazu!«

Chantal zog laut die Nase hoch.

»Aha«, raunte Hummel. »Das kenn ich. So schnüffeln alle die, die Koksen. Und das, was wir da soeben gefunden haben ist Koks, geben Sie es zu. Und darum schnüffeln Sie!«

»Waas, ich und Koksen? An Scheiß werd ich, ich koks doch ned, ich bin doch ned blöd! Einen Schnupfen hab ich«, bäffte Chantal wenig damenhaft und zog ein Fläschchen Ratiopharm-Nasentropfen für Erwachsene unter ihrem Kopfkissen hervor.

»Des macht die immer«, gab Eisele hilflos von sich, »die Chantal isch schon ein bissle süchtig, Nasentropfen süchtig, wenn Sie wissen, was ich mein. Sie wissen schon, dass es des gibt, gell. Die Leut meinen dann dauernd, sie haben eine verstopfte Nase und dann müssen sie immer öfter …«

Weiter kam Eisele nicht.

»Eisele, wollen Sie mich verarschen?«, brüllte Hummel und vergaß seine gute Erziehung. Seine linke Halsschlagader schwoll bedenklich an. »Das ist mir herzlich egal, wissen Sie das? Sie ziehen sich nun sofort an, haben Sie mich verstanden. Sie sind verhaftet wegen Drogenbesitzes.«

»Aber …«, stammelte Eisele.

»Nix aber«, schnaubte Hummel. Wir haben genügend Zellen in denen Sie es sich heute Nacht gemütlich machen können. Bei uns gibt es zwar keine Kutteln, dafür eine Matratze und das muss reichen! Nehmt ihn mit«, sagte Hummel zu den Kollegen gewandt, die angesichts dieser prekären Situation still im Hintergrund verharrt hatten.

Hummel stürzte hinaus ins Freie. Vor dem Etablissement blieb er stehen und atmete tief ein und aus. Er war kurz davor durchzudrehen. Sally würde ihm erklären müssen, wie sie zu der Information gekommen war, Alvarez sei in der Stadt. Eisele war Gast im Puff, aß dort Kutteln und schnupfte Koks und Theodora Klein hatte er heute Nachmittag in den

Urlaub geschickt. Wie sollte er um alles in der Welt nur aus dieser Nummer wieder herauskommen?

Das Glas vor ihr war halb leer. Es war kurz nach Mitternacht. Wieder waren die Träume gekommen. Sie hatten auf der Wiese getanzt. Kleine Hände reckten sich ihr entgegen, darin ein rührend hilflos gezupftes Sträußchen mit Gänseblümchen. Dann war ein Schatten auf das geliebte kleine Gesicht gefallen. Der Himmel verdunkelte sich. Zwei alte Frauen waren auf die Wiese getreten. Sie bluteten. Sie sah genauer hin. Sie kannte diese Frauen. Beide. Sie hatte sie umgebracht. Mörderin spie ihr die Kleine entgegen. Sie wollte nach ihr greifen, sie in den Arm nehmen, doch die Kleine rannte weg. Rannte auf die beiden Alten zu. Die nahmen die Kleine in ihre Mitte. Nahmen sie an die Hand und führten sie fort. Dann war sie aufgewacht. Sie starrte auf das Tablettenblister, das vor ihr auf dem Tisch lag. Vor einer halben Stunde hatte sie die beiden letzten Pillen herausgedrückt. Inzwischen musste sie zwei davon nehmen. Sie hatte noch acht Blister mit jeweils 6 Pillen. Sie konnte sich ausrechnen, wie lange ihr das noch reichen würde. Sie würde sie genau einteilen müssen. Einen Arzt wollte sie nicht aufsuchen. Nie wieder. Sie hasste Ärzte. Das waren alles Quacksalber. Sie würden sie einsperren wie damals. Damals hatte sie ihr alles weggenommen. Nur eine alte Bibel in ihrem Nachttisch, die hatten sie ihr gelassen. In der Bibel las sie nicht mehr. Seit sie von den Nonnen weggegangen war. Alles Lüge. Gott. Pah! Es gab keinen Gott für sie. Doch als Versteck diente die Bibel gut, damals. Sie hatte die Seiten herausgerissen. Jeden Tag ein paar. Hatte das dünne Papier zerfetzt und in der Toilette hinuntergespült. Dann hatte sie damit begonnen, die Tabletten zu sammeln. Immer nur die Hälfte davon hatte sie genommen, den Rest versteckte sie in der ausgehöhlten Bibel. Als sie entlassen wurde, nahm sie die

Bibel mit. Niemand nahm Anstoß daran. Die Pillen trugen sie über die Zeit. Manchmal war es ihr gelungen, bei einer ihrer alten Kundinnen ein paar Schlaftabletten zu erbetteln. Nun ging ihr Vorrat zur Neige. Inzwischen war die Sonne aufgegangen. Wieder war der Himmel wolkenlos blau. Die Pillen wirkten. Sie war ruhiger geworden. Gab es überhaupt noch Wolken? Wann hatte es zum letzten Mal geregnet? Die blöde Tussi im Radio freute sich jeden Morgen über das Badewetter. War die denn irre? Die Erde vertrocknete und die freute sich über Badewetter? Unglaublich, wie oberflächlich doch die Menschen waren. Was hatte das alles noch mit ihr zu tun? Sie hatte zwei Menschen getötet. Zwei alte Frauen. Beide würden sie nie wieder in den wolkenlosen blauen Himmel blicken. Sie stand auf. Ging hinüber in die Küche. Hatte sie Hunger? Nein. Sie nahm ihren Geldbeutel, der neben einer leeren Obstschale lag. Sie schaute hinein. Noch 50 Euro. Was war heute für ein Tag? Donnerstag. Heute war Donnerstag. Wie hatte sie das vergessen können. Immer donnerstags kam der Bauer von den Fildern mit seinen Gladiolen direkt vom Feld. Sie würde welche holen gehen. Damals im August, da blühten sie auch …

11.05 Uhr, Auf dem Weg nach Bad Cannstatt

Die Hitze in der Stadt war unerträglich, die Luft schien still zu stehen. Es war mal wieder Feinstaubalarm. Der Verkehr schob sich träge durch die Stadt. Theodora hatte – wie in letzter Zeit so oft – schlecht geschlafen. Wahrscheinlich hatte sie gestern Abend zu viel vom türkischen Tee erwischt. Sie hatte Frau Kächele nicht schon wieder eine Absage erteilen wollen. Auch musste sie sich eingestehen, dass es ihr wider Erwarten nicht ungelegen gekommen war, Frau Kächele im

Treppenhaus zu treffen. Die Entrüstung über ihren Zwangsurlaub, den Hummel ihr verpasst hatte, war wohl offensichtlich gewesen, jedenfalls war der einfühlsamen Frau nicht entgangen, dass etwas mit ihr nicht stimmte und so folgte eine erneute, diesmal spontane Einladung zum Abendessen auf dem Fuße.

Sie war nicht schlecht überrascht gewesen, als sie die Wohnung betrat. Eine gelungene Mischung aus Orient und Okzident hatte sie empfangen, nicht unähnlich ihres eigenen Einrichtungsstils.

Wie selbstverständlich hatte sie ihre Schuhe am Eingang ausgezogen und war in ein Paar der für Besucher bereitgestellten Pantoffeln geschlüpft. Frau Kächele hatte ihr ein Glas Tee gereicht und einen Teller mit kleinen Hefeteilchen vor sie hingestellt. »Greifen Sie zu! Das ist türkische Poðaça mit Hackfleischfüllung«, hatte sie erklärt. Und tatsächlich, das Gebäck schmeckte hervorragend. Frau Kächele, die mit Vornamen Aylin hieß, und Theodora bereits beim zweiten Glas Tee das Du angeboten hatte, war beim dritten Glas bei ihren Sorgen angelangt. Diese Sorgen hatten einem Namen, Murat, was Theodora nicht verwunderte. Murat war in irgendwelche zwielichtigen Kreise geraten und Aylin vermutete, dass auch Drogen im Spiel sein könnten.

»Aylin«, hatte sie gesagt, »darf ich dich erinnern, dass ich bei der Kripo bin, es ist also möglicherweise unklug, wenn du deinen Sohn bei mir belastest, noch ist er, soweit ich weiß, bei der Polizei ein unbeschriebenes Blatt.«

Aylin hatte beschämt den Kopf gesenkt und genickt, worauf sich Theodora dann auch bald verabschiedet hatte. Als sie sich schließlich in ihrer Wohnung endlich etwas Anständiges zu trinken gegönnt hatte, einen trockenen Fellbacher Lämmler, hatte sie noch lange darüber nachgedacht, was Aylin ihr anvertraut hatte und wieder hatte sich ein schlechtes Gewissen bei ihr eingeschlichen. Diese Frau war ebenso einsam und allein wie sie selbst, und sie hatte Vertrauen zu ihr gefasst.

Ich tauge einfach nicht zur Freundschaft, war die Erkenntnis, die sie wieder einmal, wie schon so oft in ihrem Leben, gewonnen hatte.

11.45 Uhr, Esoterikmesse, Kursaal Bad Cannstatt

Endlich hielt der überfüllte Bus vor dem Kursaal in Bad Cannstatt und spülte Theodora zusammen mit gefühlt tausend anderer Menschen vor den Eingang, an dem sich bereits eine lange Schlange gebildet hatte.

»Soll ich mir das tatsächlich antun?«, murmelte Theodora vor sich hin, als sie die Zeit überschlug, die sie hier vor dem Eingang herumstehen würde, doch dann fiel ihr Blick auf ein Plakat, das in einem auffälligen Aufsteller direkt vor dem Eingangstor für eine Veranstaltung warb.

Kontaktaufnahme mit dem Jenseits, stand in orangenen Lettern auf azurblauem Himmel, über den sich ein bunter Regenbogen wölbte.

Haben Sie noch eine letzte Botschaft an einen geliebten, verstorbenen Menschen? Engelmedium Alexa begleitet Sie auf dem spirituellen Weg in eine andere Dimension und hilft Ihnen mit Hilfe der Engel in Kontakt zu Ihren Lieben zu treten.

Sitzungen in Raum 11 jeweils um 15 Uhr, um 17 Uhr und um 19 Uhr.

Theodora blickte auf die Uhr, es war kurz nach eins.

Was, wenn ich versuche, auf diesem Wege Kontakt zu Karolina Häberle zu bekommen, schoss es ihr durch den Kopf. Es wäre verwegen, das musste sie sich selbst eingestehen, doch warum sollte sie nicht auch nach einem solchen Strohhalm greifen?

Zunächst wollte sie in der bereits jetzt überfüllten Halle Ausschau nach Fabienne, ihrer Reiki-Meisterin, halten, die sie schon viel zu lange nicht mehr aufgesucht hatte. Es war dringend nötig, dass sie von Fabienne wieder einmal ihre Aura glatt kämmen ließ. Sie spürte die ungute Energie, die seit Wochen an ihr klebte wie eine alte, ausgetrocknete, kratzige Klette. Fabienne war die Einzige, von der Theodora diese Behandlung annahm, denn bei Fabienne wusste sie, dass keine negative Schwingung im Spiel war, die sich auf sie übertragen könnte. Wenn Fabienne ihre Hände auf ihre Chakren legte, fühlte sie, wie neue Energie durch sie hindurchfloss. Manchmal hatte sie bei den Sitzungen auch geweint, doch das war stets einer Befreiung gleichgekommen, denn Fabienne war es gelungen, tief sitzende Blockaden, Verletzungen, die ganz offensichtlich aus ihrer Kindheit stammten, aufzulösen, und durch die Tränen abfließen zu lassen. Vielleicht sollte sie sich einmal wieder die eine oder andere Sitzung bei Fabienne gönnen, sie hatte es momentan nötiger denn je. Ihr Leben steckte eindeutig in einer Sackgasse. Um kurz vor zwei war Theodora endlich bis zur Kasse vorgedrungen, der Eintritt kostete fünf Euro mehr als noch vor zwei Jahren, was sie empörend fand, doch nun war sie hier und warum sollte sie sich nicht auch einmal wieder etwas gönnen!

Im Saal angekommen blieb sie kurz stehen und ließ ihren Blick umherschweifen. Da war es wieder, dieses einmalige Kribbeln, das sie immer verspürte, wenn sie hier war. Das wuselige Gemurmel der Menschen faszinierte sie ebenso, wie der Duft, der sich durch die Halle zog. Eine süß-herbe Mischung aus diversen Räucherwaren, Stäbchen und Kegeln, energetischen Sprays und Weihrauchgemischen.

Theodora war in der Welt der Wunder angekommen und beschloss, den Rundgang nach rechts zu beginnen.

Waschen, ganz ohne Waschmittel mit der Energiewaschkugel stand auf der ersten Tafel, an der sie vorüberging. Eine dralle Mittfünfzigerin berichtete begeistert von effektiven Mikroorganismen, die, in der Kugel gebündelt, eine Zugabe von Waschmitteln absolut überflüssig machen. Theodora war stehen geblieben und hörte interessiert zu, als eine ältere Dame sie am Ärmel zupfte und meinte: »Kaufen Sie das ja nicht! Gegen die Mikroorganismen in den Käsesocken meines Enkels kommt die Waschkugel nicht an, das ist nur Geldmacherei.« Kopfschüttelnd ging die Frau weiter. Auch Theodora setzte ihren Rundgang fort. Angelockt von einer zarten Glockenmelodie fand sie sich bald vor einem Stand wieder, an dem ein gut aussehender, braun gebrannter Mann mit langem, grauem Zopf über das kosmische höher dimensionierte Wissen der Mayas und Azteken referierte.

»Auch du meine Freundin Feuerfuchs«, sagte er zu ihr und legte vertrauensvoll seine Hand auf ihren Unterarm, was ihr einen angenehmen Schauer durch sämtliche Chakren jagte, »auch du kannst sie erlernen, die Lichtsprache.«

Theodora war verblüfft. Wie ein einsamer Goldfisch, in seinem langweiligen Wasserglas, öffnete und schloss sie ihren Mund wortlos, und kam sich augenblicklich lächerlich dabei vor. Noch immer hielt der kosmische Beauftragte ihren Arm fest umklammert. »Ich sehe es in deinen Augen, Feuerfuchs«, fuhr er, offensichtlich in Anspielung auf ihre roten Haare fort, »auch du bist wie wir alle geprägt von den Erfahrungen deines Lebens, deinen Traumata, deinen Mustern. Das alles ist verankert in deinen Zellen, in deiner Aura, und du wirst immer wieder dieselben Erfahrungen machen, wenn du deine Glaubenssätze nicht umprogrammierst.«

»Was kann ich denn dagegen tun?«, stammelte Theodora

und schüttelte ihren Arm, worauf der grau bezopfte Spirituelle sie nun endlich losließ.

»Ändere dein Programm«, antwortete er beschwörend und sah ihr dabei tief in die Augen. »Schreibe das Drehbuch deines Lebens um, mit Hilfe der Lichtsprache wird dir das gelingen. Mehr Selbstwert, mehr Selbstliebe, mehr Selbstvertrauen, das alles ist es, was Dir fehlt.«

Dann drückte er ihr einen Flyer in die Hand, worauf eine Summe stand: 2.480 Euro.

Theodora verabschiedete sich rasch. »Programmiere dein Leben um«, rief er ihr noch nach, doch Theodora winkte nur ab. Nach dieser Erfahrung musste sie sich erst einmal beruhigen. *Mehr Selbstwert, mehr Selbstliebe, mehr Selbstvertrauen, das alles ist es, was dir fehlt,* hatte er gesagt und es stimmte alles, jedes Wort. Sah man es ihr denn so deutlich an? Erschüttert setzte sie ihren Rundgang fort, vorbei an Ständen mit den herrlichsten Edelsteinen, den bunten Ketten aus Korallen, Amethysten, Rosenquarzen und Lapislazuli. Sie allesamt hatten ihren Glanz verloren. Der Mörder von Karolina Häberle lief noch immer irgendwo da draußen frei herum. Hummel hatte ihr den Fall abgenommen und sie in den Urlaub geschickt. Konnte sie noch tiefer fallen? Sie schaute auf ihre Armbanduhr. Es war Viertel vor drei, in fünfzehn Minuten würde die erste Sitzung des heutigen Tages bei Engelmedium Alexa stattfinden.

Diese wollte sie nicht versäumen und danach würde sie sofort nach Hause gehen.

14.40 Uhr, Esoterikmesse, Séance Engel-Medium

Obwohl es erst zehn vor drei war, schienen bereits alle Stühle des Thourette-Saals besetzt zu sein. Einen Moment überlegte Theodora, ob sie gleich nach Hause gehen sollte. Die vielen Menschen in der Messehalle waren heute nur schwer zu ertragen, doch dann sah sie noch einen leeren Stuhl in der vorletzten Reihe. Sie musste sich ein Bild von der Arbeit des Engelmediums verschaffen, und wenn sie ihr glaubwürdig erschien, würde sie sie auf eigene Kosten buchen, sie musste etwas über den Tod von Karolina Häberle in Erfahrung bringen. Theodora hatte inzwischen Platz genommen und ihre Jacke sowie ihre Tasche unter den Stuhl geklemmt. Es war verdammt eng hier drin. Sie überschlug, dass es mindestens 80 Stühle, demzufolge also auch mindestens 80 Menschen sein mussten, die sich in diesem Raum versammelt hatten, entsprechend stickig war die Luft bereits jetzt. Plötzlich wurde es unruhig im Saal, Alexa stieg die Stufen zur Bühne empor. In einem langen moosgrünen Gewand blieb sie kurz stehen und schaute hinunter in die Reihen der Menschen. Dann hob sie die Hände wie zur Segnung, verneigte sich leicht nach vorn und nahm in einem rot bespannten Sessel Platz, in dem sie zu versinken drohte. Vor ihr, auf einem mit einem roten Tuch versehenen Tisch, spendete eine Selenit-Lampe ein milchig weißes Licht. Um die Lampe herum hatte sie einige kleinere Amethyst-Drusen sowie einen großen Rosenquarz drapiert. Sie neigte den Kopf und schien in sich selbst zu versinken. Ihr langes schwarzes Haar fiel ihr dabei wie ein Vorhang vors Gesicht. Ein Gong ertönte, die Deckenstrahler erloschen wie von Geisterhand. Alexa hob langsam den Kopf, schälte sich aus dem tiefen Sessel und blickte erneut stumm in die Menschenmenge. Ihr langes, moosgrünes Gewand ließ sie wie eine Elfe erscheinen.

»Liebe Schwestern und Brüder«, hob sie schließlich an und Theodora erschrak. Eine so feste, klare, ja, laute Stimme, hätte sie hinter Alexa nicht vermutet.

»Ich begrüße euch alle, die ihr hier seid, um den Kontakt zu Menschen zu suchen, die ihr verloren habt, die euch lieb und teuer waren, die vielleicht gegangen sind, ohne sich von euch verabschiedet zu haben«, fuhr sie fort. »Wie oft haben wir etwas nicht geklärt, wie oft hätten wir gerne einem Menschen noch etwas Liebes mit auf den letzten Weg gegeben. Die Gründe, weshalb das oftmals nicht geschieht, nicht geschehen kann, sind vielfältig. Wir haben uns daher heute hier versammelt, um wenigstens dem einen oder anderen die Möglichkeit zu geben, für sich und seinen weiteren Lebensweg eine solch wichtige Verbindung herzustellen.«

Bereits jetzt, nach so wenigen Worten von Alexa, war vereinzeltes Schluchzen zu vernehmen, Taschentücher wurden hervorgeholt und es wurde sich geschnäuzt.

»Ich möchte meine Oma sprechen«, kam es aus der dritten Reihe, »ich habe ein Foto von ihr dabei, soll ich es Ihnen geben?«

»Und ich hätte meiner lieben Frau noch so gerne gesagt, wie sehr ich sie geliebt habe. Solange sie lebte, habe ich das viel zu selten getan!«, hörte Theodora eine Männerstimme, irgendwo aus der Mitte des Saales.

»Nein«, sagte Alexa, und ihre Stimme hatte eine andere Klangfarbe angenommen. »Ich brauche und ich möchte keine Fotos, überhaupt sind hier zu viele Menschen versammelt, wenn sie mit mir ins Gespräch kommen wollen, können wir das gerne in einer Einzelsitzung tun. Ich gebe Ihnen am Ende gerne meine Karte und wir vereinbaren einen Termin. Ich habe meine Praxis in Tübingen, das ist …« Alexa stockte. Ihr Blick verschleierte sich. Das Publikum starrte wie gebannt auf Alexa, die für einige Momente nicht weitersprechen konnte.

»Es ist allerdings so …«, fuhr sie schließlich fort, »es ist so, dass wir Besuch haben aus der geistigen Welt.« Ein Raunen ging durch den Saal, dann wurde es still. Alexa hielt die Augen geschlossen. Die Spannung im Raum wurde unerträglich.

»Ich fühle und sehe mit meinem dritten Auge zwei Menschen«, sprach Alexa weiter. »Sie haben nichts miteinander zu tun und dennoch wollen sie beide gehört werden. Sie sagen mir, sie haben Angst, dass diese einzige Möglichkeit gehört zu werden, vielleicht an ihnen vorüber gehen wird und das wäre furchtbar, denn sie würden sonst ihren Frieden, drüben, wo sie jetzt sind, niemals finden können.«

»Dann lass sie doch reden«, sagte eine junge Frau in der Reihe vor Theodora.

»Ja, lasst die Seelen reden«, stimmte nun auch eine andere Frau mit ein.

Alexa kreuzte die Hände über der Brust und verneigte sich kurz.

»Ich danke euch im Namen der Seelen«, sagte sie. Sie schloss die Augen. Es schienen Minuten zu vergehen, bis sie mit einer gealterten, brüchigen Stimme zu sprechen begann:

»Ich weiß, dass sich hier im Raum jemand befindet, der auf der Suche nach der Wahrheit ist. Du bist der Wahrheit nahe, ganz nahe, du darfst nicht an dir zweifeln, suche weiter. Du sollst wissen, dass ich nicht gelitten habe, als ich starb. Doch ich bin nicht die Einzige, noch eine ist auf diese Weise gestorben. Auch sie ist heute hier, doch sie mag nicht sprechen, sie hat ihren Weg durch das Licht noch nicht gefunden. Suche sie, finde sie, geh deinen Weg, geh ihn zu Ende, gib nicht auf.«

Im Saal herrschte absolute Stille. Theodoras Magen krampfte sich zusammen. Von wem kam diese Botschaft?

Alexa stockte. Sie atmete in kurzen Stößen, ihre Brust hob und senkte sich bedrohlich. Sie ließ sich in den Sessel fallen und griff nach einem Glas Wasser. Ihre Hand zitterte, als sie es zum Mund führte. Mit noch immer geschlossenen Augen sprach sie weiter. Diesmal hatte ihre Stimme einen eigenartigen, fast kindlichen Ton angenommen.

»Ich möchte, dass du aufhörst damit«, schrie sie beinahe. »Weshalb tust du das? Du hilfst damit niemandem, mir kannst du nicht mehr helfen und dir hilfst du erst recht nicht. Ich habe dich so sehr geliebt, doch das war einmal. Jetzt hasse ich dich, ich hasse dich, weil du mir den Weg ins Licht verstellst!«

Alexa begann zu husten, sie atmete schwer, einen Moment schien es, als würde sie das Bewusstsein verlieren. Ein Rettungssanitäter stürmte auf die kleine Bühne und klappte den Erste-Hilfe-Koffer auf. In der Mitte des Saales entstand ein Tumult. Eine Frau schien eine Panikattacke zu erleiden. Jemand war aufgestanden und hatte sie auf den Boden gelegt, ein weiterer Sanitäter bahnte sich den Weg zu ihr.

»Ich muss hier raus«, stammelte ein Mann, der rechts neben Theodora gesessen hatte. Er erhob sich, griff seine Jacke und stieg auf dem Weg nach draußen rücksichtslos über die Füße seiner Nebensitzer.

»Mir reicht's auch«, sagte Theodora, die inzwischen eine leichte Übelkeit in sich aufkommen spürte.

Wie gut, dass sie in der vorletzten Reihe gesessen hatte. Schnell hatte sie den Saal verlassen. Sie wollte jetzt nur noch nach Hause. Sie strebte dem Ausgang zu, als sie jemanden weinen hörte. Sie drehte sich um. Auf einem einsamen Stuhl in einer Ecke saß eine Frau, die offensichtlich völlig verzweifelt war. Allem Anschein nach war es die Frau, die im Saal den Zusammenbruch erlitten hatte.

»Kann ich Ihnen helfen?«, fragte Theodora.

»Danke, es geht schon wieder«, sagte die Frau und ließ das Taschentuch sinken. Sie starrten sich an.

»Sie?«, fragten beide wie aus einem Mund.

»Was machen Sie denn hier bei so einer Veranstaltung?« Theodora hatte die Joggerin aus dem Park sofort wiedererkannt.

»Sie sind ja gut. Ich könnte Sie dasselbe fragen«, murmelte diese in ihr Taschentuch hinein. »Dass Sie sich überhaupt an mich erinnern. Engel, Gabriele Engel. Die Welt ist klein, finden Sie nicht?«

»Das stimmt allerdings, die Welt ist tatsächlich klein. Ich bin übrigens Theodora Klein.«

Gabriele Engel ignorierte das Wortspiel.

»Ich muss gestehen, mich hat diese Veranstaltung ziemlich mitgenommen, wenn auch nicht so sehr, wie Sie, offensichtlich …« Wieder antwortete Gabriele Engel nicht, stattdessen putzte sie sich geräuschvoll die Nase. Sie schien noch immer verwirrt zu sein.

Was halten Sie davon, wenn wir auf dieses Erlebnis hin erst einmal einen Kaffee trinken gehen?«, schlug Theodora vor. »Dort drüben im nächsten Raum habe ich vorhin eine kleine Cafeteria gesehen.«

»Sehr gerne«, antwortete Gabriele Engel endlich und erhob sich.

»Sind Sie öfter auf Esoterikmessen unterwegs?«, eröffnete Theodora das Gespräch.

»Nein, ich war noch nie bei so einer Veranstaltung. Für mich ist es heute das erste Mal«, Gabriele Engel stocherte lustlos mit der Kuchengabel in ihrem Käsekuchen herum, der seit einigen Minuten vor ihr stand. »Aber Sie schon, oder?«

»Ja, ich schon.« Theodora schob gerade ein Stück Apfelkuchen mit Mandelsplittern in den Mund. »Und dann geben Sie sich gleich die ganz harte Veranstaltung. Die Engel-Séance. Respekt. War das eher Zufall, dass Sie da gelandet sind, oder wollten Sie versuchen, Kontakt zu jemandem aufzunehmen?«

Gabriele Engel zögerte. Offensichtlich hatte sie sich bis jetzt nicht restlos von den Eindrücken erholt.

»Wie man's nimmt«, sie stockte. »Eigentlich wollte ich schon lange Mal so wo hingehen, ich habe mich nur nicht getraut«, stieß sie rasch hervor.

»Nicht getraut? Wieso denn das?«, fragte Theodora, der die Antwort seltsam erschien, so als hätte ihr Gegenüber gerade noch die Kurve gekriegt.

»Na ja«, Gabriele Engel schüttelte leicht mit dem Kopf. »Sie wissen ja sicher, wie schnell man heutzutage als Spinner abgetan wird, nur weil man an etwas glaubt, was die Wissenschaft nicht beweisen kann.« Sie hatte sich wieder gefasst.

»Mir ist das vollkommen egal«, sagte Theodora und leckte die Kuchengabel ab. »Ich bekenne mich. Ich habe mir schon viele Anregungen, Tipps und ja, auch Hilfe aus der geistigen Welt geholt.«

»Aus der geistigen Welt? Das klingt ja spannend. Vielleicht können Sie einer völlig Ahnungslosen, aber umso mehr Interessierten, etwas über die Esoterik im Allgemeinen und die Geistige Welt im Besonderen erzählen?«

»Gerne«, antwortete Theodora, die sich selbst zur Ordnung rief. Sie befand sich in keinem Verhör, sie saß hier bei einem Stück Kuchen und einer Tasse Kaffee zusammen mit einer Frau, die ähnliche Interessen wie sie hatte. Nicht mehr und nicht weniger; sie konnte froh sein, das Gespräch auf Heilsteine, Bachblüten und Reiki lenken zu können und irgendwann im Verlauf des Gesprächs bot ihr Gabriele Engel das Du an.

»Hältst du es für möglich, dass die Toten unter uns sind?«, fragte Gabriele nach einer längeren Redepause unvermittelt. »Also sozusagen, an unserer Seite, sodass sie mitbekommen, wie wir unser Leben leben?«

»Wieso fragst du das?«, Theodora meinte nun doch einen seltsamen Unterton aus Gabrieles Worten herauszuhören.

»Na ja, so ganz umsonst wirst du ja wohl kaum an dieser Sitzung teilgenommen haben, oder?«

»Nein, ganz so ist es tatsächlich nicht«, entgegnete Theodora zögerlich. »Ich sagte ja bereits, dass ich manchmal versuche, in der Geistigen Welt Antworten zu finden, die ich hier nicht finden kann ...«

»Und im Moment stellt sich dir eine solche Frage?«, wollte Gabriele wissen.

»Ja, sagen wir mal, in gewisser Weise schon ...«, wich Theodora aus.

»Und? Hast du eine Antwort bekommen?«

Theodora musste überlegen. Hatte sie einen Hinweis erhalten? Wer hatte da gesprochen und waren die Worte überhaupt an sie gerichtet?

»Das weiß ich ehrlich gesagt gar nicht so genau«, antwortete sie ausweichend. »Ich muss erst darüber nachdenken.«

Gabriele schwieg.

»Und du?«, bohrte Theodora. »Ich nehme an, bei dir war es etwas anderes? Du hast etwas gehört, womit du dich selbst in Beziehung bringst, oder?«

»Wie kommst du darauf?«, Gabrieles Augenlider flatterten.

»Na ja, du warst so erschüttert, dass du beinahe einen Zusammenbruch erlitten hast.«

»Nein, das ist es nicht«, wehrte Gabriele ab. »Die ganze Atmosphäre hat mich sehr mitgenommen. Der arme Mann, der seiner Frau so gerne noch etwas Liebes gesagt hätte, das Kind mit der Oma ...«

»Ich verstehe schon, entschuldige«, Theodora bedauerte es, dass sie Gabriele erneut bedrängt hatte. Hier handelte es sich um ein privates Gespräch und nicht um ein Verhör und schon wieder war sie in ihre alten Gewohnheiten verfallen.

Gabriele blickte auf die Uhr. »Du meine Güte, es ist ja schon spät! Es war interessant sich mit dir zu unterhalten. Was hältst du davon, wenn wir uns mal wieder auf einen Kaffee treffen?« Ohne eine Antwort Theodoras abzuwarten, zog Gabriele einen Stift aus ihrer Tasche und kritzelte eine Nummer auf die unbenutzte Serviette, die sie Theodora reichte.

»Hier hast du meine Telefonnummer, ruf mich doch einfach mal an. Ich würde mich freuen.« Sie legte 25 Euro auf den Tisch. »Sag der Kellnerin, das passt so!« Sie griff nach ihrer Tasche, stand auf, und ging rasch in Richtung Ausgang.

Theodora wusste nicht, wie lange sie auf die Serviette gestarrt hatte, die vor ihr auf dem Tisch lag. Gabriele hatte das Café bereits verlassen und auch sie würde sich gleich auf den Weg nach Hause begeben. Über zwei Stunden hatten sie zusammengesessen, was für Theodora einem Rekord gleichgekommen war. Dass sie stolze 25 Euro für drei Café Latte und einen Apfelkuchen bezahlen musste, störte sie ausnahmsweise nicht. Auch ihr hatte die Unterhaltung mit Gabriele gutgetan, wenn sie auch immer wieder in ihre alten Verhaltensmuster verfallen war, eine Unterhaltung wie eine Befragung zu führen. Sie ärgerte sich über sich selbst, obwohl es Gabriele offenbar nicht so empfunden hatte, im Gegenteil, sie hatte ihr ihre Telefonnummer gegeben und Theodora war durchaus geneigt, sich auf einen weiteren Kaffee mit Gabriele zu treffen. Für einen Moment empfand sie sogar so etwas wie Freude bei dem Gedanken daran.

Doch zunächst musste sie noch einmal darüber nachdenken, was Alexa im Verlauf der Sitzung gesprochen hatte. Tatsache war, dass es sich um mindestens zwei Wesen gehandelt haben musste, die anwesend waren. Mit der Botschaft, die als zweites durchgedrungen war, wusste Theodora nichts anzufangen. *Ich möchte, dass du damit aufhörst, warum tust du das? Ich habe dich so sehr geliebt, doch jetzt hasse ich dich,* hatte es durch Alexa gesprochen. Das klang nach einer Liebesbeziehung, eindeutig, diese Worte konnten nicht an sie, Theodora, gerichtet gewesen sein. Doch, was war mit der ersten Stimme, die durch Alexa gesprochen hatte?

Du bist der Wahrheit nahe, suche weiter. Zweifle nicht an dir. War dies die Botschaft? Ja, sie zweifelte an sich, ohne Frage, doch was sollten diese Worte bedeuten: *Noch eine ist auf diese Weise gestorben …*

Völlig in Gedanken verließ Theodora die Messe. Der Bus stand bereits bereit und sie stieg ein. Erst als er losfuhr, bemerkte Theodora, dass es nicht die Linie, war, die sie nach Hause brachte. Sie befand sich auf dem direkten Weg in die Dienststelle.

18.45 Uhr, Polizeidienststelle, Büro Kriminaloberrat Hummel

Kurz vor sieben erreichte Theodora die Dienststelle. Sie trat aus dem Aufzug und blieb sofort stehen. Sie hörte Stimmen. Um diese Zeit? Sie lauschte. Die eine Stimme gehörte Hummel, eindeutig. Warum war er noch hier? Seit er verheiratet war, bestand er auf seinen geregelten Feierabend, den er pünktlich gegen sechs antrat, egal, was auf seinem Schreibtisch lag. Zu wem gehörte die andere Stimme? Sie kam ihr bekannt vor, doch sie klang so larmoyant. Hummels Zimmertür war angelehnt, ein schwacher Lichtschein drang nach draußen auf den Flur. Hörte sie da etwa ihren Namen? Schnell zog sie ihre Schuhe aus, damit sie das Klackern ihrer Absätze auf dem harten Steinfußboden im Flur nicht verriet. Mit ihren Stiefeletten in der Hand schlich sie bis vor Hummels Bürotür. Sie hielt den Atem an.

»Wissen Sie was, Eisele, Sie sind ein selten dämlicher Hund.« Das war Hummel.

»Ich weiß.« Das war Eisele. Heulte er etwa?

»Jetzt erzählen Sie mir mal der Reihe nach.« Wieder Hummel. »Was hat es mit dieser Chantal auf sich? Wieso hocken Sie um Mitternacht im Puff und essen *Saure Kutteln*? Ich meine, wenn Sie etwas anderes getan hätten, hätte ich es ja vielleicht noch verstanden.«

»Aber Sie sind doch …«, das war Eiseles klägliche Stimme.

»Jetzt werden Sie mir ja nicht frech. Klar, ich bin homosexuell, aber so hetero könnte ich gar nicht sein, dass ich mich zu einer Frau hingezogen fühlen würde, die die Backen voll hat mit geschnittenem Pansen!«

»Kutteln«, protestierte Eisele. »Kutteln! Chantal war mit achtzehn die Kuttel-Queen, dort in Dapfen auf der *Schwäbischen Alb*, wo sie herkommt.«

»Eisele«, Hummels Stimme überschlug sich. Theodora konnte sich eines Grinsens nicht erwehren, doch was hatte das Ganze mit ihr zu tun?

»Eisele, Sie bringen mich um den Verstand! Wie kommen Sie zu dem Koks? Und jetzt behaupten Sie nicht schon wieder, der Beutel habe rein zufällig auf dem Stuhl gelegen.«

»Backpulver, Herr Kriminaloberrat es war doch nur Backpulver, zum Glück!«

»Sie haben in der Absicht und im Glauben gehandelt, dass das, was sie da versteckt hatten, Koks sei, das können Sie nicht abstreiten. Und ich will verdammt noch mal jetzt von Ihnen wissen, warum sie das getan haben. Herrgott, ich komme mir vor wie im Kindergarten. Ich hole jetzt Ihre Chantal herein.«

Theodora hörte, wie Hummel in das angrenzende Zimmer seiner Sekretärin hinüberging. Offensichtlich hatte er diese Chantal oder wie sie hieß eingeschlossen. Was um alles in der Welt war das für ein merkwürdiger Alleingang Hummels. Theodora bekam langsam im wahrsten Sinne des Wortes kalte Füße. Morgen würde sie eine Blasenentzündung haben.

»Nehmen Sie bitte hier Platz«, sagte Hummel erstaunlich höflich.

Theodora hörte, wie jemand lautstark die Nase hochzog, das konnte nur Chantal sein. Mutig ging sie einen Schritt nach vorn und spickte durch den kleinen Spalt der angelehnten Tür. Sie sah eine merkwürdig gekleidete »Dame« auf einem Stuhl sitzen.

»Also, Frau, ja, wie soll ich Sie denn nennen? Wie ist denn Ihr Name? Sie heißen doch nicht wirklich Chantal, oder?«, fragte Hummel.

»Nein, Chantal ist mein Künstlername. In Wirklichkeit heiße ich Sieglinde Rebmann.«

»Aha«, Hummel räusperte sich. Offensichtlich war ihm die ganze Angelegenheit äußerst unangenehm. Es war ja auch nicht wirklich seine Aufgabe, hier die Personalien aufzunehmen. Theodora fragte sich noch immer lauschend, was die Nummer, die hier abgezogen wurde, tatsächlich sollte.

»Frau Rebmann«, fuhr er fort, »Ihre Personalien nehmen wir später auf, was mich vor allem interessiert, in welchem Verhältnis stehen Sie zu Herrn Eisele. Ich meine, Sie müssen doch zugeben, dass die Situation, in der wir Sie beide vorgefunden haben, nicht gerade typisch war für Ihre Arbeitsplatzbedingungen, oder?«

Chantal fuhr sich mit dem Taschentuch über die Nase,

richtete sich in ihrem Stuhl auf und wirkte plötzlich sehr entschlossen.

»Also, der Georg«, sagte sie mit fester Stimme, »der Georg kommt normalerweise immer am ersten Freitag im Monat zu mir. Seiner Mutter erzählt er dann immer, er ginge zum Skat spielen mit den Kollegen ins Brauhaus.«

»Aha, und weiter?«

»Na ja, in den letzten Wochen kam der Georg halt fast jeden Freitag und manchmal auch an einem anderen Tag, weil's ihm halt so schlecht ging.«

»Und weil's ihm schlecht ging, suchte er den Puff auf? Also verzeihen Sie, Frau Rebmann, das verstehe ich jetzt nicht!«

»Na ja, da war die Sache mit der Kollegin, ich glaube, Frau Klein heißt sie, na, diese Theodora eben …«

»Was um alles in der Welt hat Frau Klein damit zu tun, dass Herr Eisele ein Bordell aufsuchen muss?«

»Ja wissen Sie, Herr Hummel …«

»Kriminaloberrat Hummel, so viel Zeit muss sein!«

»Ja gut, dann eben Herr Kriminaloberrat. Also Herr Hummel es war so, der Georg war halt fix und fertig, weil die Frau Klein ihn behandelt wie den allerletzten Grasdackel.«

»Wie bitte? Wieso denn wie einen Grasdackel?«, Hummel wusste bereits, als er dir Frage stellte, was nun kommen würde. Schließlich war der Vorfall eine Zeit lang Tagesgespräch in der Dienststelle gewesen.

»Na ja, wissen Sie, der Georg hat sich so auf die Stelle gefreut und dann hat er die Klein als Chefin bekommen und die schikaniert ihn seit dem ersten Tag. Glauben Sie, es hat ihn gefreut, dass er kotzen musste, als er die tote Oma gesehen hat? Aber nein, die Klein hat sich lustig gemacht. Zu den Ermittlungen nimmt sie ihn nicht mit, sie tut so, als wäre er gar nicht da. Und dann ist da noch diese blöde Ratte. Er hat es schon so schwer mit seiner Mutter, und jetzt auch noch diese blöde Schnepfe von Klein, die gibt ihm vollends den Rest!«

»Also das mit der Schnepfe habe ich nicht gehört!«, unterbrach Hummel Chantals Redefluss. »Aber was hat das alles mit dem Backpulver zu tun?« Hummel war offensichtlich ratlos. Theodora konnte es ihm nicht einmal verdenken. Inzwischen fühlten sich ihre Füße wie Eisklumpen an, doch sie brachte es noch immer nicht fertig, ihren geheimen Platz zu verlassen.

»Na ja, wissen Sie …«, Chantal sprach plötzlich sehr leise. »Die Klein die raucht ja ab und zu …«

»Ja und? Ich rauche auch ab und zu.«

»Nein, ich meine, die Klein, die raucht ab und zu. Verstehen Sie denn nicht, was ich meine? Und der Georg, na der hat halt so eine Wut auf die und da wollte er ihr was unterjubeln, verstehen Sie? Er wollte sie wegkriegen aus der Dienststelle und da hat er gedacht, wenn man bei ihr was Richtiges findet, also nicht so einen Kindergartenkram wie Gras, sondern Koks zum Beispiel, dann wäre sie dran, verstehen Sie?«

»Eisele, stimmt das?« Hummel starrte auf Eisele, der reglos und stumm mit gesenktem Kopf auf einem Stuhl saß.

»Ja«, kam es erstickt von Eisele.

Theodora schoss die Magensäure in den Schlund. Würde sie sich übergeben müssen? Hier und jetzt auf dem kalten Flur des Präsidiums? Dieses dreckige kleine Arschloch. Niemals hätte sie ihm das zugetraut, fast bekam sie Respekt vor ihm.

»Und Sie wussten davon?«, fuhr Hummel Chantal an.

»Jaaaa. Ich sollte ihm den Stoff ja besorgen. Es gibt da immer mal so Kunden bei uns, mein Gott Sie müssen das doch besser wissen, Sie sind schließlich die Polizei. Ich meine, wenn man sich auskennt, dann …«

»Dann was?«

»Na ja, dann weiß man eben, dass man bei uns, vielleicht, eventuell ...«

»Du meine Güte«, schnaubte Hummel, nun gacksen Sie nicht so dämlich herum, sagen Sie besser gleich, dass Eisele was hatte. Und Sie, Sie haben es vertauscht, stimmt's?«

»Nein«, sagte Chantal kleinlaut und da war es wieder, das Schniefen.

»Wieso nein?«, Hummel rieb sich den Hals. Der Hemdkragen war zu eng!

»Ich hab ihm gleich Backpulver in das Tütchen getan, ist ja auch weiß. Mein Gott, ich wollte nicht, dass Georg irgendwas passiert, wegen der dummen Schnalle, das hat er nicht verdient ...«

Für einen Moment herrschte Ruhe in dem Raum.

Theodora hatte genug gehört, inzwischen war ihr richtig übel. So also sah er sie, so sehr litt er unter ihr, dass er auf solche Rachegedanken gekommen war. Es war ihr, als schaue sie in den Spiegel und sähe ein Monster. Wie tief war sie menschlich gesunken? Plötzlich musste sie an Aylin denken, die sich bis zum heutigen Tag vergeblich um ihre Freundschaft bemühte. Sie dachte an Gabriele Engel, die sie beinahe in ein Verhör verstrickt hatte, sie hatte die Kurve zu einer »normalen« Unterhaltung gerade noch so genommen.

Sie musste etwas ändern, sie musste sich ändern, vor allem aber musste sie hier raus. So schnell sie konnte, rannte sie den Flur entlang, und hinaus in den Park. Sie schaffte es gerade noch bis zur Straßenlaterne und übergab sich ins Gebüsch.

SAMSTAG, 17. AUGUST

Sie stand am Herd. Sie kochte. Sie hatte Hunger. Mehr noch. Sie hatte Appetit. Wann war das zum letzten Mal so gewesen? Unten war ein kleiner Rewe-Laden. Früher war es ein Spar gewesen. Seitdem war sie dort nicht mehr einkaufen gegangen. Heute kochte sie. Pasta und Hackfleischsoße. Beim Zwiebelschneiden hatte sie sich in den Finger geschnitten. Sie war es nicht mehr gewöhnt, schien es verlernt zu haben. Ein Pflaster war keines zu finden. Sie wickelte sich ein Papiertaschentuch um den Finger. Wie das duftete. Ein warmes Gefühl hatte sich ihrer bemächtigt. Heimlich. Diffus. Was war mit ihr geschehen? Sie hatte geredet. Ganz normal geredet. Mit einer ihr gänzlich fremden Person. Am Ende hatte sie ihr sogar ihre Telefonnummer gegeben. Ob sie sich wohl melden würde? Fast wünschte sie es sich. Im Topf blubberte es. Sie bemerkte es nicht, starrte aus dem Fenster, den Kochlöffel in der Hand. Die Soße kochte hoch, spritzte aus dem Topf. Ein heißer Soßentropfen landete auf ihrer Nase, brachte sie zu sich. Rasch schob sie den Topf beiseite. Herunter von der heißen Herdplatte. Ihr Magen knurrte. Sie lächelte. Sie musste etwas mit ihren Haaren machen. Auch wieder mehr Sport. Das Leben ging schließlich weiter. Sie verbrannte sich den Mund. Die Soße war heiß. Das Essen schmeckte gut. Jemand lachte, laut und hell. Sie lachte.

SONNTAG, 18. AUGUST

10 Uhr, Wohnung Kriminaloberrat Hummel, Stuttgart Sillenbuch

Kriminaloberrat Hummel saß auf seiner Terrasse und blätterte in der New York Times. Die Glocken der nahe gelegenen Martin-Luther-Kirche riefen die Bewohner Sillenbuchs zum Sonntagsgottesdienst.

Hubert war mit Max Gassi gegangen, Hummel würde also die nächste Stunde seine vollkommene Ruhe haben und die brauchte er nach der Aufregung der vergangenen Tage dringend. Hubert hatte er von all dem nichts erzählt, es wäre ihm allzu peinlich gewesen. Mit Eisele hatte er vereinbart, dass er sich erst einmal ein paar Tage krankmelden solle, solange bis er entschieden hatte, welchem Einsatzgebiet er künftig zugeordnet werden konnte. Der Sitte auf gar keinen Fall mehr. Hummel hatte spontan an die Zoll- oder Steuerfahndung gedacht, dort würde dieser Beamte der Extraklasse wohl die geringste Möglichkeit bekommen, Unheil anzurichten. Obwohl, bei einer Knalltüte wie Eisele war noch nicht einmal darauf Verlass.

Hummel schrak auf. Die Anfangstakte von *Highway to Hell* erklangen. Sein Handy! Verdammt. Entweder hatte Hubert den Haustürschlüssel vergessen, oder, und das befürchtete Hummel, es war dienstlich.

»Ja«, brüllte er wenig freundlich in sein Handy.

»Hier Schubert«, meldete sich eine junge Stimme.

»Schubert?«

»Ja, Herr Kriminaloberrat. Schubert von der Streife. Wir

haben hier einen Leichenfund. Ich wollte Ihnen gleich Bescheid geben. Wir haben die Kollegen der Kripo verständigt, die meinten, wir sollten Theodora Klein dazu holen, weil …« Schubert gackste unschlüssig herum, und bevor Hummel einhaken konnte, fuhr er fort: »… weil, es handelt sich wieder um eine tote Oma!«

Hummel zuckte zusammen. Seit Tagen hatten seine Leute erfolglos an dem Fall Karolina Häberle herumlaboriert und alles, was sie gefunden hatten, war eine DNA, die in keiner Datenbank registriert gewesen war.

Eisele war *krank*, Theodora beurlaubt, doch es blieb ihm keine Zeit. Er musste, ob er wollte oder nicht, in den sauren Apfel beißen und Theodora hinzuziehen. Viel Wirbel konnte er sich nicht leisten, daher gab er missmutig ins Telefon:

»Sagen Sie den Kollegen, sie sollen die Klein anrufen. Sagen Sie, das ist ein Befehl von ganz oben, also von mir! Geben Sie ihr alles durch, was sie braucht, sie soll sofort kommen. Ich mache mich auch auf den Weg. Sagen wir so bis in einer halben Stunde. Aber halt, natürlich brauche ich als Erstes einmal die Adresse.«

Es war ein schöner Tag. Auf dem Schlossplatz tummelten sich die Menschen. Ganze Familien lagen auf der Wiese unter den Bäumen. Von irgendwoher kam ein Lachen. In der Luft lag der Duft nach süßen Waffeln und roten Würsten. Ein Straßenmusikant saß unter einer Kastanie, eine Gitarre in Händen. Er sang ein französisches Chanson. Sie erinnerte sich nicht mehr daran, wer das Original gesungen hatte. Ein roter Ball mit weißen Punkten rollte vor ihre Füße. Sie erschrak. Wie versteinert blieb sie stehen und starrte auf den Ball. Er erinnerte sie. Erinnerte sie an ein Kleid. Ein Kleid, das einst von einem kleinen Mädchen getragen wurde. Rot mit weißen Tupfen.

»Heh, was glotzt du denn so doof?«, fragte ein frecher Kerl,

der sich direkt vor ihr aufgepflanzt hatte. Sie hatte ihn erst gar nicht bemerkt. In der einen Hand hielt er eine zermatschte Eiswaffel, aus der dicke braune Soße hervorquoll, die in Richtung Handgelenk floss. Die andere Hand hatte er in seiner Hosentasche vergraben.

Das Gesicht des Jungen war verschmiert bis zu den Ohren. Eine Frau kam angerannt.

»Eduard«, schrie sie, »Eduard, wirst du wohl zu mir kommen!« Der Kerl zog eine Grimasse, dann drehte er sich um und trottete hinter seiner Mutter her. In ihren Handflächen kribbelte es. Zu gerne hätte sie diesem Kerl so eine gescheuert, dass er hinter die Büsche geflogen und niemals wieder aufgestanden wäre. Sie wurde abgelenkt. Hinter ihr schrie jemand. Sie drehte sich um. Eine alte Frau war gestolpert und hingefallen. Wie ein dicker Käfer lag sie auf dem Kiesweg im Park. Sie fuchtelte mit einem Stock herum und fluchte unflätig. Sie half der Frau aufzustehen. Diese bedankte sich nicht für die Hilfe. Typisch. Sie setzten sich auf eine Parkbank, kamen ins Gespräch. Die Alte war eitel. Sie gab ihr ihre Karte. Ein merkwürdiges Mannsbild kam angerannt.

»Mamma, was machsch denn wieder für Sacha?«, rief er aufgeregt.

»Ja wenn du nedd rechtzeitig kommschd Bua«, geiferte die Alte. Er packte seine Mutter unter dem Arm, zog sie von der Bank hoch und mit sich fort.

»Ich meld mich«, rief ihr die Alte zu. Dann war sie weg. Der Typ hatte zwei verschiedene Socken angehabt. Sie hoffte, die Alte würde sich bald melden.

10.45 Uhr, Wohnung Klein, Stuttgart, Artusweg

Theodora hatte zunächst ihren Augen nicht getraut, als sie die Nummer auf dem Display sah. Auch während der junge Kollege ins Telefon stammelte, begriff sie zunächst nichts, erst bei den Worten »tote Oma« und »Anordnung von ganz oben, von Hummel«, löste sich ihre Starre. Hummel holte sie zurück! Nach all dem, was sie erst gestern belauscht hatte, wunderte sie sich nicht darüber, doch sie musste sich still verhalten. Offiziell wusste sie von gar nichts.

Diesmal würde sie den Fall lösen, und wenn es das Letzte war, was sie in ihrem Leben noch tat. Rasch füllte sie Mephistos Futternapf, strich ihm sanft über das seidige Fell, warf sich ihren Mantel über und verließ ihre Wohnung.

Im Treppenhaus stieß sie beinahe mit Murat zusammen. »Entschuldigung«, rief sie, als sie die Treppe hinunterhastete. Das »fick dich«, überhörte sie geflissentlich, sie hatte jetzt anderes zu tun.

11.25 Uhr, Wohnung Hornung, Stuttgart, Bismarckplatz

Bereits von Weitem sah Theodora die Fahrzeuge. Der Streifenwagen, der Notarzt und inzwischen auch der Leichenwagen sorgten in der engen Seitenstraße für Chaos. Wieder war eine Rentnerin zu Tode gekommen. Was hatte das Medium gesagt? *Noch eine ist auf diese Weise gestorben.*

Theodora erschauerte. Wenn das stimmte, dann waren die Worte eindeutig an sie gerichtet gewesen. Doch dazu musste nun erst einmal geklärt werden, auf welche Weise die Frau gestorben war.

Bereits beim Betreten des Hauses nahm sie den typischen

süßlichen Fäulnisgeruch wahr, den man tatsächlich wie alle sagten, einmal im Leben gerochen, nie wieder losbekam. Das sichere Indiz dafür, dass ein Mensch längere Zeit unentdeckt tot in seiner Wohnung gelegen hatte. Sie stieg dem Geruch nach, nach oben.

»Guten Morgen«, grüßte sie in die Runde, als sie die Wohnung erreicht hatte. Zum zweiten Mal innerhalb so kurzer Zeit bot sich ihr der Anblick einer mit Polizisten überfüllten Wohnung.

»Guten Morgen Theodora«, hörte sie eine vertraute Stimme.

»Ach Fritz, du hier. Unter anderen Umständen hätte ich ja gesagt, schön dich mal wieder persönlich zu treffen.«

»Die Kollegen von der Streife haben mich dazu gerufen, ich habe Dienst heute. Kommst du alleine? Wo ist denn Eisele?«

»Eisele?«, Theodora versuchte belanglos zu klingen. »Keine Ahnung. Urlaub glaub ich, oder vielleicht auch krank? Ach, ist doch auch egal. Wie weit seid ihr denn? Kannst du mir schon irgendwas sagen?«

»Tja, geh rüber und mach dir selber ein Bild. Schon komisch. So, wie es aussieht, wurde auch hier wieder nichts gestohlen, also auf den ersten Blick. Keine Zeugen, außer dieser Frau, die die Tote aufgefunden hat. Sie hat einen Schlüssel zur Wohnung. Im Treppenhaus war kein Mensch, Sonntagnachmittag eben. Wobei, es ist ja auch egal, der Todeszeitpunkt liegt ja schon einige Tage zurück. Genaueres wirst du dann vom Kollegen aus der Rechtsmedizin erfahren. Ich rate dir, geh mal rüber in die Küche zu Hummel. Der ist gar nicht gut drauf irgendwie.«

»Das kann ich mir denken«, murmelte Theodora. Dass Hummel selbst gekommen war, sprach Bände. Eisele war nicht da und ihr traute er offensichtlich nicht mehr allzu viel zu, also zog er es vor, sich selbst vor Ort ein Bild zu machen. Nach allem, was geschehen war, konnte sie es ihm nicht einmal übel nehmen. Er sprach gerade mit dem Notarzt, als sie die Küche betrat. Sie versuchte Hummels Blick zu ignorieren und ging an ihm vorbei auf den Notarzt zu.

»Das hier ist Frau Braun«, stellte dieser gerade die Dame vor, die mit vor Entsetzen geweiteten Augen und wirrer Frisur auf einem Stuhl saß. Immer wieder fuhr sie sich hektisch mit den Händen durch die Haare.

»Sie hat die Tote gefunden«, erklärte der Notarzt den Zustand Frau Brauns. »Ich denke, sie wird in einer halben Stunde vernehmungsfähig sein. So lange etwa dauert es, bis das Beruhigungsmittel wirkt.«

Theodora legte die Hand auf Frau Brauns Schulter, doch diese sah an ihr vorbei und stellte gebetsmühlenartig immer wieder dieselben Fragen:

»Wer tut denn so etwas? Wer bringt denn eine so liebe alte Frau so grauenvoll um? Warum?«

»Das wüssten wir auch gerne«, sagte Theodora. »Wir werden es herausfinden, das verspreche ich Ihnen.« Sie vermied es, Hummel anzusehen, dachte sie doch an Karolina Häberle, deren Tod noch immer zwischen den Aktendeckeln ihres Schreibtisches darauf wartete, aufgeklärt zu werden.

Theodora ging hinüber ins Wohnzimmer, wo sie sofort innehielt, denn die Duplizität der beiden Mordfälle war schier überwältigend.

Wie im Fall Häberle erinnerte auch hier ein gedeckter Tisch an eine gemütliche Kaffeestunde mit tödlichem Ausgang. Das Porzellan schien vom Feinsten zu sein. In einer Tasse fanden sich eingetrocknete Spuren des Kaffeesatzes, die andere Tasse war offensichtlich ausgewaschen worden, oder es hatte sich nie etwas darin befunden. Das würde die Spurensicherung klären müssen. Der Erdbeerkuchen, der auf einer Bleikristallplatte mit Fuß thronte, war bereits von einem grünen Schimmelteppich überzogen. In der geöffneten Schrankwand fanden sich reihenweise klassische Schallplatten. Auf dem Beistelltisch lag eine Hülle der *Deutschen Grammophon*, Beethovens neunte Sinfonie, gespielt von den Berliner Philharmonikern unter der Leitung Herbert von Karajans. Vom Sideboard gegenüber blickte eine Galerie verschiedener Menschen und ein Hund aus silbernen Rahmen fröhlich lächelnd hernieder auf die Tote, die, den Kopf in einem See aus Blut, am Boden lag. Der Arzt hatte sie inzwischen zur Untersuchung umgedreht. Ihre braunen, offensichtlich gefärbten Haare, waren verklebt, die Augen geöffnet, was Theodora einen Schauer über den Rücken jagte. Wen mochten diese Augen wohl zuletzt gesehen haben?

»Wie Sie sehen …«, hob der Mediziner an, der zu Theodora getreten war, »… muss die Tote hier schon mehr als eine Woche liegen, der Fäulnisprozess, die Gase …« Er wies auf den aufgeblähten Bauch der Toten.

»Ersparen Sie mir Details«, sagte Theodora, die es bedauerte, dass sie es nicht wieder mit Dr. Fleischhauer zu tun hatte. Er war ihr für einen Rechtsmediziner sehr behutsam in Erinnerung geblieben. »Ich bin schon so lange bei der Mordkommission, ich sehe auch ohne Ihren Vortrag, was Sache ist und den Rest lese ich dann im Obduktionsbericht. Mir ist nur wichtig … wie ist sie gestorben? Lassen Sie mich raten: Ein Schlag mit einem harten Gegenstand auf den Hinterkopf?«

Du bist der Wahrheit nahe. Suche weiter, zweifle nicht an dir erinnerte sich Theodora an die Worte des Engelmediums.

»Gut, keine Details. Dann kommt die Dame jetzt in die Rechtsmedizin.«

»Halt, Sie haben meine Frage nicht beantwortet!«, Theodora schnaubte.

»Die Antwort ist ein Detail und das finden Sie sicher im

Obduktionsbericht. Und jetzt entschuldigen Sie mich, es ist Sonntag…«

Geräuschvoll verschloss er seinen Koffer und ging zum Ausgang.

»Tja, Theodora«, Hummel war an ihre Seite getreten.

Die Spurensicherung hat jetzt reichlich zu tun und die jungen Kollegen sind mit dem Hausmeister und den Familien, die heute keinen Sonntagsausflug gemacht haben, beschäftigt. Ich glaube, die Zeugin, Frau Braun wäre jetzt so weit, Sie können mit der Vernehmung beginnen.«

Frau Braun saß noch immer wie festgenagelt in der Küche auf dem Stuhl, doch inzwischen schien sie sich beruhigt zu haben.

Sie hatte ein halb volles Glas Wasser in der Hand, aus dem sie immer wieder einen kleinen Schluck zu sich nahm.

»Frau Braun, Sie sind die Nachbarin von Frau Hornung?«

»Gewesen!«

»Wie gut kannten Sie Frau Hornung denn? Haben Sie ein rein nachbarschaftliches Verhältnis oder könnte man sagen, dass Sie auch eine Freundschaft verbindet?«

»Na ja, ich meine, wir haben uns ganz gut verstanden, aber Freundschaft würde ich es jetzt nicht direkt nennen«, sagte Frau Braun und putzte sich herzhaft die Nase.

»Dann stelle ich meine Fragen mal anders«, Theodora nahm rittlings auf einem der Küchenstühle Platz, um Frau Braun direkt in die Augen sehen zu können. »Was können Sie mir denn über Frau Hornung erzählen. Hatte Sie Freunde, hatte sie Feinde…«

»Feinde, ich bitte Sie, was sollte denn eine Frau in Frau Hornungs Alter noch für Feinde haben.«

»Hatte Sie zum Beispiel Ärger? Hat sie irgendwann etwas erzählt, dass sie in letzter Zeit Post bekommen hat, die sie in Unruhe versetzt hat?«

»Vom Landesamt für Besoldung hat sie Post bekommen, von der Rentenstelle, und da hat sie sich geärgert.«

»Und weshalb?«

»Na ja, weil die Witwenrente viel niedriger ausgefallen ist, als sie die ganze Zeit angenommen hatte, also ich meine …«

»Das heißt, ihr Mann ist verstorben?«

»Ja.«

»Sagen Sie, Sie haben einen Schlüssel zur Wohnung von Frau Hornung?«

»Frau Kommissarin, natürlich, wie hätte ich denn sonst hier rein können, um die Blumen zu gießen.«

Ich verblöde inzwischen schon vollkommen, dachte Theodora, doch sie fuhr fort: »Offenbar hatte Frau Hornung an ihrem letzten Tag mit jemandem Beethoven gehört. Tat sie das öfter? Ich meine, hörte sie öfter bei einer Tasse Kaffee in Gesellschaft klassische Musik? Hat sie mit Ihnen auch gelegentlich einen solchen Nachmittag verbracht?«

»Nein«, Frau Braun winkte ab.

»Der Beethoven liegt mir nicht, wissen Sie, ich habe die Flippers geliebt. Kennen Sie die noch? *Weine nicht, kleine Eva …*«

»Nein«, erwiderte Theodora, obwohl es nicht stimmte. Ihre Mutter war ebenfalls ein großer Fan dieser drei Herren in ihren knallbunten Satinanzügen gewesen.

»Wissen Sie, ich habe mich mit meinem Musikgeschmack auch der Zeit angepasst, jetzt gefallen mir die Kastelruther Spatzen besser.«

»Gut, dann halten wir mal fest, dass Sie die Kastelruther Spatzen lieber mögen als Beethoven. Trotzdem geht es hier nicht um ihren Musikgeschmack, es geht um Frau Hornung. Können Sie sich vorstellen, von wem Frau Hornung an diesem Nachmittag Besuch bekommen hat? Ich meine, hat sie Ihnen irgendwas davon erzählt?«

»Nein.«

»Sie wissen also von niemandem, der hier ab und zu ein und aus gegangen sein könnte?«

»Nein, ich weiß von nichts. Frau Hornung hat sehr zurückgezogen gelebt. Früher, etwa vor einem halben Jahr, da ist ab und zu die Polin gekommen, aber die kommt nicht mehr.«

»Welche Polin?« Theodora wurde hellhörig. Das Protokoll der Befragung im Mordfall Häberle kannte sie fast auswendig. Eine der Seniorinnen hatte ausgesagt, eine junge Polin habe alle zwei Wochen bei Frau Häberle sauber gemacht.

»Wie hieß die Frau? Können Sie sich an ihren Namen erinnern?«

»Nein, den habe ich vergessen. Der war so ganz komisch. Die war auch nur kurz da. Ein paar Monate hat sie hier einmal die Woche sauber gemacht, aber Frau Hornung hat ihr gekündigt. Sie war ihr nicht gründlich genug, hat sie gesagt. Tja, da hatte sie dann den Dreck im wahrsten Sinne des Wortes, sie hat nämlich niemand mehr gefunden, der ihr für 10,50 Euro die Stunde hinterher gewischt hat. Finden Sie nicht auch, dass das eine Zumutung ist, 10,50 Euro? Also eins kann ich Ihnen sagen, geizig war sie, die Hornung, furchtbar geizig!«

»Frau Braun, ich danke Ihnen, ich denke, das reicht für heute. Bitte geben Sie den Kollegen Ihre Rufnummer, falls ich eine weitere Frage an Sie hätte, würde ich mich bei Ihnen melden.«

»Ja was, war das schon alles?«, fragte Frau Braun enttäuscht.

»Wenn Sie mir nichts mehr zu sagen haben, was uns in dem Fall weiterbringt, dann war das alles.«

Nachdem Frau Braun gegangen war, kehrte Theodora ins Wohnzimmer zurück. Wie schon so oft in ihrem langen Berufsleben fiel es ihr schwer, die surreale Situation, die sich vor ihren Augen abspielte, zu akzeptieren, doch es war eine Tatsache. Eine traurige Tatsache. Da hantierten zwei Herren in schwarzen Anzügen mit weißen Hemden und Manschettenknöpfen an einer Frau herum, die mit eingeschlagenem Schädel auf dem Fußboden lag, umgeben von ihren Kollegen in weißen Overalls mit blauen Gummihandschuhen auf der akribischen Suche nach hinterlassenen Spuren eines unsichtbaren Mörders. Nachdem die Bestatter die Tote endlich in den Zinksarg gehievt und stillschweigend durchs Treppenhaus nach draußen getragen hatten, waren auch die Kollegen der Spurensicherung allmählich fertig geworden und hatten den Tatort verlassen. Theodora blieb alleine in der leeren Wohnung zurück. Sie schloss die Augen und atmete tief durch den Mund ein und aus. Auf diese Weise nahm sie den süßlichen Geruch nach Tod, der noch lange in den Räumen vorherrschen würde, nicht wahr. Sie sah die Frau vor sich, die soeben hinausgetragen wurde, wie sie durch ihre Wohnung ging, ihre Schrankwand öffnete und stolz auf ihre Plattensammlung zeigte. Sie sah sie, wie sie eine Hülle herauszog, es handelte sich um die Neunte Sinfonie von Beethoven. Sie tänzelte zum Plattenteller und legte die Platte auf. Theodora sah sie vor sich, wie sie sich beim Auflegen der Platte hinabbeugte. Sie sah sie nach einem Schlag auf den Hinterkopf zu Boden sinken. Wer war das, wer hatte hier soeben zugeschlagen, und was hatte der Mörder in der Hand? Was war die Tatwaffe? Alles das konnte sie nicht sehen. Theodora seufzte. Manchmal, in früheren Jahren, war es ihr gelungen, spirituell in Kontakt mit dem Verstorbenen zu treten. Zumindest hatte sie sich das eingebildet und diese Einbildung hatte nicht selten zu einer Eingebung geführt, die sie wiederum auf die richtige Fährte gesetzt hatte. Warum sollte es ihr nicht noch einmal gelingen? Was war in dieser

Wohnung geschehen? Theodora ging hinüber ins Schlafzimmer der Ermordeten. Das Bett war offenbar frisch überzogen, der Kopfkissenbezug ließ noch deutlich die Bügelfalte erkennen. Über dem Bett hing ein altmodisches Jesusbild hinter einem überdimensional großen Glasrahmen, wie Theodora es aus ihrer Jugend kannte. Auch ihre Großeltern hatten ein solches Bild über ihrem Ehebett hängen gehabt. Es war ein ganz ähnliches Motiv gewesen, Jesus auf einer Weide mit irgendwelchen Tieren, vermutlich waren es Schafe gewesen, so genau erinnerte sich Theodora nicht mehr. Dies hier zeigte Jesus in einem Fischerboot auf einem See. Das Zimmer atmete einen stillen Frieden. Auf dem Nachttisch stand ein gerahmtes Foto. Der Herr war offensichtlich derselbe wie im Silberrahmen im Wohnzimmer, doch auf diesem Foto war er deutlich jünger. Daneben hatte ein Kästchen aus Holz seinen Platz gefunden, auf dessen Deckel ein goldener Elefant prangte. Theodora öffnete das Kästchen. Darin lag ein Brillantring in Krabbenfassung, ein schwerer goldener Ring mit einem roten Stein, wahrscheinlich ein Rubin, eine Perlenkette, ein etwas breiteres Collier aus Weißgold sowie ein rotgoldenes Panzerarmband. Nachdenklich schloss Theodora die Schatulle. Ein Raubmord konnte es angesichts dieses Inhalts nicht gewesen sein. Auch sonst wies nichts in der Wohnung auf einen Raub hin. Ganz offensichtlich hatte Frau Hornung ihren Mörder gekannt, ihm selbst die Tür geöffnet, um mit ihm gemeinsam zu den Klängen der Beethoven-Sinfonie Kaffee zu trinken und Erdbeerkuchen zu essen. Theodora ging noch einmal in die Küche und setzte sich auf den Stuhl, auf dem bis vor einer halben Stunde Frau Braun gesessen hatte. Auf dem Küchentisch lagen das Wochenblatt, der Gemeindebrief sowie einige veraltete Werbeprospekte der umliegenden Supermärkte. Daneben ein Bleistiftstummel und ein ausgedünnter Zettelblock. Sämtliche Prospekte und das Wochenblatt waren mit Bleistift verkritzelt. Theodora betrachtete dieses Seniorengraffiti aufmerksam. In manchen Darstellungen meinte sie, mit viel Fantasie etwas erkennen zu können, mal ein Gesicht, ein Fabeltier oder sonst ein seltsames Wesen. Auf dem Fenstersims stand irgendeine Zimmerpflanze, die ihre langen dünnen Blätter traurig hängen ließ. Theodora kannte sich nicht aus mit Zimmerpflanzen, doch ein Küchenkraut war es nicht. Über dem Herd hing ein Kalender, der offenbar der Kochfläche zu nahegekommen war, denn er war übersät mit Fettspritzern jeder Form und Größe. Auch der Kalender war verkritzelt. Theodora nahm ihn mit spitzen Fingern ab und legte ihn vor sich auf den Küchentisch. An einigen Tagen fanden sich merkwürdige Einträge, jedoch weder in Buchstaben noch Zeichnungen. »Das könnten Symbole sein«, murmelte Theodora vor sich, »da muss die Spusi noch mal ran.«

EINE WOCHE SPÄTER

Nacht vom 24. August auf den 25. August 2019, Wohnung Klein, Stuttgart, Artusweg

Schlaflos wälzte sich Theodora im Bett hin und her. Neun Tage waren vergangen seit dem Mord an Brunhilde Hornung. Neun Tage, in denen die Ermittlungen ebenso wenig erfolgreich waren, wie im Mordfall Karolina Häberle.

Inzwischen war es den Kollegen gelungen, die Adresse der jungen Polin herauszufinden, die bei Karolina Häberle gearbeitet hatte. Doch die Hoffnung, dass dies eine Spur sein könnte, hatte sich rasch zerschlagen. In Kooperation mit den zuständigen Beamten in Polen hatten sie die Frau vorladen und befragen lassen. Anhand ihrer Flugtickets und der Registrierung an Bord der Maschine nach Warschau konnte ihre Anwesenheit in Stuttgart zum Zeitpunkt der Ermordung von Karolina Häberle ausgeschlossen werden. Zum Zeitpunkt des zweiten Mordes an Brunhilde Hornung hatte sie sich noch immer in Warschau befunden und täglich am Bett ihrer schwer erkrankten Mutter im Pflegeheim gesessen. Sie traten also wieder auf der Stelle.

Theodora schälte sich aus der bunten indischen Leinendecke, in die sie sich bei ihren nächtlichen Umdrehungen eingewickelt hatte. Es war halb drei am Morgen und sie war – auf der Flucht vor einem unsichtbaren Wesen – aus einem Albtraum hochgeschreckt. War es hier drin tatsächlich so heiß oder empfand sie es nur so? Sie stand auf, ging zum Fenster und öffnete es. Still lag die Nacht über der Stadt.

Stunden zwischen Traum und Wirklichkeit. Sie lehnte sich auf das Fensterbrett und sah hinaus in den dunklen Garten. Ihre Gedanken flatterten wie die Flügel eines jungen Vogels, bei seinem ersten Flugversuch. Sie musste sich beruhigen. Der Traum war vorüber, doch die Gedanken umkreisten sie, unsortiert, zingelten sie ein, schienen sich zu überschlagen. Wie würde alles weitergehen? Was war mit Eisele geschehen, und weshalb machte sie sich Gedanken ausgerechnet um ihn? Oder war es gar Angst? Vielleicht, wenn sie Pech hatte, würde ihr Hummel eine der jungen, aufstrebenden, karrieregeilen jungen Weiber an die Seite stellen. Und wer käme da anderes infrage als diese Sally? War da der Kollege Eisele nicht das kleinere Übel? Sie ging hinüber in die Küche, nahm ein Glas aus dem Schrank und füllte es zur Hälfte mit Wasser aus der Leitung. Während sie das Glas langsam, in kleinen Schlucken leerte, überkam sie die Erinnerung an die beiden alten Frauen, sie sah sie vor sich, beide, wie sie da lagen in ihrem Blut. Sie sah in die geöffneten, trüben Augen von Frau Hornung, die sie zu schließen nicht mehr in der Lage gewesen war. Mit welcher Art von Täter hatte sie es hier zu tun? Welches Motiv hatte er? Wie und wann war er mit Brunhilde Hornung in Kontakt gekommen, denn gekannt musste sie ihn haben, sonst hätte sie ihn nicht in die Wohnung gelassen. Was würde die Auswertung der Spurensicherung ergeben?

Noch einmal füllte sie das Glas und kehrte zum Fenster zurück, um die frische Nachtluft einzuatmen. Wie schön wäre es jetzt, im Park zu sein. Mitten in der Nacht, unter freiem Himmel. Gestern war sie wieder einmal dort gewesen, um Kraft zu schöpfen. Still hatte sie auf einer Bank gesessen und die Ruhe genossen. Als sie für einen Moment keine Menschen in der Nähe gesehen hatte, war sie aufgestanden und hinübergegangen zu ihrem Lieblingsbaum um ihn zu umarmen. Es hatte ihr gut getan und sie war gestärkt nach

Hause zurückgekehrt. Doch die Ruhe war von kurzer Dauer gewesen. Als sie die Haustür aufgeschlossen hatte, wurde sie sofort von Aylin in Beschlag genommen, die offensichtlich im Treppenhaus auf sie gewartet hatte. Theodora hatte auf den ersten Blick gesehen, dass Aylin verheulte Augen gehabt hatte, doch sie hatte nicht die geringste Lust gehabt, sich mit den Problemen von Aylin auseinanderzusetzen.

»Aylin das ist ganz schlecht jetzt wirklich ganz schlecht«, hatte sie die arme Frau angeblafft, noch bevor diese etwas sagen konnte.

»Tschuldige«, hatte Aylin nur gestammelt und war in ihren Pantöffelchen die Treppe wieder nach oben gehuscht. Wahrscheinlich hatte Murat wieder etwas ausgefressen, doch dafür hatte sie überhaupt keinen Nerv gehabt. Sie wusste noch immer nicht, was Aylin eigentlich von ihr gewollt hatte. Stattdessen war sie unter die Dusche gesprungen und hatte sich das heiße Wasser über ihren Rücken laufen lassen. Obwohl die Auffindung von Frau Hornung bereits eine Woche her war, hatte sie das Gefühl, dass der süßliche Geruch des Todes noch immer an ihr haftete und das Bedürfnis, ihn für immer von sich abzuwaschen, war groß. Als sie danach im Wohnzimmer an ihrem Anrufbeantworter vorbeigekommen war, hatte sie das Blinken gesehen. Ein Anruf in Abwesenheit. Sie hatte auf Wiedergabe gedrückt und war von der Nachricht überrascht gewesen:

Hallo, hier ist Gabriele. Es ist Samstagabend und ich habe dich leider nicht erreicht. Ich wollte dich fragen, ob du Lust auf einen Besuch im Biergarten hast. Ich werde morgen, so gegen achtzehn Uhr dort sein. Du findest mich an einem der Tische in der Nähe der Essensausgabe. Ich würde mich freuen, wenn es klappt. Liebe Grüße, das war Gabriele.

Theodora seufzte. Es war vier Uhr am Morgen und ihr war noch immer heiß. Sie musste versuchen, ihre Gedanken zu sortieren und endlich zur Ruhe zu kommen. Sie ging zurück ins Schlafzimmer, schüttelte ihr Kissen auf und legte sich noch einmal ins Bett. Kurze Zeit später fiel sie in einen unruhigen Schlaf. Im Traum hörte sie eine Stimme, die ihr sagte: *Du bist der Wahrheit nahe, suche weiter. Zweifle nicht an dir.*

SONNTAG, 25. AUGUST, BIERGARTEN

Theodora hatte sich den ganzen Tag auf den Abend gefreut, nun war die Lust verflogen. Im Biergarten wimmelte es vor Menschen, solchen mit und ohne Kinder und solchen mit und ohne Hunde. An diesem sommerlichen Abend schien ganz Stuttgart unterwegs zu sein. Irgendwo, zwischen all den Menschen, sah sie jemanden winken. Umkehren ging nun nicht mehr, Gabriele hatte sie entdeckt und rief ihr etwas zu, was Theodora nicht verstand. Mühsam bahnte sie sich den Weg hinüber zu dem Tisch, an dem Gabriele saß. Sie trug ein blaues T-Shirt mit V-Ausschnitt, dazu eine hellblaue Sommerjeans und rote Sneakers. Ihre braunen Haare, die Theodora heute viel dunkler erschienen, als bei ihrer ersten Begegnung im Park, fielen ihr leicht über die Schultern. Eine ungeahnte Beklemmung beschlich Theodora. Warum traf sie sich mit dieser Frau? Eigentlich war sie eine Fremde. Doch irgendetwas ging von ihr aus, eine merkwürdige Anziehung, ja, vielleicht sogar eine Faszination, die sich Theodora nicht erklären konnte.

»Hallo Theodora, wie schön, dass du gekommen bist«, rief ihr Gabriele zu, nachdem sie ihren Tisch erreicht hatte.

»Komm, setzt dich. Was magst du trinken? Ich habe einen Aperol Spritz genommen, ich mag keine Hugos«, fuhr sie aufgeregt fort und deutete auf das Glas, das vor ihr auf dem Tisch stand. Sie sahen sich kurz an, dann lachten sie beide.

»Ich auch nicht«, gab Theodora schlagfertig zurück. »Egal, ob die Hugo heißen, Karl oder Heinrich.«

Irrte sie sich, oder glitt da ein rosiger Schimmer über Gabrieles Gesicht?

»Ich wollte damit sagen, ich nehme ein Hefeweizen!«, wieder lachten sie. Das Eis war gebrochen und sie plauderten drauf los. Als sie schließlich beim Thema Wetter angelangt waren, beklagte sich auch Gabriele über die gnadenlose Hitze dieses Sommers.

»Ich leide besonders in der Nacht«, gab Theodora zu.

»Bei mir läuft mit dem Joggen im Moment gar nichts«, meinte Gabriele. »Da macht mein Kreislauf nicht mit. Bei dir wird es etwas anders sein, nehme ich an. Mit dem Rad weht dir ja immer etwas Fahrtwind um die Nase«, sie zögerte kurz, und bevor Theodora etwas erwidern konnte, fuhr sie fort: »Obwohl, damals im Park, da hast du nicht besonders entspannt auf mich gewirkt. Hattest du Stress im Job, oder steckte da ein Mann dahinter, wenn ich dich das fragen darf?«

Theodora erinnerte sich nur zu gut an den Tag.

»Ich habe mich geärgert, über meinen Vater«, sagte sie resigniert, »aber das ist kein Thema für einen sonnigen Abend wie heute. Ich bekomm sonst nur eine scheiß Laune, lass uns ein anderes Mal darüber reden, ja?«

»Entschuldigung«, murmelte Gabriele leise. »Schau, da kommt das Essen.« Theodora hatte sich für einen schwäbischen Wurstsalat mit Blutwurst entschieden, Gabriele zog einen Elsässischen Flammkuchen vor.

»Guten Appetit«, raunte Theodora.

»Dir auch«, sagte Gabriele und schnitt sich ein Stück vom Flammkuchen ab.

»Das schmeckt ja furchtbar«, sagte sie gleich darauf und kaute mit verzerrtem Gesicht auf dem Stück Teig in ihrem Mund herum. »Wie Papier! Jetzt ärgere ich mich. Ich hätte es eigentlich wissen müssen, die können das hier einfach nicht.«

»Was glaubst du, weshalb ich einen Wurstsalat genommen habe«, sagte Theodora, »Da kann man nicht viel falsch machen. Schnibbeln, etwas Essig und Öl, ein paar Gürkchen und fertig.«

»Da kannst du auch was falsch machen. Du kannst es versalzen, du kannst zu viel oder zu wenig Pfeffer dazugeben, oder zu viel Essig. Du kannst dir in den Finger schneiden, und das Ganze mit ein paar Tropfen von deinem frischen Blut verfeinern, das alles kannst du machen.« Gabriele lachte. Auf ihren Wangen hatten sich hektisch rote Flecken gebildet. Theodora legte die Gabel zur Seite. Seit wann machte es ihr etwas aus, wenn jemand von Blut sprach?

»Du scheinst ja eine begeisterte Köchin zu sein«, sagte sie und betrachtete Gabriele interessiert.

»Erkannt«, sagte diese, »aber ich mach das in letzter Zeit immer seltener. Für mich alleine lohnt sich das irgendwie nicht.«

»Das verstehe ich nur zu gut«, Theodora sah Gabriele lange in die Augen.

»Weißt du was«, Gabriele hatte das Besteck weggelegt.

»Ich lade dich ein. Ich koche für dich! Ich rufe dich in den nächsten Tagen an.«

»Sehr gerne«, stammelte Theodora. »Wirklich sehr gerne.«

MONTAG, 26. AUGUST

7.25 Uhr, Wohnung Eisele, Stuttgart, Rosenbergplatz

Es war ein Scheißtag. Montag. Der Montag war der erste Scheißtag einer neuen Scheißwoche. Es war kurz vor sieben, als Eisele die Wohnung am Rosenbergplatz fluchtartig verließ. Er konnte seine Mutter nicht mehr ertragen. Bis vor wenigen Wochen war sie ihm ja nur »auf den Keks« gegangen, doch inzwischen machte ihn ihre Anwesenheit aggressiv. Ja, bis hin zu Mordgelüsten. Das war nicht normal. Das war zu viel. Zu viel für ihn. Wie sie wieder da hockte, in der Küche, in ihrem schrill bunten Morgenmantel, einfach lächerlich.

»Guta Morga Bua«, hatte sie ihm entgegengerufen und mit der leeren Kaffeetasse gewedelt, die Aufforderung an ihn, sie zu bedienen. Doch da hatte sie sich geschnitten. Heute nicht.

»Du wirsch nie draufkommen, was ich mir bschdellt hab, Bua«, war sie fortgefahren. »Heut kommt des Paket, ich kanns kaum erwarta.«

Eisele hatte nichts darauf geantwortet, er wollte es schlicht und ergreifend nicht mehr wissen. Seit er sich vor einiger Zeit geweigert hatte, die Kartons weiterhin zu entsorgen, war im Flur kein Durchkommen mehr. Seine Mutter hatte ganz eindeutig einen an der Waffel. Neulich hatte er sich dabei ertappt, wie er ernsthaft darüber nachdachte, sie entmündigen zu lassen. Doch so einfach war das nicht. Wohin sollte er sie bringen? In ein Heim würde sie freiwillig niemals gehen, ganz zu schweigen davon, wer sollte das bezahlen? Selbst wenn er die Wohnung verkaufen würde, seine Mutter war bei guter Gesundheit, sie würde noch viele Jahre im Heim leben und dafür würde das Geld nicht reichen. Allerdings – wenn sie sterben würde, ja, wenn sie tot wäre, dann könnte er einen Entrümpler kommen lassen, und den ganzen kitschigen Schrott entsorgen lassen. Dann erschrak er, wie so oft in letzter Zeit bei dem Gedanken. Wie wäre es, wenn es tatsächlich so kommen würde, wie er es sich im Geheimsten ausmalte? Würde er ihren Tod so einfach hinnehmen? War sie nicht die Frau, die ihn zeit seines Lebens begleitete? Die für ihn kochte, ihm seine Hemden und Socken wusch, bis zum heutigen Tag. Und – hatte sie sich vielleicht nicht auch ein anderes Leben gewünscht im Alter? Einen Sohn, der es endlich zu einer eigenen Familie gebracht hatte? Vielleicht gar zu einem Kind? Stattdessen zog er es vor, im Bordell mit einer Prostituierten Kutteln zu essen? Seine Gedanken brachten ihn beinahe um den Verstand. Es war ein Dilemma und er wusste nicht, wie er sich daraus befreien sollte. Es war längst an der Zeit, einmal Tacheles zu reden, doch was sollte er denn sagen? Wäre es nicht doch am besten, wenn alles so bliebe? Er war feige, er gestand es sich endlich ein. Er war ein Versager, ein Loser auf der ganzen Linie.

8.30 Uhr, Asservatenkammer, Polizeidienststelle Stuttgart

Eisele würgte, als er die Tür zur Asservatenkammer aufschloss. Die abgestandene Luft, die hier herrschte, war kaum zu ertragen. Nach dem Abend im Roten Flamingo war er nach *Unten* versetzt worden. Hummel hatte gemeint, das wäre die eleganteste Lösung.

Sie wissen genau, dass ich Sie eigentlich mit sofortiger Wirkung aus dem Dienst entlassen müsste, hatte er argumentiert und Eiseles Einwand, dass es doch nur Backpulver gewesen war, was in dem Tütchen gefunden wurde, nicht gelten lassen. *Für wie blöd halten Sie mich, Eisele,* hatte er geschnaubt. *Sie können von Glück sagen, dass Ihre Chantal so geistesgegenwärtig gehandelt hat, sonst würde die Sache ganz anders für Sie aussehen. Ihre Nutte hat Ihnen sozusagen den Arsch gerettet. Eisele, ist Ihnen das überhaupt klar?*

Sie sollen Chantal nicht Nutte nennen, hatte er kleinlaut entgegnet, doch zu mehr war er nicht fähig gewesen. Und tatsächlich war es ja so, Chantal war eine Prostituierte, wenn auch eine, die sehr gut kochen konnte. Wesentlich besser als seine Mutter. Schon wieder seine Mutter. Wenn er an sie dachte, verstärkte sich sein Brechreiz augenblicklich. Zornig trat er gegen einen der unzähligen Pappkartons, die hier auf dem Fußboden herumstanden. Wenn er es nicht besser gewusst hätte, hätte er annehmen können, neuerdings in einem Umzugsunternehmen zu arbeiten, oder gar zu Hause am Rosenbergplatz zu sein.

Der Kollege, der sonst die Asservatenkammer betreut ist auf unbestimmte Zeit krankgeschrieben, hatte Hummel gemeint. *Es wird höchste Zeit, dass da wieder jemand Ordnung reinbringt.*

Und dieser jemand war jetzt also er. Er öffnete das einzige Fenster, das es hier unten gab. Es führte hinaus in einen Lichtschacht. Die Frischluftzufuhr war gleich null. »Da geht es ja sogar dieser scheiß Ratte besser«, murmelte Eisele ärgerlich vor sich hin und ließ sich auf den altbackenen braunen Drehstuhl fallen, der hinter einem ebenso scheußlichen Schreibtisch stand. Beides musste noch aus den sechziger Jahren stammen. Eisele war wütend, auch auf sich selbst. Das hatte er nun von seinem missglückten Rachefeldzug gegen Theodora Klein. Was hatte sie ihm eigentlich getan? Gut, genau betrachtet hatte sie ihn vom ersten Moment an wie einen Idioten behandelt. Doch hatte er nicht auch das sich selbst zuzuschreiben? Hatte er sich nicht immer wie ein Idiot benommen? Und weshalb hatte er das getan? Er brauchte keine psychologische Unterstützung, oh nein! Er wusste selbst ganz genau, wo bei ihm der Hase im Pfeffer lag. Er hatte zu Hause im Stuttgarter Westen, in seinem Kinderzimmer, wahrhaftig genug Zeit gehabt, über sein verkorkstes Leben nachzudenken. Auf einem der vielen Regale in der Asservatenkammer klebte eine angefressene Postkarte, auf der stand:

Wenn dir das Leben Zitronen gibt, dann mach Limonade daraus.

Auf diesen Spruch glotzte er nun schon, seit er hier gestrandet war, doch so dumm war dieser Spruch eigentlich gar nicht. Nur, wie sollte das in seinem Fall gehen? Eigentlich war die sauerste Zitrone seines Lebens seine Mutter. Sie, mit ihrem vornehmen Tick hatte sich immer einen anderen Sohn gewünscht und es keine Minute versäumt, ihn das spüren zu lassen. Er war weder so attraktiv geraten wie sein verstorbener Vater, dazu hatte er eindeutig zu viele Gene seiner Mutter abbekommen, noch war er so erfolgreich, wie sein Vater gewesen war. Doch hatte man ihn eigentlich je danach gefragt, wie er sich sein Leben vorgestellt hatte? Es war selbstverständlich für seine Eltern gewesen, dass er ebenfalls zur Polizei gehen würde. Er hatte sich nicht gewehrt, hatte funktioniert, wie immer. Träume hatte er erst gar nicht aufkommen lassen. Und das war aus ihm geworden: ein Polizist im Innendienst. Im Keller. In der Asservatenkammer. Er sortierte nicht nur beschlagnahmte Drogen, Waffen und Diebesgut in Pappkartons nach Fällen geordnet, nein, auch mit Blut und Exkrementen verschmutzte Kleidungsstücke gehörten dazu. Zum Glück waren die Beweismittel geruchsdicht verpackt, allein der Anblick des verbluteten Hemdes, das in einer Tüte oben in der Kiste lag, ließ Eisele würgen, er wusste, wie es riechen würde, sollte jemand auf die Idee kommen, diese Tüte zu öffnen. Er stand auf und beugte sich über den Karton mit Asservaten, die in den letzten Tagen hereingekommen waren. Es wurde langsam Zeit, dass er sich in Bewegung setzte. Langsam ging er durch den Raum hinüber zu einem Tresen. Dort lag, für jeden zugänglich, das Asservatenbuch. Er nahm es und trug es hinüber zu seinem Schreibtisch. Die nächsten Stunden würde er damit beschäftigt sein, die neuen Asservate zu kennzeichnen, sie den jeweiligen Fällen zuzuordnen, und sämtliche Angaben hierzu von Hand in das Asservatenbuch einzutragen. Hierbei war die Vergabe eines Aktenzeichens und der Belegnummer besonders wichtig. Danach würde er die verpackten Gegenstände in Regale sortieren. Am Ende eines jeden Vorgangs hatte er im Asservatenbuch die Dienststelle sowie den Namen des Sachbearbeiters zu vermerken.

Eisele schrieb er darunter und jedes Mal, wenn er diese Unterschrift setzte, sehnte er sich zurück in die Welt nach oben, unter Umständen wäre er sogar dazu bereit, sich mit der Existenz der Ratte abzufinden.

8.35 Uhr, Wohnung Eisele Stuttgart, Rosenbergplatz

Um fünf nach halb neun ertönte die Klingel in der Wohnung am Rosenbergplatz.

»Ja was, so früh am Tag kommt scho die Post?« Elfriede Eisele wunderte sich nicht schlecht.

»Sonschd kommt der doch immer erst so gegen elf«, sagte

sie vor sich hin und erhob sich. Noch einmal klingelte es. Er hatte es wohl eilig heute, der Bote. So schnell sie konnte, ging sie durch die Wohnung. Am breiten Perserteppich vor dem Wohnzimmerschrank verfing sie sich mit ihrem linken Pantöffelchen. Sie stolperte und stürzte gegen den alten Ohrensessel ihres verstorbenen Mannes. Zum Glück verletzte sie sich nicht, doch beim Aufprall verlor sie ihre Brille. Als es zum dritten Mal klingelte, war sie endlich an der Wohnungstür angekommen. Sie drückte auf den automatischen Türöffner. Erfahrungsgemäß würde es wenige Minuten dauern, bis der Postbote im vierten Stock angekommen war. Vermutlich würde es heute länger dauern, das Paket war besonders schwer. Sie freute sich. Eigentlich war sie keine Köchin, das hatte ihr noch nie viel Spaß gemacht, aber diese rote Kitchen Aid im Retrolook hatte sie einfach bestellen müssen. Dann würde sie vielleicht auch endlich wieder einmal etwas für Georg kochen. Ihr Bub gefiel ihr überhaupt nicht in der letzten Zeit. Ob wohl diese Prostituierte dahintersteckte? Er nahm ja an, dass sie ihm glaubte, er ginge einmal im Monat ins Brauhaus, um mit den Kollegen Skat zu spielen. Um ihm die Peinlichkeit zu ersparen, hatte sie ihn in dem Glauben gelassen. Was tat man nicht alles für seinen Sohn, wenn man ihn liebte, wie sie es tat. Langsam wurde sie ungeduldig, der Bote müsste inzwischen längst nach oben gekommen sein. Sie öffnete die Tür einen Spalt und blinzelte hinaus. Der neue Nachbar von gegenüber schloss seine Wohnungstür gerade ab.

»Guten Morgen Frau Eisele«, grüßte er, betrachtete sie aufmerksam von oben bis unten und ging lächelnd davon. Im Treppenhaus stieß er mit jemandem zusammen. Eine tiefe Stimme sagte etwas in einer fremden Sprache. Es klang unfreundlich. Dann stand er vor ihr. Er war groß und kräftig, doch es war nicht der Postbote.

9 Uhr, Polizeidienststelle, Büro Klein

Passt auf Eure Omas auf – Erneut tote Rentnerin in Stuttgart.

Nach dem Mord an der Rentnerin Karolina H. hat es nun einen erneuten Mordfall an einer Rentnerin gegeben. Wie aus informierten Kreisen bekannt wurde, ist die Kripo Stuttgart noch immer nicht weiter gekommen in den Ermittlungen im Todesfall von vor zwei Wochen. Der zuständige Kriminaloberrat wird am Mittwoch bei einer Pressekonferenz Rede und Antwort stehen …

»Diese Schmierfinken«, fluchte Theodora und pfefferte die Ausgabe des Stadtanzeigers in die Ecke ihres Büros. Irgendjemand hatte ihr dieses Käseblatt so zurechtgefaltet, dass ihr der Artikel sofort in die Augen stach. Sie musste nicht lange überlegen, um wen es sich dabei gehandelt haben könnte. Es war Hummel, soviel stand fest! Als stumme Ermahnung, so nach dem Motto, da schau her, es steht sogar schon in der Zeitung, dass ihr nichts hinbekommt.

Noch immer nicht weitergekommen, hatten sie geschrieben, was glaubten diese Zeitungsheinis eigentlich? Sie waren doch dran an den Fällen. Immerhin hatte Hummel sie aus dem »Urlaub« zurückgepfiffen, sie hatte eine neue Chance …

Das Telefon klingelte. »Ja, was gibt's denn?«, bäffte sie schlecht gelaunt in den Hörer.

»Hallo Theo, auch dir einen guten Morgen.«

Auch das noch, ausgerechnet Fritz.

»Fritz, grüß dich, und entschuldige, ich bin nicht so gut drauf heute!«

»Das ist nicht zu überhören. Eigentlich wollte ich dich fragen, wie es dir geht, aber die Frage hat sich ja jetzt erübrigt. Bist du in der Sache mit deinem Vater einen Schritt weitergekommen?«

»Nein«, antwortete Theodora verstimmt. »Ich gebe zu, ich drücke mich gerade um jeden weiteren Kontakt mit ihm herum. Aber wenn du mich nach meinem Alten fragst, verbessert das nicht unbedingt meine Laune. Und ich glaube auch nicht, dass das der wahre Grund deines Anrufes ist. Also, schieß los, ich habe meine Zeit nicht gestohlen!«

»Schon gut. Aber ehrlich, Theodora, ich glaube, du solltest tatsächlich mal einen längeren Erholungsurlaub antreten!«

»Fritz, riskiere nicht unsere langjährige Freundschaft! Du hörst dich schon an wie Hummel.«

Theodora erschrak beim Aussprechen dieses Namens, sie drehte sich um und sah zur Tür. Heute hatte sie Glück. Heute war Hummel nicht hinter ihr ins Büro getreten, um ihre letzten Worte gerade noch mitzubekommen, so wie beim letzten Mal.

»Fritz, raus mit der Sprache, was gibt's, habt ihr was gefunden?«

»Ja, Theodora, und ich glaube, das wirst du gerne hören!«

»Jetzt mach's nicht so spannend!«

»Tja, wir haben eine DNA, wieder eine weibliche DNA und es kommt noch besser …«

»Fritz!«

»Es handelt sich um dieselbe DNA, die wir im Fall Karolina Häberle gefunden haben, und es handelt sich mit aller Wahrscheinlichkeit nach um dieselbe Tatwaffe, einen stumpfen Gegenstand, wahrscheinlich aus Metall. Die Kopfverletzung weist an den Rändern ganz ähnliche Gewebemerkmale auf, wie bei Karoline Häberle. Was sagst Du jetzt?«

»Danke!«, sagte Theodora und legte auf.

Sie ging zum Aktenschrank und zog sich die Akte Häberle, als die Tür aufflog und ihr Büro in eine Duftwolke tauchte.

Also doch, Hummel! Heute hatte er offensichtlich wieder

zu lange den Sprühknopf seines italienischen Aftershaves gedrückt.

»Na bitte, da haben wir's!«, rief Hummel und knallte Theodora die Stuttgarter Zeitung auf den Tisch. Auf Seite vier, zwischen der Weltpolitik und den Todesanzeigen war in großen Lettern zu lesen:

Was ist los mit unserer Polizei? Nicht gerade vertrauenserweckend tappt die Stuttgarter Polizei nach zwei Oma-Morden weiter im Dunkeln.

Verstohlen schaute Theodora in die Ecke hinter Hummel, dort lag der Stadtanzeiger, den sie vorhin an die Wand gepfeffert hatte.

»Ich glaube, ich muss Ihnen nicht sagen, was das für unsere Behörde bedeutet?«, fuhr Hummel fort und rannte im Kreis um Theodoras Schreibtisch herum. Fasziniert schaute sie auf Hummels gestärkten Hemdenkragen, unter dem sein Adamsapfel nervös hin und her hüpfte.

»Ich habe Ihnen ein neues Team zusammengestellt. Es sind ein paar junge, pfiffige Leute dabei, frisch von der Akademie. Vielleicht schaffen die es, Sie und Ihren lahmen Laden endlich auf Trab zu bringen.«

Also doch, hatte sie es nicht geahnt? Wollte sie sich das gefallen lassen? Sie überlegte einen Moment. Hummel war ihr Vorgesetzter, doch sie war hier die Dienstälteste.

»Und an wen hatten Sie da gedacht?«, fuhr sie ihn an.

»An Sally. Ich dachte an Sally«, sagte Hummel und blieb stehen.

»Sally?«, stieß Theodora hervor und kniff die Augen zusammen.

»Was haben Sie gegen Sally?«

»Das ist doch die mit dem riesigen Tattoo! Wer lässt sich denn schon eine Fledermaus über das linke Auge stechen? Das ist ja abartig!«

»Ach ja, und was ist es, sich eine Ratte mit ins Büro zu bringen? Eine Pyramide aus Messing auf dem Schreibtisch zu platzieren und zu behaupten, darunter würde die Salami länger frisch bleiben? Gerade von Ihnen hätte ich eine solche Aussage nicht erwartet! Wenn jemand für abgedrehte Charaktere Verständnis aufbringen muss, dann doch wohl Sie als Allererste. Und überhaupt, zeigen Sie mir heute mal einen jungen Menschen, der nicht tätowiert ist. Den müssen Sie erst mal finden!«

In Sekunden schoss Theodora alles, was sie an jenem Samstagabend belauscht hatte, durch den Kopf.

»Nein, Herr Kriminaloberrat! Ich will keine Sally. Ob Sie es glauben oder nicht, ich will Eisele zurück! Wir sind ein Team!«, hörte sich Theodora spontan sagen und wunderte sich selbst darüber.

»Wie bitte? Sie wollen den Kollegen Eisele zurück? Dass ich nicht lache. Wer hat denn ständig gegen den Kollegen interveniert? Das waren Sie, Frau Klein. Und von wegen, ein Team. Dass ich nicht lache!«, Hummel schüttelte den Kopf. »Ein Team waren Sie beide nie!«

»Eisele war von Anfang an bei den Ermittlungen dabei. Gut, ich gebe zu, ich habe ihn vielleicht am Anfang zu wenig mit einbezogen, aber er ist mit den Fällen vertraut. Ich bin sicher, für Sally findet sich eine andere bedeutende Ermittlung. Bringen Sie mir Eisele zurück und dann geben Sie uns eine Woche.«

»Ach, machen Sie doch, was Sie wollen!«, schnaubte Hummel und griff sich an den Hals, sein Adamsapfel hatte sich im Verlauf dieses Gesprächs sichtbar wundgescheuert.

Vielleicht sollte er sich von seinem Schneider noch einmal den Halsumfang vermessen lassen, ging es Theodora durch den Sinn. Gott sei Dank, er war gegangen. Im Raum stand noch immer die italienische Duftwolke seines Aftershaves.

Kaum auszuhalten war das. Theodora ging zum Fenster um es zu öffnen, doch angesichts der Hitze schloss sie es sofort wieder.

In dem Moment klingelte ihr Telefon.

Die Alte vom Schlossplatz hatte sich tatsächlich gemeldet. Nur wenige Tage, nachdem sie sich kennengelernt hatten. Sie hatte schnell einen Termin gewollt. Ansonsten hatte sie viel dummes Zeug geredet. Ihre Sprache klang klebrig. Wahrscheinlich trug sie ein Gebiss, das nicht gut angepasst war. Den Termin hatten sie schnell vereinbart. Der Termin war heute. Nun stand sie vor der Haustür. Sie suchte den Namen auf der Klingel, da bemerkte sie, dass die Tür nur angelehnt war. Sie ging hinein in das kühle dunkle Treppenhaus. Langsam stieg sie nach oben. Als sie den Namen auf der Wohnungstür sah, traute sie ihren Augen kaum. Auch diese Tür war nur angelehnt. Sie rief den Namen und ging langsam hinein. Sie sah sie sofort. Sie lag auf dem Boden. Aus ihrer Stirn sickerte Blut. Vermutlich war sie tot. Wer hatte das getan? Wer hatte diese alte Frau niedergeschlagen? Sie fühlte, wie sich eine Klammer um ihre Brust legte. Sie war entsetzt. Hier lag eine alte Frau in ihrem Blut und sie war entsetzt. Ausgerechnet sie. Sie drehte sich um, ging leise aus der Wohnung. Im Treppenhaus begann sie zu rennen. Erst als sie unten angekommen war, besann sie sich. Vermutlich hatte sie niemand gesehen. Sie musste einen kühlen Kopf bewahren. Hatte sie das alles nur geträumt? Kamen die Geister der Nacht nun schon bei Tag? Sie würde nach Hause gehen. Sie würde eine Tablette nehmen. Sie hatte fast keine mehr davon. Die Sonne schien, doch sie fror.

9.55 Uhr, Asservatenkammer, Polizeidienststelle Stuttgart

»Eisele…, Eisele…, ich kann Sie nicht verstehen. Was ist los? Wo sind Sie denn überhaupt? Wo? Asservatenkammer? Ich verstehe immer nur Asservatenkammer. Sie sind doch nicht etwa dort unten gelandet? Also gut, ich komme runter«, schrie Theodora ins Telefon und knallte den Hörer auf die Gabel. Es war zwecklos. Niemals hätte sie es für möglich gehalten, dass Eisele derart brüllen konnte, was blieb da anderes übrig, als in derselben Lautstärke zu antworten. Sie hatte nichts verstanden, nur so viel, es musste etwas mit Eiseles Mutter passiert sein. Auf dem Flur stieß sie mit Gerda zusammen. Auch das noch!

»Theodora, schon lange nicht mehr gesehen, was machst du denn immer so? Übrigens, ich muss dir was erzählen, meine Tochter ist wieder …«

»Nicht jetzt, Gerda!«, Theodora rannte an der Kollegin vorbei. Sah Gerda denn nicht, dass sie in Eile war?

»Aber meine Tochter ist…«, versuchte es Gerda noch einmal vergeblich.

»Wahrscheinlich wieder schwanger. Das ist auch das Einzige, was sie kann«, fauchte Theodora. Es wurde allmählich wirklich Zeit, dass sie sich pensionieren ließe. Einen weiteren Enkel von Gerda würde sie nicht verkraften.

Wie so oft in letzter Zeit steckte der Aufzug wegen Wartungsarbeiten fest. Theodora musste die Treppe in den Keller nehmen. In der Asservatenkammer angekommen, verschlug es ihr beinahe den Atem. Die Luft war eine Zumutung, überhaupt war der ganze Ort eine Zumutung und Theodora war froh, dass sie hier unten so gut wie nie etwas zu suchen hatte. Das Chaos, das hier herrschte, war unbeschreiblich. Oder war es gar normal? Sie stieß mit dem Fuß gegen einen großen Pappkarton, der mitten im Raum stand.

»Der ist vorhin reingekommen«, stammelte Eisele entschuldigend, »aber wir müssen los. Sie müssen mitkommen. Das ist wichtig!«

Theodora warf einen Blick auf die Kiste. *Tote Oma II, Hornung,* stand darauf.

»Interessant«, murmelte Theodora und zog einen Plastikbeutel hervor, in dem etwas großes, Sperriges verschweißt war.«

»Kommen Sie, wir dürfen keine Zeit verlieren«, japste Eisele, riss Theodora den Plastikbeutel aus der Hand und schob sie zur Tür hinaus.

»Können Sie mir vielleicht mal verraten, was hier eigentlich los ist?«, fragte sie inzwischen leicht angesäuert.

»Wir müssen über die Treppe, der scheiß Aufzug ist schon wieder kaputt. Die Kollegen sind schon da, und der Notarzt hoffentlich auch!«

»Wo, Eisele?«

»In der Rosenbergstraße bei meiner Mutter. Sie wurde überfallen. Der Nachbar hat sie gefunden. Mein Gott, oh mein Gott, sie wird doch hoffentlich ned sterben«, jammerte er.

Theodora verstand nur Bahnhof. Dann tat sie etwas, das sie selbst erstaunte. Sie legte Eisele die Hand auf die Schulter und sagte: »Es wird schon werden Eisele, es wird schon.«

Eisele fuhr wie die viel zitierte gesenkte Sau. Theodora schluckte. Inzwischen hatte sie Mühe, ihren Kaffee bei sich zu behalten. Zweimal hatte Eisele eine rote Ampel überfahren, einmal beinahe eine Mutter mit Kinderwagen niedergemäht, die gerade dabei war, über den Zebrastreifen zu gehen. Als ihnen ein Rettungswagen mit Blaulicht begegnete, begann er sofort zu jammern: »Es wird doch ned meine Mutter sein, die da drin liegt.« Vor dem Haus in der Rosenbergstraße parkte er das Dienstfahrzeug kurzerhand in zweiter

Reihe und stürzte kopflos aus dem Auto. Theodora folgte ihm in gemessenem Abstand. Was war hier eigentlich los und welcher Teufel hatte sie geritten, so einfach mitzukommen. Eine offizielle Anweisung hatte sie nicht erhalten. Viel Privates hatte sie ja nicht von Eisele erfahren, doch manche in der Dienststelle munkelten, dass er unter den Zuständen litt, die bei ihm zu Hause vorherrschten. Theodora hatte sich nie um den Klatsch gekümmert, doch manchmal hatte auch sie sich gefragt, wie es sein konnte, dass ein Mann in seinem Alter noch immer bei seiner Mutter lebte. Im Treppenhaus ließ sie sich absichtlich Zeit. Das hier war nicht ihr Fall. Sie begleitete einen Kollegen, der noch bis vor wenigen Tagen gegen sie intrigiert und sie nun um Beistand gebeten hatte. Skurriler konnte die Situation nun wirklich nicht mehr werden. Während Eisele so schnell es ihm möglich war, die Treppen nach oben hastete, hatte sie es nicht eilig am Tatort zu erscheinen. Sie schnupperte. Auf jedem Stockwerk roch es anders. Offenbar hatten die Hausfrauen bereits damit begonnen, das Mittagessen vorzubereiten. Im ersten Stock wurden Zwiebeln gebraten, im zweiten hatte es, möglicherweise gestern Abend Blumenkohlauflauf gegeben. Eine Mischung aus Kohl- und Käsegeruch lag oft lange in der Luft. An der Wohnungstür im dritten Stock hing ein großes Schild, auf dem ein langer Besen abgebildet war. *Kehrwoche* war darauf zu lesen. Gekocht hatte hier offensichtlich niemand. Im vierten Stock angekommen, war Sally schon von draußen zu hören. Die junge Kollegin hatte eine eigentümliche Art zu sprechen, in etwa so, als habe sie eine heiße Kartoffel im Mund. Tatsächlich handelte es sich um einen Kaugummi, den sie ständig in ihrem Mund von rechts nach links und wieder zurückbeförderte. Na bitte, nun hatte Sally ja ihren Fall! Theodora schob sich an einem Kollegen der Streife vorbei, hinein in die Wohnung, in der es vor Polizisten nur so wimmelte. Eine junge Kollegin, die Eisele offensichtlich kannte, ging rasch auf ihn zu und griff ihn am Ellenbogen.

»Georg, das mit deiner Mutter tut mir so leid«, sagte sie mitfühlend, während Eisele sie ansah wie ein hypnotisierter Frosch.

»Deine Mutter ist schon mit dem Notarztwagen ins Katharinenhospital unterwegs. Weißt du, sie hat wohl einen Schlag auf den Kopf bekommen, jedenfalls hat sie sehr viel Blut verloren, wie es scheint. Sie war nicht ansprechbar, als der Nachbar sie gefunden hat. Also der Doktor hat gemeint, was sonst noch ist, werden wir wahrscheinlich so bis in einer Stunde wissen. Du wirst ja wahrscheinlich nachher gleich zu ihr ins Krankenhaus fahren, oder?«

»Ja, ja, sicher«, stammelte Eisele.

»Der Kurt, also mein Kollege, der hockt drüben im Wohnzimmer mit dem Nachbarn. Der hat da irgendjemanden gesehen. Mehr weiß ich jetzt auch nicht«, sagte die junge Frau und klopfte Georg vertraulich auf die Schulter. »Mach's gut, Georg.«

Theodora hatte sich unterdessen im Flur aufgehalten und so getan, als ob sie die Fotos, die an der Wand hingen, interessierten. Tatsächlich lauschte sie dem Verhör, das im Wohnzimmer stattfand. Der Nachbar, der Frau Eisele gefunden hatte, beschrieb einen jungen, kräftigen Mann, der ihm am Vormittag im Treppenhaus begegnet sei. Ein weiterer Kollege schlug vor, ein Phantombild anfertigen zu lassen. Der Nachbar erinnerte sich genau an das graue Sweatshirt mit Kapuze, das der junge Mann getragen hatte. Auch ein Ring mit einem großen Totenkopf, dessen Augen grün schillerten, war ihm aufgefallen. Theodora stutzte. Nein! Das konnte nicht sein! So dämlich konnte niemand sein! Noch nicht einmal Murat, der einen Ring trug, wie er hier beschrieben wurde. Dieses »Schmuckstück« war ihr schon aufgefallen, als sie ihm zum ersten Mal im Treppenhaus begegnet war, doch solche Ringe gab es wie Sand am Meer. Sie ging weiter durch die schwer verwüstete Wohnung. Unzählige Pappkartons lagen im Flur herum, zwei davon zertrampelt, wahrscheinlich war der Täter bei der Flucht hineingestolpert. Im Wohnzimmer waren einige Schubladen aus dem Wandschrank gerissen worden. Laut ihrem ehemaligen Kollegen fehlte das Silberbesteck mit der Gravur des Familienwappens derer von Eisele. Ein Fotoalbum lag geöffnet auf dem Boden, einige Fotos, zum Teil in Schwarz-Weiß, lagen zerstreut herum. Theodora bückte sich um eines davon, das einen gut aussehenden, dunkelhaarigen Mann zeigte, näher zu betrachten, was Sally sofort veranlasste, ihre ältere Kollegin zu maßregeln. »Rühren Sie nichts an, Ihnen muss ich doch nicht sagen, dass Sie keine Fingerabdrücke hinterlassen dürfen!«

Was glaubt die eigentlich, wen sie vor sich hat?, ging es Theodora durch den Sinn. Sie hatte keine Lust auf eine Diskussion mit der jungen Kollegin. Ohne Kommentar ging sie hinüber ins Schlafzimmer von Frau Eisele. Auch hier bot sich ein Bild der Verwüstung. Auf der Suche nach Wertsachen hatten der oder die Täter sämtliche Blusen, Kleider, Tücher, Schals und was der Schrank sonst noch hergegeben hatte, herausgerissen und achtlos auf den Boden geworfen. Die Schmuckschatulle auf Frau Eiseles Nachttisch war leer. Theodora stellte sich an eines der Fenster, blickte hinunter auf die Rosenbergstraße und dachte nach. Sie hörte, wie sich Sally im Wohnzimmer weiter ereiferte.

»Das ist jetzt der dritte Fall, in dem eine alte Frau niedergeschlagen wurde, ich werde den Täter fassen, das könnt Ihr mir glauben!«

»Ich finde nicht, dass sich die Fälle gleichen«, stammelte

Eisele, »jedenfalls auf den ersten Blick nicht. Die beiden anderen Frauen lagen in ihren aufgeräumten Wohnungen. Da war nichts, was Anlass gegeben hätte, von einem Raub auszugehen. Meine Mutter dagegen wurde eindeutig ausgeraubt«, fuhr er rasch fort, bevor Sally etwas sagen konnte. Theodora hörte einen leisen Knall. Sallys Kaugummi. Immer wenn sie sich aufregte, blies sie ihn auf, bis sie fast nicht mehr aus den Augen sehen konnte.

»Und ...«, fuhr Eisele fort, »und die anderen Frauen waren tot!«

»Ja Eisele, Sie sind mir ja ne Marke«, gab Sally hochnäsig zurück. »Ihre Mutter wäre jetzt vielleicht auch tot, wenn sie der Nachbar nicht rechtzeitig gefunden und den Notarzt verständigt hätte.«

»Ja, das schon, aber sie hat keinen Schlag auf den Hinterkopf bekommen, hat mir der Kollege gesagt, der gerade den Nachbarn vernimmt. Sie hat geblutet, aber aus der Stirn. Also ich möchte, dass Frau Klein sich das alles mal ansieht.«

»Das ist nicht Frau Kleins Fall«, giftete Sally, »das ist mein Fall, falls Sie das noch nicht begriffen haben sollten! Frau Klein hatte ihre Chance. Wie lange ist es her, dass die beiden alten Damen aufgefunden wurden? Und was haben Sie und Ihre geschätzte Frau Klein herausgefunden? Nichts, Eisele, rein gar nichts. Und jetzt wäre es mir recht, wenn Sie mich weiter ermitteln lassen würden!«

»Eisele, kommen Sie, wir gehen«, sagte Theodora, die inzwischen hinzugetreten war. »Hier können wir nichts ausrichten, das müssen wir der Spezialistin überlassen.« Theodora ging am Wandschrank vorbei Richtung Flur, als ihr Blick auf einen alten Stuhl mit Löwenkopffüßen fiel. Sie bückte sich. An einem der Füße klebte Blut.

»Das haben Sie doch nicht etwa übersehen?«, fragte sie spitz und wies mit ihrem langen dünnen Finger auf den

Stuhl. »Wir sind hier noch lange nicht fertig!«, zischte Sally und blies die Backen auf.

»Ich meine ja nur«, sagte Theodora kühl und verließ den Raum.

»Hexe, rothaarige!«, hörte sie hinter sich, dann knallte es laut …

»Und, was machen wir jetzt?«, fragte Eisele verunsichert, als er versuchte, mit Theodora Schritt zu halten, die wie eine Gejagte zum Aufzug rannte. Auf der Fahrt zur Dienstelle hatte sie im Auto permanent mit den Füßen gescharrt, wie ein alter Ackergaul, in der Hoffnung auf ein Stück Zucker. Er hatte sich mit schweißnassen Händen hinter dem Steuer festgekrallt, und natürlich schaltete jede Ampel, die auf ihrem Weg lag auf Rot.

»Ich setze Sie im Büro ab, den Rest des Tages nehme ich frei, ich werde mich gleich bei Hummel abmelden«, antwortete Theodora kurzatmig.

»Aber Frau Klein, das können Sie doch nicht machen.«

»Warum kann ich das nicht machen? Der Fall Ihrer Mutter ist Sallys Fall.«

»Ich meine auch gar nicht den Fall meiner Mutter. Glauben Sie denn, es wird Hummel gefallen, wenn Sie jetzt schon wieder freinehmen? Ich meine ja nur …«

Theodora stutzte. War da etwa so etwas wie ein Anflug von Empathie in Eiseles Stimme? Sie drehte sich um und schaute ihn an. Vor ihr stand ein kleiner, untersetzter Mann, mit dem es der liebe Gott bei der Vergabe von Schönheit nicht besonders gut gemeint hatte. Er steckte wie meistens in einer dunklen Cordhose, die am Gesäß schon recht abgeschabt war. Auch sein obligatorisches kariertes Hemd hatte er an. Von seinen ohnehin wenigen Haaren, schienen ihm in letzter Zeit, eine beträchtliche Menge mehr abhandengekommen zu sein. Seine Stirn glitzerte schweißfeucht, auch das kannte sie an ihm, doch heute war es wenigstens verständlich, dass ihm der Angstschweiß auf der Stirn stand.

»Wissen Sie was, Sie haben recht«, Theodora dachte nach. »Ich denke, es ist höchste Zeit, dass wir beide uns mal unterhalten. Ich schlage vor, wir machen das ganz offiziell in unserem gemeinsamen Dienstzimmer.«

Eine Stunde später verließ Eisele das gemeinsame Büro in der Dienststelle. Sein Gang war aufrecht, seine Haltung ebenso. Auf dem Flur begegnete ihm der portugiesische Putzmann, der seit drei Monaten hier täglich seinen Dienst versah. Eisele ging an ihm vorbei und grüßte ihn freundlich. Der Putzmann blieb stehen und sah Eisele mit geöffnetem Mund nach, denn das hatte der nie zuvor getan …

Theodora blieb noch einige Zeit hinter ihrem Schreibtisch sitzen, sie musste zuerst verarbeiten, was sie im Verlauf der letzten Stunde von Eisele erfahren hatte.

Dass er bei seiner Mutter lebte, war inzwischen keine Neuigkeit mehr für sie, doch die Art und Weise, wie sich dieses Zusammenleben gestaltete und wie sehr er darunter litt, war für Theodora schwer vorstellbar. Eisele litt unter einem schweren Minderwertigkeitskomplex, was für Theodora unschwer zu erkennen war. Eigentlich hatte sie es immer gewusst. Trotzdem hatte sie ihn ständig lächerlich gemacht. Hatte sie es tatsächlich nötig gehabt, sich selbst Stärke zu beweisen, indem sie auf dem Schwächeren herumhackte? Für einen Moment schämte sie sich beinahe. Eisele redete und redete, er war in einen wahren Gesprächsrausch verfallen, was Theodora dem Schock zuschrieb, in dem er sich nach dem Überfall auf seine Mutter befand. Auch seine »Beziehung« zu Chantal war zur Sprache gekommen, wobei sie darauf verzichtete, ihn danach zu fragen, ob diese Verbindung nur kulinarischer Art war oder ob sich auch sexuell etwas zwischen den beiden abspielte. Sie selbst hatte nur wenig von sich preisgegeben, dazu war sie gar nicht gekommen. Im Laufe des Gesprächs hatte sie immer mehr das Gefühl beschlichen, dass eine Entschuldigung dem Kollegen gegenüber angebracht wäre und so brachte sie gegen Ende des Gesprächs tatsächlich so etwas wie eine holprig formulierte Entschuldigung zustande. Eisele schien damit mehr als zufrieden zu sein und so verabschiedete sie sich schließlich von ihm mit den Worten:

»… ich habe etwas sehr Wichtiges zu tun, was absolut keinen Aufschub duldet. Wir sehen uns morgen. Machen Sie es gut und alles Gute für Ihre Mutter.«

13.45 Uhr, Wohnung Kächele, Artusweg, Stuttgart

Bereits als Theodora die Haustür aufschloss, roch sie es. Aylin musste zu Hause sein. Inzwischen waren ihr die Gewürze der türkischen Küche vertraut. Aylin kochte täglich und sie erinnerte sich gerne an das schmackhafte Essen, das ihr von Aylin gereicht worden war. Seither war sie der Türkin jedoch aus dem Weg gegangen. Sie spürte genau, dass Aylin den Kontakt zu ihr suchte. Sie hatte den Kummer in ihren Augen wahrgenommen und es ignoriert. Sie hatte ihre eigenen Probleme. Schon wieder beschlich sie ein schlechtes Gewissen. Was hatte sie nicht alles falsch gemacht in letzter Zeit? Sie hatte Eisele behandelt wie einen Menschen zweiter Klasse, das war ihr soeben erst klar geworden. Was ihren Vater betraf, so hatte sie nicht einmal den Versuch unternommen, ein weiters Gespräch mit ihm zu führen. Die inzwischen zwei ungelösten Fälle der toten Omas belasteten sie noch mehr und der innere

Druck und die Gewissheit, dass sie versagt hatte, nagte an ihr. Ihre Reserven waren aufgezehrt und das, was sie nun vor sich hatte, würde ihr noch einmal sehr viel Kraft abverlangen. Doch sie musste handeln, sie war sich ihrer Sache absolut sicher. Obwohl sie wusste, dass Aylin keinen Alkohol mochte, griff sie nach einer Flasche Riesling, die noch in der Küche stand. Sie würde auf jeden Fall heute noch eine gehörige Menge Alkohol benötigen, so viel war ihr bereits jetzt klar. Schweren Herzens schloss sie ihre Tür und ging nach oben. Sie klingelte. Es dauerte einige Zeit, bis Aylin hinter der Milchglasscheibe der Wohnungstür erschien. Sie öffnete zaghaft und schaute Theodora aus verweinten Augen an. Wortlos hielt ihr Theodora die Weinflasche entgegen, da legte sich ein Anflug eines Lächelns über Aylins Gesicht und sie gab den Weg frei.

»Theodora, hast du vergessen? Ich trinke keinen Alkohol. Vielleicht magst du ja? Ich war auf deinen Besuch gar nicht eingestellt und außer einem Glas Wasser oder einem Tee könnte ich dir nichts anbieten.«

Theodora nickte.

»Trotzdem, ich freue mich natürlich sehr, dass du mich besuchen kommst«, fuhr Aylin unbeholfen fort. »Magst du dich zu mir ins Wohnzimmer setzen?«, fragte sie und ging voraus.

Aus der Küche roch es verführerisch.

»Weißt du, ich warte auf Murat. Er ist heute Morgen schon kurz nach fünf aus dem Haus gegangen. Aber bei seiner Arbeit war er nicht. Sein Chef hat angerufen und weißt du, was er gesagt hat? Er hat gesagt, Murat war schon seit drei Wochen nicht mehr bei der Arbeit. In die Berufsschule geht er auch nicht mehr. Theodora, ich frage mich, wo treibt der Junge sich herum? Was macht der den ganzen Tag?«

Aylin begann zu zittern.

»Setz dich, bitte setz dich und versuche, dich zu beruhigen«, versuchte Theodora, die Lage in den Griff zu bekommen, denn sie wusste, es würde alles noch viel schlimmer kommen. Aylin weinte stumm. Ihre Schultern zuckten heftig. Mein Gott, warum hatte sie dieser Frau nicht längst die Möglichkeit zu einem Gespräch gegeben. Da hörten sie, wie die Haustür sich öffnete, um gleich darauf heftig zugeknallt zu werden. Elvis, der Mops, jaulte freudig auf und rannte hinaus. Murat war gekommen, wenigstens der Hund freute sich darüber.

»Murat, wo kommst du jetzt her?«, rief Aylin und ging hinaus in den Flur.

»Woher soll isch kommen, eh? Von der Arbeit natürlisch, was denkst du denn?«

»So, so von der Arbeit also.«

»Klar, sag isch doch.«

»Murat!«, Aylins Stimme wurde schrill. »Lüg mich nicht an. Du warst nicht bei der Arbeit!«

»He, klar war isch bei der Arbeit, was soll der Scheiß?«

»Dein Chef hat angerufen. Du warst seit drei Wochen nicht mehr bei der Arbeit. Also, wo warst du? Wo treibst du dich die ganze Zeit herum? Und vor allem, mit wem?«

»Fuck! Der Arsch.« Murat kickte seine Stiefel von den Füßen. »Das geht disch einen Scheißdreck an! Lass misch vorbei, isch will in die Küsche, isch habe Durst!« Murat schob seine Mutter zur Seite und ging hinüber zur Küche. Dabei kam er am Wohnzimmer vorbei, wo Theodora still auf einem Stuhl saß.

»Heh, was will die Alte hier?«, schrie Murat, als er sie erblickte. »Sag der, sie soll abhauen, sofort!«

»Nein, gar nichts werde ich Frau Klein sagen, im Gegenteil. Sie wird mit mir essen und du machst, dass du in dein Zimmer verschwindest. Aber zuvor verlange ich eine Antwort. Wo warst du und mit wem?«

Theodora staunte über die Kraft und Entschlossenheit, die aus dieser zierlichen Person sprach.

»Murat«, Theodora trat ihm entgegen und schaute ihm in die Augen. »Antworte deiner Mutter!«

Murat griff in seine Hosentasche und zog einen Gegenstand hervor. Ein Messer!

»Wirf sofort das Messer weg«, schrie sie, doch Murat fuchtelte ihr bereits unter der Nase herum. Wie gebannt starrte Theodora auf seine Hand. Hatte sie es doch geahnt. Nein, ihr kriminalistischer Spürsinn war noch lange nicht eingeschlafen.

»Entweder die Alte verschwindet sofort, oder isch schtesch sie ab!«, brüllte er und spuckte dicke Fladen von Speichel um sich. Elvis zog seinen nicht mehr vorhandenen Schwanz ein und versteckte sich unter der Couchgarnitur.

Aylins Schultern fielen nach vorn. Sie hatte keine Kraft mehr.

»Hast du gehört, abhauen soll sie!« Murat hob den Arm und machte einen Schritt auf Theodora zu. In dem Moment schnellte Theodoras Fuß hoch. Zielsicher traf sie Murat unterhalb seines Knies. Er stieß einen Schrei aus, sackte in sich zusammen und ließ das Messer fallen. Theodora bückte sich und hob das Messer auf. Aylin hatte nun endgültig die Fassung verloren und begann bitterlich zu weinen. Murat erhob sich langsam. In seinen Augen las Theodora abgrundtiefen Hass, aber auch Resignation. Bevor es ihm gelang, sich vollständig aufzurichten, packte sie ihn am Arm und drehte ihm diesen auf den Rücken. Aylin hatte sich abgewandt.

»Und wir beide gehen jetzt in dein Zimmer«, sagte Theodora und schob Murat vor sich her. In seinem Zimmer angekommen, ließ sie ihn los, stieß ihn auf sein Bett und stellte sich breitbeinig vor ihm auf.

»So Murat«, begann sie, »jetzt mal der Reihe nach.« Murat wich ihrem Blick aus und starrte stur vor sich hin.

»Wo warst du heute Vormittag, sagen wir, so gegen halb elf?«

»Isch sag nix!«

»Noch mal. Wo warst du heute Vormittag um halb elf?«

»Das geht disch einen Scheißdreck an«, blaffte Murat und streckte ihr den Stinkefinger entgegen.

»Junge, du kommst dir wohl ganz cool vor, was? Aber ich kann auch ganz anders, besonders wenn ich mir deinen Stinkefinger so betrachte.«

»Häh, was guggst du so blöd? Was soll sein mit meinem Finger?«

»Das ist schon ein recht auffälliger Ring, den du da trägst.«

Murat schien nicht zu begreifen.

»Ich helfe dir gerne auf die Sprünge«, fuhr Theodora fort. »Wenn man einen solchen Ring trägt, einen Totenkopfring mit grünen, schillernden Augen, dann muss man damit rechnen, dass man damit auffällt. Dämmert es dir?«

Murats Augen weiteten sich.

»Du warst in der Rosenbergstraße im Stuttgarter Westen, habe ich recht?«

Murat schwieg noch immer, stattdessen vergrub er seine Hände tief in seinen Hosentaschen.

»Du bist ihn die Wohnung der alten Frau eingedrungen, hast sie niedergeschlagen und ausgeraubt. Leider, oder besser gesagt, Gott sei Dank, warst du so blöd, und hast deinen Ring getragen. Der Nachbar, der dir im Treppenhaus begegnet ist, hat dich eindeutig identifiziert und es ist nur eine Frage der Zeit, bis die Kollegen vor der Tür stehen und dich mitnehmen. Darum mache ich dir jetzt einen Vorschlag. Du stellst dich. Ich nehme dich mit ins Präsidium und du gibst zu Protokoll, dass du dich bei mir gemeldet hast. Das ist die einzige Möglichkeit, noch halbwegs glimpflich aus der Sache herauszukommen!«

Murat war inzwischen von seinem Bett aufgesprungen.

»Geht's noch? Isch glaub, isch schpinne! Einen Scheißdreck werd isch tun. Isch bin das nischd gewesen. Und solsche Ringe gibt's am Bahnhof wie Sand am Meer!«

Er zog die Hände aus den Hosentaschen und begann wild herumzufuchteln. Dabei fiel ihm ein kleines Notizbuch aus der Hosentasche. Er bückte sich, im Versuch es aufzuheben, doch Theodora war schneller. Er ließ die Arme sinken. Theodora hatte das Büchlein sofort erkannt. Es war Eiseles Notizbüchlein.

»Was haben wir denn da?«, fragte sie und hielt ihm das Büchlein unter die Nase.

»Isch sage nix mehr, isch will einen Anwalt schpreschen«, kam es von Murat.

»Dann sage ich es dir. Das ist das Notizbuch meines Kollegen Eisele, in dessen Wohnung du heute eingebrochen bist, ich frage mich nur, weshalb du ausgerechnet dieses Ding in deiner Hosentasche mit dir herumgetragen hast. Und ja, einen Anwalt wirst du jetzt auch brauchen. Willst du meine Meinung hören? Ganz ehrlich? So einer wie du gehört hinter Gitter, je früher, desto besser. Mir tut nur deine Mutter leid.«

»Lassen Sie meine Mutter aus dem Schpiel.«

»Was jetzt? Kommst du mit mir mit und stellst dich?«

»Nein, tu isch nischt. Und das Buch habe isch gefunden.«

Theodora schüttelte den Kopf. »Für wie doof hältst du mich? Weißt du eigentlich, dass du wegen Totschlags dran bist, wenn die alte Frau stirbt? Überlege es dir gut. Ich mache dir das Angebot nur wegen deiner Mutter. Und wie ich dich einschätze, hast du in der Wohnung sowieso überall deine Spuren hinterlassen, oder hast du etwa Handschuhe getragen?«

»Nein, hab isch nischd. Hab isch nischd dran gedacht. War ja auch das erste Mal, dass isch …«

»Also, na bitte, da haben wir's ja, das Geständnis. So einfach hatte ich es bei einer Vernehmung ja noch nie!«

»Scheiße«, brüllte Murat und schlug sich mit der flachen Hand gegen die Stirn. »Isch bin ja ein solscher Idiot!«

»Da kann ich dir allerdings nicht widersprechen! Jetzt mach dich fertig, ich warte drüben bei deiner Mutter auf dich.« Kurze Zeit später erschien Murat mit zusammengekniffenen Augen im Wohnzimmer. Die Hände tief in seine durchlöcherte Skaterhose vergraben, sagte er kleinlaut: »Wir können gehen.«

16.14 Uhr, Büro Sally, Polizeidienststelle Stuttgart

Kriminaloberrat Hummel war außer sich vor Wut, als er aus Sallys Büro in den Flur hinaustrat. Er selbst war nach dem Einsatz im *Roten Flamingo* bei den Kollegen vom Drogendezernat zur Lachnummer mutiert. Das konnte er nicht auf sich sitzen lassen. Immer wieder stellte er Sally die Frage, wie sie auf die Idee gekommen war, zu behaupten, die *Mexikaner* seien in der Stadt. Sally, die sich zunächst keiner Schuld bewusst war, rückte zuerst nicht heraus mit der Sprache, woher sie diesen vielversprechenden Hinweis erhalten hatte, der sich letztendlich als Fake erwiesen hatte. Sie hatte ständig von einem Undercover-Kollegen gefaselt, den sie nicht verpfeifen und damit in Gefahr bringen wollte. Schließlich hatte er ihr mit einer Abmahnung gedroht, für den Fall, dass sie sich noch das Geringste zuschulden kommen ließe. Darauf beteuerte sie, dass sie – im Gegensatz zu anderen Kollegen – durchaus in der Lage sei, den Fall der *Toten Omas* zu lösen, er würde schon sehen, es würde nicht mehr lange dauern. Mit so viel Selbstbewusstsein war selbst Hummel überfordert gewesen und so war er schließlich wütend aus Sallys Büro auf den Flur gestürmt, wo er beinahe mit Theodora Klein zusammengeprallt wäre. Er grüßte kurz und eilte weiter in Richtung seines eigenen Büros.

Sally hatte gerade ihren Coffee-to-go-Becher in ihren Papierkorb geworfen, als sich die Bürotür öffnete und Theodora unaufgefordert eintrat, hinter sich im Schlepptau, Murat.

»Hier …«, sagte Theodora kühl. »Ich bringe Ihnen jemand, der eine Aussage zu machen hat.«

Bevor Sally etwas sagen konnte, drehte sich Theodora um und verließ wortlos das Büro.

Sie musste noch einmal in die Asservatenkammer, sie hatte da heute Morgen etwas gesehen, was ihr keine Ruhe ließ.

16.35 Uhr, Asservatenkammer, Polizeidienststelle Stuttgart

In der Asservatenkammer roch es noch muffiger als am Vormittag. *Typisch für so ein Kellerloch ohne jedes Tageslicht*, ging es Theodora durch den Sinn. Irgendjemand hatte inzwischen die Pappkartons gelehrt, die Beweisstücke vorschriftsmäßig mit Aktenzeichen versehen und in die Regale geräumt. Theodora griff sich das Asservatenbuch, konnte aber die Schrift des Kollegen nicht entziffern, der hier in so kurzer Zeit für Ordnung gesorgt hatte. Sie ging hinüber zum Regal mit den Neuzugängen und fand schnell, was sie suchte. Einen großen, quadratischen Beutel, dessen unbekannter Inhalt ihr Interesse geweckt hatte. Das, was sie suchte, konnte sich nur in diesem Beutel befinden. Sie nahm ihn aus dem Regalfach und trug die Entnahme handschriftlich unter Angabe des Aktenzeichens und ihrer Unterschrift in das Asservatenbuch ein. Zufrieden zog sie die Tür hinter sich zu. Sie wurde das Gefühl nicht los, dass sie etwas in Händen hielt, was ihr einen entscheidenden Hinweis auf den ungelösten Fall bringen würde. Glücklicherweise war die gestrige Wartung des Aufzugs erfolgreich abgeschlossen und er trug sie rasch in den vierten Stock. Mit schnellen Schritten steuerte sie ihr Büro an. Beim Betreten fiel ihr Blick auf ihr Handy. Es blinkte. Theodora betrachtete sich die Nummer. Diese Nummer kannte sie nicht und auf die Box hatte der unbekannte Anrufer nicht gesprochen. *Wer was von mir will, wird sich nochmals melden,* dachte sie und legte das Handy zur Seite. In dem Moment klingelte es erneut. »Wer sagt's denn«, murmelte Theodora und nahm das Gespräch entgegen:

»Hallo hier ist Gabriele ...«

»Hallo Gabriele, das ist ja eine Überraschung ...«

»Heute ist noch mal so ein schöner Tag«, fiel Gabriele sofort mit der Tür ins Haus. »Für die kommende Woche hat der Wetterbericht Regen angekündigt, das müssen wir ausnützen. Und bei dem Italiener am Marienplatz hat der Besitzer gewechselt. Ich habe gehört, die machen die beste Lasagne von ganz Stuttgart und Umgebung.«

Warum sprach Gabriele so aufgeregt, ohne Punkt und Komma? Weshalb war es ihr so wichtig, sie zu treffen? Genau betrachtet kannten sie sich kaum.

»Theodora, bist du noch dran?«, Gabriele klang verunsichert.

»Ja, ich bin noch dran ...«, Theodora zögerte. Vor ihr auf dem Tisch lag der ungeöffnete Plastikbeutel. Es drängte sie danach, zu erfahren, was sich tatsächlich in ihm verbarg. Und – wurde es nicht endlich Zeit, dass sie sich selbst etwas mehr die Sporen gab?

»Ganz ehrlich gesagt, es passt mir ...«, weiter kam sie nicht.

»Das ist ja prima, ich freue mich riesig«, rief Gabriele freudig in den Hörer. Sie schien überhaupt nicht verstanden zu haben, was sie eigentlich hatte sagen wollen.

»Sagen wir kurz nach sieben? Sonst ist es zu voll, und wir bekommen keinen Platz mehr, ist das okay für dich?«

»Ich werde da sein«, sagte Theodora und hoffte, dass Gabriele, die völlig euphorisch geklungen hatte, die Resignation in ihrer Stimme nicht bemerkt hatte. Wahrscheinlich war sie einfach nur einsam und wollte einen so schönen Sommerabend nicht alleine verbringen. Und wahrscheinlich hatte auch sie keine Freundin und sah in ihr eine potenzielle Kandidatin für diesen Posten in ihrem Leben. Theodora gab sich einen Ruck. Warum eigentlich nicht?

Der Plastikbeutel lag mahnend vor ihr. Wenigstens einen Blick würde sie noch auf die Tüte werfen. Vorsichtig zog sie den Klebestreifen ab und schaute hinein. Bingo. Es war der »verzierte« Wandkalender, der in der Küche über dem Herd von Brunhilde Hornung gehangen hatte.

Morgen ist auch noch ein Tag. Wenn ich mich da jetzt reinknie, komm ich garantiert nicht rechtzeitig zum Italiener, dachte sie, schob den Kalender zurück in die Hülle und verstaute alles in der unteren Schublade ihres Schreibtisches.

18.10 Uhr, Wohnung Klein, Stuttgart, Artusweg

Theodora schloss die Haustür leise auf. Von oben war nichts zu hören. Sie schlich sich hinauf zu ihrer Wohnung im ersten Stock und ging ebenso leise hinein, wie sie durch das Treppenhaus gegangen war. Auf keinen Fall wollte sie jetzt Aylin begegnen. Was Sally im Moment mit Murat veranstalten würde, wusste sie nicht. Sally hatte den Ruf eigenartiger Vorgehensweisen, und Theodora war es auch egal. Diesen Rotzlöffel hatte sie von Anfang an gefressen. Sie ging durch die Wohnung und riss alle Fenster auf. Schon der Juli war extrem heiß gewesen, und der August setzte noch mal einen drauf. In der Küche nahm sie ein Glas aus dem Schrank und füllte es mit Leitungswasser. Sie war am Verdursten. Doch das Wasser schmeckte schal. Sie nahm Mephistos Käfig und trug ihn ins Wohnzimmer. Dort knallte tagsüber wenigstes etwas weniger Sonne gegen die Rollos. Das würde ihm sicher besser bekommen. Vorsichtig hob sie ihn aus dem Käfig, setzte ihn sich auf ihre Schulter und ging hinüber zu ihrem großen Bett. Erschöpft ließ sie sich darauf nieder. Mephisto krabbelte auf ihren Bauch und machte es sich dort gemütlich.

»Armer kleiner Kerl. In letzter Zeit führst du wirklich ein Schattendasein. Das muss wieder anders werden«, murmelte sie und strich über sein zartes Fell. So turbulent, wie die letzte Zeit gewesen war, so konnte es nicht bleiben. Theodora stand auf, setzte Mephisto zurück in seinen Käfig und ging zum Wohnzimmertisch, wo ihre Tarotkarten seit Tagen unberührt in der Ecke lagen. Auch wenn ihr nur wenig Zeit bis zu ihrer Verabredung blieb, so wollte sie doch wenigstens eine Karte ziehen, die »Karte des Tages«. Sie nahm die Karten in die Hand, mischte sie gut durch und zog eine hervor. Sie hielt die »Drei der Stäbe« in Händen. »Diese Karte passt wie die Faust aufs Auge«, murmelte sie vor sich hin. Sie hätte lieber eine andere gezogen, denn diese wollte ihr sagen, dass es anstrengend sein würde, ihr Ziel zu erreichen. Nicht nur das, es könnte auch möglich sein, dass sie sich von ihrem Ziel, das sie vor Augen hatte, gänzlich verabschieden musste.

Sie schob die Karten zurück in das dafür vorgesehene Kästchen und ging hinüber in ihr Badezimmer. Sie zog sich langsam aus, warf ihre Klamotten achtlos in den Wäschekorb und stieg in die Dusche. Während das Wasser über ihren Rücken rieselte, dachte sie über die Karte nach. Welches Ziel hatte sie vor Augen? Ganz klar, sie musste nicht lange überlegen, sie wollte endlich den oder die Mörder der beiden alten Damen finden. Genau betrachtet, war es also einzig und allein der Job, um den es in ihrem Leben ging und das war traurig. Mit dieser Erkenntnis stieg sie aus der Dusche, griff nach ihrem blauen Badetuch und wickelte sich darin ein. Dann trat sie vor den Spiegel und betrachtete sich lange. Über das, was sie sah, war sie nicht glücklich. Ihr Blick fiel auf ein kleines, schwarzes Lackmäppchen, von dem sie längst vergessen hatte, dass sie es besaß. Sie zog es hervor und öffnete es. Darin fand sie eine Wimperntusche, einen Kajalstift und einen rosafarbenen Lipgloss. Auch eine Tube mit dem Rest einer leicht getönten Tagescreme war in dem Mäppchen. Wann hatte sie sich zuletzt für jemanden schön gemacht, und für wen? Sie konnte sich nicht mehr daran erinnern. Egal, heute Abend würde sie ausgehen. Sie würde sich mit Gabriele Engel treffen. In der Vorfreude auf eine Pizza Frutti de Mare suchte sie sich ein buntes indisches Baumwollkleid aus, das würde bei der Hitze gut passen. Ihre widerspenstigen roten Haare steckte sie am Hinterkopf zu einer frechen Hochfrisur zusammen, einzig eine kleine aberwitzige Locke schaffte es bis vor zum Kinn. Das Make-up hatte gerade gereicht, um einen dezenten goldenen Schimmer in ihr Gesicht zu zaubern. Auch die Wimperntusche war noch nicht eingetrocknet. Mit dem Kajal betonte sie schließlich den unteren Lidrand, was ihren grünen Augen einen geheimnisvollen Ausdruck verlieh. Fasziniert betrachtete Theodora die fremde Frau, die ihr aus dem Spiegel entgegenblickte. Was sie sah, gefiel ihr. Als sie aus dem Haus trat, fuhr ein Cabrio an ihr vorüber aus dem Musik dröhnte. »Life is a Rollercoaster«, sang da einer, und ja, es stimmte, das Leben war eine Achterbahn, und heute Abend wollte sie damit nur nach oben fahren.

MONTAGABEND, WEINSTUBE STETTER, BOHNENVIERTEL

Schon von Weitem sah Theodora, dass jeder Tisch vor dem italienischen Restaurant besetzt war. Auch im Lokal war es aussichtslos, noch einen Platz zu ergattern. Im Gegenteil, die Menschen standen in einer Schlange und warteten darauf, dass irgendjemand bezahlte und ein Tisch frei wurde. Theodora sah zur Uhr. Gabriele hatte sich bereits um zehn Minuten verspätet. Ein Gefühl der Enttäuschung machte sich bereits in Theodora breit, als sie Gabrieles helles Lachen hinter sich hörte. Sie drehte sich um und schaute ihr in die Augen.

»Oh mein Gott, ich bin vielleicht eine blöde Kuh«, sagte diese zur Begrüßung und lachte noch immer.

»Wieso«, fragte Theodora verwirrt.

»Na sieh doch, die vielen Leute. Ich hätte es wissen müssen. Ich hätte einen Tisch reservieren müssen, stattdessen stehen wir hier jetzt dumm rum und das, wo ich einen solchen Kohldampf habe.« Sie schüttelte ihren Kopf und ihr zum Pferdeschwanz gebundenes langes Haar wippte wie bei einem kleinen Mädchen.

»Das ist doch kein Beinbruch. Stuttgart ist groß, wir werden schon noch ein Plätzchen finden, an dem wir uns vielleicht auch ein bisschen besser unterhalten können als hier, in diesem Menschengewimmel. Hast du was dagegen ein Stückchen zu gehen? Ich habe da eine Idee. Es gibt eine nette kleine Weinwirtschaft im Bohnenviertel, dort gibt's die besten Bratkartoffeln.«

»Na dann mal los«, sagte Gabriele entschlossen.

»Ich habe einen Bärenhunger und ich sterbe für gute Bratkartoffeln.«

»Ich bin sicher, du wirst nicht enttäuscht werden!«

Kurze Zeit später hatten sie unter einem großen Kastanienbaum Platz genommen.

»Schön, dieses Lokal und lustig, diese Lämpchen«, bemerkte Gabriele und wies auf die Girlande bunter Laternen, die sich durch die ganze Gartenwirtschaft zogen.

»Das freut mich, wenn es dir gefällt. Ich bin sehr gerne hier, wenn auch leider viel zu selten. Was magst du essen?« Theodora reichte Gabriele die Karte über den Tisch.

»Weißt du schon, was du nimmst? Ich meine, was kannst du mir denn empfehlen?«

»Ich werde die Sauren Schweinsnierle mit Bratkartoffeln nehmen. Das schmeckt hier ganz ausgezeichnet. Und du? Du bist doch nicht etwa Vegetarierin?«

»Nein, Gott bewahre. Aber mit den Nierle hab ichs trotzdem nicht so.« Gabriele lachte. »Ich glaube, ich nehme …«, weiter kam sie nicht.

»Hallo, Theodora, auch mal wieder da?«

Gabriele zuckte zusammen und vergrub ihr Gesicht in der Speisekarte. Diese Stimme erinnerte sie an jemanden.

»Ach Inge. Ich wusste gar nicht, dass du hier noch immer bedienst …«, sagte Theodora und faltete die Speisekarte zusammen.

»Ja klar, was denkst du denn. Ich bin froh, dass ich die Anstellung damals hier gekriegt hab. Gleich nach meiner Bewährung war das gar nicht selbstverständlich. Was darf ich dir bringen?«

»Ich nehme ein Hefeweizen und die Nierle mit Bratkartoffeln.«

»Gerne, und Sie?«, wandte sie sich an Gabriele.

»Den Maultaschensalat«, sagte Gabriele, ohne aufzusehen.

Inge sah sie entgeistert an. »Sagen Sie, kennen wir uns nicht? Sind Sie nicht …«

»Nein, wir kennen uns nicht, ich wüsste nicht woher«, fiel ihr Gabriele hart ins Wort und starrte noch immer in die Karte.

»Ja dann …, dann … entschuldigen Sie, das muss wohl eine Verwechslung sein«, stammelte Inge.

»Also, für Sie dann den Maultaschensalat?«, setzte Inge nach.

»Ja!«

»Und zum Trinken? Auch ein Weizenbier?«

»Nein, ein Viertele vom Badischen Weißherbst.«

»Vom Badischen? Keinen Württemberger? Wir hätten da auch einen guten vom Rothenberg …«

»Nein, Herrgott noch mal«, Gabriele wischte sich mit der Hand über die Augen.

»Gut, gut, ich mein ja nur …«, Inge zog ab.

»Was war denn das?«, fragte Theodora verwundert.

»Ach, ich weiß auch nicht so recht. Die Hitze macht mich ganz fertig. Ich muss mal kurz zur Toilette.« Gabriele stand auf.

»Wenn du ins Lokal reinkommst, gleich rechts und dann die Treppe runter«, rief ihr Theodora nach, doch Gabriele war schon verschwunden. Inge kam mit zwei Krügen Most an einen der Nachbartische, dabei warf sie Theodora einen verschwörerischen Blick zu.

»Ich kenn die, ich weiß es genau, ich weiß nur noch nicht, woher, aber das fällt mir wieder ein«, raunte sie Theodora zu, als sie mit dem leeren Tablett am Tisch vorbeiging. Gabriele kam zurück und setzte sich. Theodora schien es, als hätte sie sich wieder gefangen.

»Bitte schön, ein Weizenbier und ein Badischer Weißherbst.« Inge knallte die Getränke auf den Tisch.

»Das Essen kommt auch gleich.«

»Danke«, sagte Theodora freundlich, so konnte die Stimmung nicht bleiben.

»Gerne«, auch Inge schien versöhnt.

»Ist noch was?«, fragte Theodora.

»Ja. Stimmt es, dass du in dem Fall der toten Rentnerin ermittelst?«, raunte Inge leise.

Theodora verzog das Gesicht. »Wer sagt denn so etwas? Also erstens ich bin hier in meiner Freizeit und zweitens solltest du aus der Zeit, in der wir uns häufig woanders begegnet sind, noch genau wissen, dass ich dazu nichts sagen darf. Okay?«

Inge nickte nur und verschwand.

»Das ist ja eine merkwürdige Person.« Gabriele schüttelte verständnislos den Kopf. »Woher kennst du sie?«

»Das kann ich dir nicht sagen.«

»Wieso denn nicht? Bist du wirklich bei der Polizei?«

»Nach dem Gespräch von soeben müsstest du dir das eigentlich denken können. Ja, ich bin bei der Polizei.«

»Das ist ja interessant«, murmelte Gabriele. »Und was machst du da?«

»Alles, was bei der Kriminalpolizei anfällt.«

»Aha, Mord und Totschlag also?«

»Nein, das denken die Leute immer. Wenn das so wäre, dann hätten wir in den letzten Jahren in Stuttgart nicht mehr allzu viel zu tun gehabt. Schwere Kriminalität, Diebstähle, Raub, Gewaltdelikte und ja, Mord natürlich auch. Schwere Einbrüche und Raubüberfälle haben zugenommen, Mordfälle hingegen …« Sie verstummte.

»Einmal Saure Nierle. Einmal Maultaschensalat«, tönte es von hinten. »Einen guten Appetit!« Inge stellte die Teller auf den Tisch.

Gabriele schnupperte und griff zu Messer und Gabel.

Theodora war der Appetit vergangen. Sie hatte nicht vorgehabt über ihren Beruf zu sprechen, stattdessen hatte sie gehofft, dass sie der Abend auf andere Gedanken bringen würde. Das war ein Irrtum, wie sie sich nun eingestehen musste. Die Stimmung war bis gerade kurz davor gewesen zu kippen, und die Ereignisse der letzten Tage und ganz besonders die des heutigen Nachmittags, bestimmten ihre Gedanken. Besonders Murat ging ihr nicht mehr aus dem Sinn. Er war ein Volltrottel, keine Frage, so dämlich, wie er sich bei der ganzen Aktion angestellt hatte. Doch sprach es letztendlich für ihn, dass er zum Glück noch keine Routine in Einbrüchen und Ähnlichem entwickelt hatte. *Es war eine Mutprobe, ganz bestimmt war es eine Mutprobe, damit er endlich dazugehört*, hatte Aylin immer wieder unter Tränen gestammelt und sie, Theodora hatte wieder einmal mehr ein schlechtes Gewissen bekommen. Hätte sie es verhindern können, wenn sie Aylin nur einmal zugehört hätte? Wie oft hatte Aylin das Gespräch mit ihr gesucht und sie war immer nur mit ihren eigenen Problemen beschäftigt gewesen. War es denn nicht nachvollziehbar, dass ein Türke, der Kächele hieß, ohne Vater, dafür aber mit einem Mops mit Namen Elvis aufwuchs, zum Spott seiner Clique wurde? War es da nicht nachvollziehbar, dass er etwas tun musste, um in seiner Umgebung akzeptiert und anerkannt zu werden? Daran, dass ein Zusammenhang zu den Morden an den alten Damen bestand, wollte Theodora nicht denken. Der Abgleich der Fingerabdrücke und sonstiger Spuren würde, so hoffte sie inständig, keine Übereinstimmung herbeiführen.

Morgen würde sie mit Sally reden, das war sie Aylin schuldig.

»Theodora, du siehst so nachdenklich aus. Was beschäftigt dich denn gerade?«, fragte Gabriele vorsichtig.

Theodora kniff die Augenbrauen zusammen und schwieg.

»Ich schaffe es nicht mehr, diese Portion ist ja riesig«, versuchte es Gabriele erneut. Sie wischte sich den Mund ab, faltete die Serviette zusammen und legte sie neben den Teller.

»Magst du nicht essen? Kalte Saure Nierle stell ich mir schrecklich vor.«

»Hach ja, du hast recht«, antwortete Theodora leise, »mir geht nur gerade so vieles durch den Kopf.«

»Das habe ich bemerkt. Bei der Polizei hat man wohl nie frei. An was für einem Fall arbeitest du gerade, wenn ich dich das fragen darf? Ist das der Fall aus der Zeitung – mit der toten Rentnerin?«

»Genau. Sie haben sogar schon zweimal darüber berichtet und jetzt geh einfach mal davon aus, dass meine Kollegen und ich immer involviert sind, wenn in Stuttgart ein Mord verübt wird. Das kann manchmal ziemlich belastend sein.« Das Essen war endgültig kalt.

»Ach je, das ist ja schlimm«, sagte Gabriele leise.

»Lass uns das Thema wechseln, jetzt ist Feierabend«, Theodora nahm einen großen Schluck aus ihrem Weizenbierglas.

»Hast du denn wenigstens einen Anhaltspunkt? Irgendeinen kleinen Hinweis oder Verdacht?«, bohrte Gabriele weiter. Um die Nase war sie auffallend blass geworden.

»Ich sagte doch bereits, lass uns bitte das Thema wechseln. Selbst wenn ich wollte, ich könnte mit dir nicht darüber reden, das musst du verstehen. Ich unterliege schließlich der Schweigepflicht. Aber du, was ist mit dir?«

»Was meinst du?«, Gabriele wirkte verunsichert.

»Zum Beispiel was du so machst.«

»Du meinst beruflich?«

»Ja, beruflich und auch sonst. Wir haben uns schon über so vieles unterhalten, aber von dir persönlich weiß ich gar nichts.«

»Da gibt es eigentlich nicht viel Aufregendes zu erzählen.

Von Beruf bin ich Damenschneiderin. Früher habe ich in einer Näherei gearbeitet, jetzt halte ich mich mit kleineren Änderungsschneidereien über Wasser. Es reicht gerade so zum Leben. Es läuft fast alles über Mund-zu-Mund-Propaganda. Meistens kommen die Leute zu mir nach Hause, ich habe ein kleines Räumchen extra dafür eingerichtet.«

»Aha, die Stuttgarter Ladys, denen der Breuninger zu teuer ist«, Theodora schmunzelte.

»Nein, nicht mal. Du wirst dich wundern, wie viele alleinstehende Männer es gibt, denen die Hosen zu lang sind, oder zu eng werden, oder die sie zu heiß waschen, dann muss ich den Saum rauslassen, da gibt's nichts, was es nicht gibt.«

»Das ist ja spannend«, sagte Theodora. »Und dein Mann? Hat der nichts dagegen, wenn du fremde Herren ins Haus lässt?«

»Ich sagte doch schon, ich habe keinen Mann. Noch nicht mal einen Bruder.«

»Das tut mir leid.«

»Muss es nicht. Es gibt zwar gelegentlich Momente in meinem Leben, in denen ich mir ein solches Exemplar gewünscht hätte, aber je älter ich werde, desto öfter denke ich, es ist wahrscheinlich viel einfacher ohne. Man entwickelt ja so die eine oder andere Vorliebe, wie man sein Leben gestalten möchte, und da ist es ganz angenehm, wenn einem kein Mannsbild hineinquatsch, oder? Wie siehst du das? Du hast doch sicher auch keinen Mann, oder?«

Theodora blickte sie erschrocken an. Stand ihr die alte Jungfer derart deutlich ins Gesicht gemeißelt?

»Ich meine ..., entschuldige ...«, verhaspelte sich Gabriele. »Ich meine natürlich nur, weil du so einen selbstständigen und taffen Eindruck auf mich machst. Irgendwie kann ich mir einen Mann an deiner Seite gar nicht vorstellen. Sei mir nicht böse bitte.«

Theodora entspannte sich und rang sich zu einem Lächeln durch.

»Nein …, ich meine ja. Du hast Recht, es gibt tatsächlich keinen Mann in meinem Leben. Und demzufolge auch keine Kinder, bei dir ja auch nicht, nehme ich an?«

»Nein«, sagte Gabriele leise. »Leider, ich hätte mir schon welche gewünscht, eigentlich …«

»Eigentlich?«

»Na ja, wenn ich solche frechen kleinen Monster sehe, wie damals diese Knirpse im Park, erinnerst du dich?«

»Klar erinnere ich mich, schließlich haben wir uns durch diese Monster kennengelernt«, sofort fiel Theodora der hasserfüllte Kommentar Gabrieles von damals ein.

»Dann hat es wenigstens dafür was Gutes gehabt«, sagte Gabriele und versuchte zu lächeln.

»Lass uns über was anderes reden. Erzähle mir doch ein bisschen mehr über das Kartenlegen. Bei der Esoterikmesse hast du gesagt, du könntest das. Würdest du mir mal meine Zukunft voraussagen? Das ist ein so spannendes Thema.«

Theodora kniff die Augen zusammen. Da war es wieder, das Gefühl in ihr, das sie noch immer nicht richtig zu deuten vermochte.

»Ganz ehrlich«, sagte sie daher, »ich habe zwar immer ein kleines Kartendeck dabei, aber so etwas funktioniert am besten in einem geschützten Raum, in ruhiger Umgebung, nicht in einem Gartenlokal, wo am Ende die Bedienung noch ihren Senf dazu gibt.«

Gabriele lachte leise. »Das verstehe ich«, sagte sie verständnisvoll, »ich meinte ja auch nicht hier und jetzt. Weißt du was, komm mich doch mal besuchen, dann trinken wir einen gemütlichen Kaffee und dabei kannst du mir in Ruhe die Zukunft voraussagen. Was hältst du davon?«

»Sehr gerne«, antwortete Theodora spontan und im

Stillen nahm sie sich vor, die Karten zuerst einmal alleine zu befragen.

»Wie sieht's denn nächsten Mittwochabend bei dir aus?«

Theodora stutzte. »Nächsten Mittwoch? Moment mal, das ist ja schon übermorgen. Du bist aber schnell entschlossen. Okay, ich komme und bringe meine Karten mit ...«

Sie bezahlten und verließen gemeinsam den Biergarten. Beim Hinausgehen wurde Theodora von Inge am Ärmel festgehalten.

»Ich weiß jetzt, woher ich sie kenne. Als ich noch in der Klinik als Putzfrau gearbeitet habe, da habe ich sie oft gesehen. Ihre kleine Tochter lag dort auf der Kinderstation ...«

Warum verdammt hatte sie das getan? Warum hatte sie diese Theodora angerufen? War sie denn inzwischen völlig irre? Woher sollte sie überhaupt noch die Kraft zu irgendetwas nehmen? Die Alte vom Rosenbergplatz war tot. Diesen Tod hatte nicht sie verschuldet, doch den Tod zweier anderer alter Frauen. War sie nicht schon längst wahnsinnig? Sie war eine zweifache Mörderin. Welcher Teufel hatte sie geritten, sich mit dieser Theodora zu treffen. Sie fragte es sich immer und immer wieder, dabei kannte sie die Antwort längst. Zum ersten Mal seit einer Ewigkeit hatte sie sich zu einem Menschen hingezogen gefühlt. Sie hatte Vertrauen entwickelt, gemeint Wärme zu spüren und das, obwohl diese Theodora eine zerknitterte, spröde Person war. Doch vielleicht war es genau das gewesen. Auch diese Frau stand nicht auf der Gewinnerseite des Lebens. Ja, genau das musste es sein, was sie verband, was sie zu Theodora hinzog, noch immer. Vielleicht hätte es schön werden können, mit ihnen beiden. Doch dann waren sie Inge begegnet. Inge erinnerte sich. Und Theodora war eine Kriminalkommissarin. Und sie ermittelte in ihrem Fall.

DIENSTAG, 27. AUGUST

7.15 Uhr, Wohnung Klein, Stuttgart, Artusweg

Die Sonne malte bereits helle Kringel auf Theodoras Bett, als der Wecker klingelte. Gezielt griff sie hinüber, drückte auf den schwergängigen Knopf und brachte ihn dadurch zum Verstummen. Sie war noch ganz benommen von dem Traum, aus dem sie das schrille Schreckensgeräusch gerade gerissen hatte. Was war es nur, was sie geträumt hatte? Sie hatte Hände gefühlt, auf ihrem Körper, auf ihrer nackten Haut, menschliche Wärme empfunden, Geborgenheit, wie sie sie nicht kannte. Sie hatte sich angelehnt. Angelehnt? An wen? Da war ein Mensch gewesen, schemenhaft. Ohne Gesicht aber mit viel Gefühl und nun war sie erwacht, lag alleine in ihrem Bett. Die Sonne spielte mit dem Muster ihrer Vorhänge, kleine Staubwölkchen tanzten in der Luft und sie fühlte eine Hitze in ihrer Körpermitte, die sie schon lange nicht mehr gespürt hatte. Ja, sie lebte, war eine Frau. Alles in ihr pochte, eine Sehnsucht hatte sie ergriffen, nein, dies war keine Sehnsucht, dies war pure Lust.

Sollte sie vielleicht …? Wie lange hatte sie das schon nicht mehr getan. Warum sollte sie aufstehen? Warum es nicht tun? Sie schluckte, ihr Mund war trocken. Sollte sie? Sie schloss die Augen, atmete tief durch und ließ ihre Hand hinabgleiten unter die Decke. Da klingelte es an ihrer Wohnungstür. Sie zuckte zusammen. Wieder klingelte es an der Tür, dreimal hintereinander.

»Verdammt«, stieß sie hervor, schüttelte ihre Locken und setzte ihre Beine vors Bett.

»Ich komme ja schon!«, rief sie und machte sich auf den Weg zur Tür.

»Guten Morgen Theodora.«

»Aylin«, sagte Theodora resigniert. »Komm rein, was kann ich für dich tun?«

Aylin atmete schwer, ihre Augen waren geschwollen von den Tränen der vergangenen Nacht.

»Bitte hilf Murat! Er ist unschuldig. Ich schwöre es bei Allah! Er ist in die falsche Clique geraten – das habe ich schon lange geahnt. Ja, er hat bestimmt viel Scheiße gebaut, vielleicht auch mit Drogen gedealt. Du ahnst ja gar nicht, wie das ist, bei diesen Jungen in so einer Clique. Du musst mitmachen, sonst hast du die Arschkarte gezogen. Entschuldige, Theodora, ich rede schon so daher wie Murat. Aber er würde niemals jemanden umbringen. Das mit der alten Frau ist ein fürchterliches Unglück, hörst du? Das hat Murat nicht gewollt, das weiß ich.« Wieder begann Aylin zu weinen.

»Nun setz dich doch erst mal hin«, sagte Theodora sanft und schob Aylin in Richtung Küchentisch.

»Aylin, ich kann nichts für Murat tun. Eine junge Kollegin hat den Fall übernommen. Ich bin da nicht involviert, verstehst du? Im Übrigen hat sich Murat benommen wie ein Idiot, das wirst du ja wohl nicht leugnen können. Egal, was dabei raus kommt, am Ende wird es nichts Gutes sein.«

»Was meinst du damit, es wird nichts Gutes sein?«

»Aylin, ich bin kein Richter, aber so viel kann ich sagen, ihr werdet einen Anwalt brauchen. Murat hat einen schweren Raubüberfall begangen, bei dem er eine Person vorsätzlich verletzt hat. Wenn er Glück hat, kommt er mit einer Bewährungsstraße davon …«

»Wenn er Glück hat? Und was ist, wenn er kein Glück hat?«, Aylin starrte sie aus großen Augen an.

»Ach ich weiß es auch nicht«, antwortete Theodora und ärgerte sich sofort, dass sie sich zu dieser Aussage hatte hinreißen lassen. Dass sie von manchen Jugendlichen wusste, die nach ähnlichen Taten in den Bau gewandert waren, verschwieg sie geflissentlich.

»Ich bin schuld«, stammelte Aylin.

»Das ist absoluter Quatsch Aylin. Und das weißt du auch. Wieso sollst du schuld sein? Murat ist alt genug, um zu wissen, mit wem er sich einlassen kann und mit wem nicht. Und jetzt hör auf, dir Vorwürfe zu machen. Und so leid es mir tut, ich habe nicht mehr viel Zeit. Ich komme heute Abend bei dir vorbei – vielleicht habe ich dann irgendwelche Neuigkeiten. Versprechen kann ich allerdings nichts.«

»Danke«, Aylin erhob sich langsam und verabschiedete sich.

Inzwischen war es halb neun geworden, irgendwann sollte sie vielleicht doch im Büro erscheinen. Mephisto machte sich bereits durch lautstarkes Rascheln bemerkbar. Der arme kleine Kerl, in letzter Zeit kam er wirklich viel zu kurz. Sein Stall muffelte, so konnte das nicht weitergehen.

Eine kurze Streicheleinheit, Futter und eine Schüssel mit frischem Wasser, mehr gab es auch heute wieder nicht.

»Es werden wieder bessere Tage kommen«, sagte sie, als sie ihn alleine zurückließ und sich auf den Weg in die Dusche machte. Schade, das schöne Gefühl von vorhin war verflogen, was blieb, waren Zahnbürste, Shampoo und Duschbad.

9.50 Uhr, Polizeidienststelle, Stuttgart

Bereits auf dem Flur war die energische Stimme Sallys zu hören. Gerade als Theodora eintrat, knallte ihr Kaugummi.

»Irgendwann hat sie die Lautstärke einer Kleinkaliberpistole erreicht«, murmelte Theodora vor sich hin.

»Guten Morgen Theodora. Anklopfen ist wohl nicht mehr, oder?«

»Guten Morgen«, antwortete Theodora, auf deren Stirn sich augenblicklich eine Zornesfalte gebildet hatte.

»Höflichkeit und Anstand wohl auch nicht mehr«, konterte sie scharf, doch Sally tat so, als hätte sie dies nicht gehört. Stattdessen ging sie energisch durch den Raum. Die linke Hand in ihrer Hosentasche vergraben, gestikulierte sie wild mit der rechten, in der sie ein Stück Kreide hielt. An der Tafel hing ein überdimensionales Foto von Murat, daneben fanden sich die Fotos der beiden erschlagenen Rentnerinnen.

»Wir haben noch nicht alle Alibis von ihm überprüfen können. Angeblich war Murat Kächele zur Tatzeit mit Elvis beim Arzt. Dies muss noch überprüft werden. Der Arzt befindet sich seit heute in Urlaub, die Praxis ist geschlossen.«

»Ausgerechnet«, Eisele hatte soeben Sallys Büro betreten.

»Eisele, was machen Sie denn hier? Sie sind hoffentlich nicht in die Ermittlungen einbezogen. Sie sind schließlich befangen«, kam es von Theodora.

»Keine Sorge, ich wollte nur mal hören, ob es schon etwas Neues gibt«, sagte er und vergrub die Hände in den Hosentaschen. »Wenn Sie mich suchen, ich bin wieder unten.«

Fassungslos blickte Theodora in die Runde. Eisele hatte weiterhin seinen Dienst im muffigen Keller zu verrichten. Sally war mit dem »Fall Kächele« beschäftigt. Hier hatte sie nichts weiter zu suchen. Sie wandte sich ab und ging hinüber, in ihr eigenes Büro. Auf ihrem Schreibtisch lag ein Berg von Akten. Wahrscheinlich hatte Hummel dies angeordnet, wieder irgendeine statistische Auswertung, doch das konnte warten. Zunächst wollte sie sich der Sache aus der Asservatenkammer widmen. Beim Aufziehen der untersten Schreibtischschublade meinte sie, einen muffigen Geruch wahrzunehmen und beim Hervorziehen der Plastiktüte überkam sie das dringende Bedürfnis, Handschuhe anzuziehen. Wurde sie seltsam? Sie öffnete die versiegelte Plastiktüte und zog das speckige, von Fettflecken überzogene Etwas hervor. Es handelte sich um den Wandkalender von Frau Hornung, der über dem Herd gehangen hatte. *Magie der Alpen 2019* war das Thema des Kalenders, und jeden Monat zierte ein anderer Gipfel der beeindruckenden Bergwelt den oberen Teil des Kalenders. Darunter waren die Wochentage, die reich gefüllt waren mit diversen Eintragungen, soweit man das Geschmiere als solches bezeichnen konnte. Mit spitzen Fingern klappte Theodora den Januar auf. Ein schneebedecktes Matterhorn war darauf zu sehen, wobei der Schnee mit orangeroten Spritzern verziert war. Rechts oben, unter einer Wolke, stand etwas geschrieben, was Theodora nicht entziffern konnte. Ein Wort schien Tomaten zu heißen, auch das Wort Oregano glaubte sie entschlüsseln zu können. Offensichtlich hatte Frau Hornung an einem Tag im Januar eine Tomatensoße zubereitet. Dies würde auch die Spritzer auf dem Matterhorn erklären. Die Wochentage wiesen keinerlei Einträge auf, mit Ausnahme eines undefinierbaren Gekritzels am zweiten Montag des Monats. Theodora betrachtete die Hieroglyphen nach allen Seiten. Waren dies Buchstaben? Eher nicht. Eine Zeichnung? Wenn ja, dann war es eine überaus abstrakte Zeichnung, in der sie, wenn überhaupt, am ehesten einen Flügel erkennen konnte. Der Februar zeigte einen schneebedeckten und tomatensoßenfreien Gipfel des

Mont Blanc und war ansonsten ebenso geziert mit Flecken und Spritzern aus Frau Hornungs Töpfen. Mit Ausnahme einer einzigen Telefonnummer fanden sich auch hier keine weiteren Einträge. Theodora notierte sich die Telefonnummer. Sie würde später versuchen herauszubekommen, wer sich hinter dieser Nummer verbarg.

Sie blätterte weiter in den März und stockte. Unter dem 25. März fand sie ein Gekritzel, das ihr bekannt vorkam. Schnell blätterte sie zurück in den Januar und siehe da, es war dasselbe Zeichen, das bereits am 14. Januar und am 18. Februar in den Kalender gekritzelt worden war. Sie zählte die Wochen. Es lagen exakt fünf Wochen zwischen den jeweiligen Terminen. Theodora grübelte. Was um alles in der Welt hatte dieses Zeichen zu bedeuten? Sie blätterte weiter durch den Kalender bis zum Monat August. Die monströsen Gipfel der Alpen interessierten sie nicht mehr, auch nicht die Fettspritzer und Flecken, die den Kalender bis zum August verunstalteten. Ab dem September wies der Kalender keinerlei Spuren mehr auf. Sämtliche Gipfel dieser Welt blieben fettfrei, verschont von Brunhilde Hornungs Kochkünsten, denn Brunhilde Hornung würde nie wieder kochen. Doch die geheimnisvollen Eintragungen zogen sich durch das ganze Jahr, der letzte Eintrag fand sich zwei Tage vor dem Tag, an dem man Brunhilde Hornung tot aufgefunden hatte, also am Tag ihres Todes. Dies war eine Erkenntnis, die sie traf wie ein Schlag. Frau Hornung musste einen Termin mit ihrem Mörder gehabt haben – und – Frau Hornung hatte ihren Mörder gekannt, denn er war nicht das erste Mal in ihrer Wohnung. Theodora nahm einen Zettel und schrieb alle Termine darauf, an denen die seltsame Zeichnung eingetragen war. Sie würde Hummel davon in Kenntnis setzen. Dies war eine Spur, die weiterverfolgt werden müsste. Sie klappte den fettigen Kalender zu, und steckte ihn zusammen mit dem Zettel in die Plastiktüte. Um diese Zeit würde er bestimmt schon in seinem Büro sein.

Auf dem Flur kam ihr Gerda entgegen, die ihr schon von Weitem zuwinkte. Die hatte ihr gerade noch gefehlt. Theodora hatte keine Lust auf ein Gespräch der bekannten Art, doch an Flucht war nicht mehr zu denken, denn es gab keinen Fluchtweg.

»Hallo Theodora, wohin geht's?«, fragte Gerda.

»Ich habe gar keine Zeit, ich bin auf dem Weg zu Hummel«, antwortete Theodora und versuchte an Gerda vorbeizugehen, doch diese hielt sie am Ärmel zurück.

»Sag mal, ist das wahr, was man so munkelt? Sally hat jetzt einen Verdächtigen im Fall *Tote Oma*?«

Bevor Theodora etwas erwidern konnte, fuhr Gerda auch schon fort: »Von der würde ich mir die Butter nicht vom Brot nehmen lassen, wenn ich du wäre. Diese freche Rotzgöre kommt sich vor wie der Käs, dabei stinkt sie nur.«

Theodora musste sich eingestehen, dass sie dies nicht ungern hörte. Was hat sich die Kollegin denn zuschulden kommen lassen, dass sie derart in Ungnade bei dir gefallen ist?«

»Das kann ich dir genau sagen,« antwortete Gerda schnell. »Meine Tochter ist wieder schwanger. Und ...«

»Also doch«, murmelte Theodora und setzte gleich hinzu: »Ich gratuliere! Wie viele Enkel sind es denn jetzt schon? Ich blicke bei dir langsam nicht mehr durch.«

»Bei mir musst du auch nicht durchblicken, ich bin ja nur die Oma. Aber egal. Also bei meiner Tochter ist es diesmal eine Risikoschwangerschaft, weißt du, sie ist erst in der zwölften Woche und da sieht man noch nicht so viel.«

»Ich verstehe jetzt nicht, was das alles mit Sally zu tun hat?«

»Na, die hat sich allen Ernstes auf einen Mutter-Kind-Parkplatz vor dem Supermarkt gestellt. Meine Tochter hat ihr klar gemacht, dass sie das nicht darf, sie hat ja gar keine Kinder. Und meine Tochter kann mit den schweren Tüten nicht so weit laufen, aber das war der blöden Kuh vollkommen egal!«

Theodora trat von einem Bein auf das andere. Das alles hier interessierte sie nicht im Geringsten.

»Entschuldige bitte, wenn ich dich unterbreche, aber ich muss dringend zu Hummel.«

»Ja aber wieso denn, wenn du doch mit dem Fall gar nichts mehr zu tun hast? Was ist das überhaupt, was du da unter den Arm geklemmt hast? Sieht ja reichlich vergammelt aus, unter uns gesagt.«

»Das, liebe Gerda, wollte ich ja eben mit Hummel besprechen, also lass mich jetzt bitte vorbei. Sie schob Gerda unsanft zur Seite und ging raschen Schrittes in Richtung Hummels Büro.

Sie klopfte, doch niemand antwortete. Ratlos blieb sie einen Moment stehen.

»Wollten Sie zum Herrn Kriminaloberrat?«, hörte sie eine junge Stimme fragen. »Ich bin eine der Praktikantinnen«, stellte sich die junge Stimme vor. »Ich assistiere der Sekretärin von Herrn Hummel, daher weiß ich, dass er heute den ganzen Tag wegen eines dienstlichen Termins außer Haus ist.«

Die Praktikantin drehte sich um und ging ohne eine Antwort Theodoras abzuwarten leichtfüßig weiter den Flur entlang, in Richtung Aufzug.

DIENSTAG AM FRÜHEN ABEND, WOHNUNG KLEIN, STUTTGART, ARTUSWEG

Nach der Niederlage vor Hummels Bürotür war Theodora dem Präsidium entflohen. Die inzwischen dritte Hitzeperiode dieses Sommers machte ihr zu schaffen. Sie fühlte sich ausgelaugt und kraftlos. Vor allem aber hatte sie nicht die leiseste Ahnung, wie weit die Ermittlungen in Murats Fall fortgeschritten waren. Sally hatte den »Fall« geradezu an sich gerissen und versorgte die Kollegen nur sehr spärlich mit Informationen. Außerdem schien sie der festen Überzeugung zu sein, in Murat einen der Täter in den ungeklärten Mordfällen vor sich zu haben. Bislang ignorierte sie die Tatsache, dass die gefundene DNA in beiden Fällen eine weibliche war. Vermutlich hatte sie inzwischen längst einen Abgleich von Murats Fingerabdrücken vornehmen lassen, über dessen Ergebnis sie Theodora nicht informiert hatte. Was also sollte sie Aylin sagen? Dass sie ihr nicht helfen konnte? Dass sie keinen Einfluss auf die Ermittlungen hatte? Sie dachte an das verheulte Gesicht von Aylin und daran, dass sie ihr am Morgen ihre Hilfe zugesagt hatte. Nur leere Versprechungen hatte sie abgegeben. Sie hoffte, Aylin heute nicht mehr begegnen zu müssen. *Das wird langsam zur traurigen Gewohnheit*, ging ihr durch den Sinn, als sie, wie so oft in letzter Zeit, vorsichtig die Haustür aufschloss und nach oben in ihre Wohnung schlich. Stickige, abgestandene Luft empfing sie. Aus dem Wohnzimmer roch es streng. Mephistos Stall müffelte. Es war höchste Zeit den Käfig einmal wieder zu reinigen und mit frischem Maisstreu oder Buchenholzgranulat auszulegen. Eine Ratte durfte weder Zugluft noch direkter Sonneneinstrahlung ausgesetzt werden. »Nur kurz, mein Kleiner, nur ganz kurz«, sagte sie zu Mephistos Käfig gewandt, und öffnete nacheinander die Fenster in Wohnzimmer und Küche. Ein kurzer, jedoch warmer Durchzug entstand. Er brachte zwar keine Kühlung doch für einen Moment eine etwas bessere Luft. Dann schloss sie die Fenster, zog die Vorhänge zu und ging hinüber ins Schlafzimmer, wo sie sich resigniert aufs Bett fallen ließ.

Von Unruhe getrieben stand sie kurz darauf wieder auf, ging an den Kühlschrank und holte sich die letzte Dose Weizenbier hervor. »Scheiße«, murmelte sie vor sich hin. Warum verdammt war sie nicht endlich einkaufen gegangen? Sollte sie das jetzt tun? Oder sollte sie zu Aylin, die mit Sicherheit auf sie wartete? Unschlüssig setzte sie sich an den Tisch, auf dem das Tarotdeck lag, und begann gedankenverloren die Karten zu mischen. Nicht mal einen Joint hatte sie mehr. Wann würden sie das Zeug endlich legalisieren? Sie entschied sich für eine kleine Legung, *Das Kreuz*, ein System, das vier Karten umfasste. Sie zog die Karten und legte sie verdeckt vor sich auf den Tisch. Dann drehte sie die erste Karte um. Die Karte zeigte den *Tod.*

Ein Skelett in schwarzer Ritterrüstung auf einem weißen Pferd, in der Hand ein schwarzes Banner, darauf eine weiße Rose. Ein Symbol des Lichts und Neubeginns. Was wollte ihr diese Karte sagen? Dass zuerst das Alte sterben musste, bevor etwas Neues beginnen konnte? War es tatsächlich so einfach und banal zu deuten? Aus beruflicher Sicht könnte es der Hinweis auf das Ende ihrer Laufbahn bei der Polizei sein. Andererseits könnte die Karte auch eine positive Bedeutung haben. Es könnte bedeuten, dass ihre Pechsträhne endete und ihr die Aufklärung der ungelösten Fälle gelingen würde, am besten zusammen mit dem Kollegen Eisele, und ohne Mitwirkung von Sally. Was die Liebe betraf, so ließ ihr diese Karte wenig Interpretationsmöglichkeit. Da war nichts Altes, das abgeschlossen gehörte aber auch nichts Neues, was am Entstehen war. Sie griff zur zweiten Karte, um diese umzudrehen, da klingelte das Telefon. Theodora seufzte. Wer das wohl sein mochte? Sie blieb sitzen und wartete. Endlich, das Klingeln hörte auf. Sie hatte keine Lust mehr, noch weitere Karten zu ziehen. Da klingelte das Telefon erneut. Sie wartete noch einmal, in der Hoffnung, es würde wieder verstummen, doch diesmal hörte das Klingeln nicht auf. Widerwillig erhob sie sich und ging hinüber zur Kommode, griff den Hörer und drückte die Sprechtaste. Noch bevor sie dazu kam ihren Namen zu nennen, bäffte bereits die bekannt verhasste Stimme Dr. Adicks durch das Telefon. Als sei der Apparat vergiftet, schaltete sie rasch den Lautsprecherknopf ein und stellte das Telefon vor sich auf den Tisch. Wie durch eine Nebelwand nahm sie die dahingeworfenen Worte in sich auf. *Vater, Krankenhaus, Lebensmittelvergiftung*. Sie kam erst zu sich, als Dr. Adick mit drohendem Unterton schloss: »Ich habe wahrhaftig genug für Ihren Vater getan. Jetzt sind Sie dran. Verdammt noch mal, kümmern Sie sich endlich um den alten Herrn.«

Das war wieder einmal typisch. Was nahm dieser eingebildete Arsch sich ihr gegenüber heraus. Das war das eindeutige Resultat dessen, wie ihr Vater bei anderen über sie zu sprechen pflegte. Die Galle schoss ihr in den Schlund. Auch das noch, sie hatte einen Reflux entwickelt! Der Alte hatte nicht unerheblich mit dazu beigetragen, dass sie wurde, wie sie war. Eigenbrötlerisch, und mit wenig Empathie. Er war der Lehrmeister gewesen, der ihr immer wieder eingebläut hatte, niemandem zu vertrauen. Nicht zuletzt darum war sie ohne Partner geblieben. Je älter ihr Vater geworden war, desto mehr hatte er sich von ihr zurückgezogen. Erst recht nach dem Tod ihrer Mutter. Sie hatte nie verstanden, was sie dem Alten eigentlich getan hatte, außer vielleicht, dass sie nur ein Mädchen geworden war. Doch der Kelch würde nicht an ihr vorübergehen, sie würde sich ihm stellen müssen, gleich morgen. Vielleicht würde er ja etwas brauchen. Einen Schlafanzug vielleicht, oder sein Rasierzeug. Da fiel ihr auf, dass sie nicht einmal wusste, wie sich ihr Vater rasierte, mit einem Apparat oder nass, mit Pinsel und Schaum. Sie stand auf und begann rastlos durch ihre Wohnung zu gehen. Im Schlüsselkasten hing der alte Schlüssel zu ihrem Elternhaus, es war allerdings anzunehmen, dass ihr Vater inzwischen ein neues Schloss hatte einbauen lassen. Auch würde es ihm sicher nicht gefallen, wenn sie einfach ohne seine Anwesenheit sein Allerheiligstes betrat. Theodora raufte sich die Haare. Nun hätte ihr ein kühles Glas Wein gutgetan, das letzte Bier in der Dose reizte sie wenig. Eigentlich hatte sie das Haus heute nicht mehr verlassen wollen, bei der Hitze, die selbst am Abend noch herrschte. Am liebsten wäre sie jetzt nach oben gegangen zu Aylin, selbst ein heißer Schwarztee wäre jetzt besser als gar nichts. Doch zu Aylin konnte sie, solange die Sache mit Murat nicht geklärt war, nicht gehen. Plötzlich hatte sie das Gefühl, völlig von der Rolle zu sein. Sie musste ihre Gedanken sortieren. Der Penny Markt gegenüber hatte bis Mitternacht geöffnet und er hatte so viel Bier zu verkaufen, dass bestimmt noch ein Sixpack für sie übrig wäre. Das war das Erste, was sie nun tun würde. Sie griff ihren Schlüssel, warf ihren Geldbeutel in die Umhängetasche und machte sich auf den Weg.

Im überfüllten Supermarkt schlug ihr die Eiseskälte der Klimaanlage entgegen. Kaum zu glauben, wie viele Leute um diese Zeit unterwegs waren. Das helle Neonlicht brannte in ihren Augen. Schnurstracks ging sie hinüber in die Getränkeabteilung, in der ein junger Mann gerade dabei war, die sämtlichen verbliebenen Mineralwasserbestände zu plündern. Auf ihre Bitte, sie vorbeizulassen, reagierte er nicht, so schob sie ihn kurzerhand zur Seite, um an das Regal mit dem Weizenbier zu kommen. Im Augenwinkel konnte sie sehen, dass er ihr den Stinkefinger zeigte. Die Hitze machte offensichtlich entweder lahm oder aggressiv, dazwischen schien es nichts zu geben. Murat würde jetzt sagen, das geht mir am Arsch vorbei, dachte sie und sofort war das schlechte Gewissen wieder da. Hätte sie nicht doch vielleicht etwas für den Jungen tun können? An der Kasse reihte sie sich in die Schlange der schlecht gelaunten Menschen ein und kramte ihr Geld hervor. Die Hitze schlauchte offensichtlich nicht nur sie. Als sie den Supermarkt verließ, war es, als beträte sie eine Sauna. Auf der Straßenseite gegenüber steckte ein alter Mann bis zum Oberarm in einem Mülleimer. Theodora wusste, er war auf der Suche nach Nahrung. Sie hatte ihn hier schon öfter gesehen. Rasch ging sie über die Straße. In dem Moment zog er ein vergammeltes Stück Pizza aus einer aufgeweichten Schachtel. Im Affekt schlug sie ihm auf den Arm und er ließ die Pizza fallen. Erschrocken blickte er sie aus trüben Augen an.

Bevor er etwas sagen konnte, griff sie in ihre Tasche und zog einen Zehneuroschein hervor.

»Hier, nimm das«, sagte sie, »und geh rüber zum Dönerstand. Für das Geld kannst du dir sogar zwei davon kaufen.«

Dann ließ sie ihn, der nicht zu verstehen schien, was soeben geschehen war, stehen, und ging so schnell sie bei der Hitze vermochte, nach Hause.

Sie blickte auf ihre Unterarme. Aufgequollen, rot und fleckig, brannten sie. Es brannte überall auf ihrer nackten Haut. Wie lange sie schon unter der heißen Dusche stand, wusste sie nicht. Sie hatte jedes Gefühl für Raum und Zeit verloren. Sie hatte geschwitzt, gestunken. Gestunken wie ein Tier, das sich in Exkrementen gewälzt hatte. Sie musste das Wasser abstellen, bevor sie sich die Haut vollends vom Leib pellen konnte. Doch sie stank. Stank noch immer. Sie roch es. Roch sich selbst. Jeder konnte riechen, wie sehr sie stank. Sie brauchte ihre Tabletten. Wie viele davon hatte sie noch? Wie lange würden sie noch reichen? Wenn sie sparsam damit umging, vielleicht noch einen Monat? Länger ganz sicher nicht. Wieder war sie um zwei Uhr aufgewacht, hatte nicht mehr in den Schlaf gefunden. Das Bettlaken war völlig durchnässt gewesen. Was hatte sie getan? Wie sollte sie jemals mit dieser Schuld leben können? Nie! Mörderin schrien die Stimmen in ihr, inzwischen auch bei Tag.

Theodoras Traum

Der Turm brennt. Flammen regnen. Blitze durchzucken den nächtlichen Himmel, Rauch und Feuer lodern, spucken den Narren aus. Kopfüber stürzt er in die Tiefe. Vom Galgen baumelt der Gehängte. Er trägt die Züge ihres Vaters, starrt mit toten Augen auf den Untergang der Welt. Theodora rennt, flieht vor der Hitze. Die Glut unter ihren nackten Füßen verbrennt ihre Haut. Leuchtende Schlangen winden sich um ihren Leib, klettern an ihr empor, legen sich um ihren Hals, es gibt kein Entrinnen. Ersticken. Finsternis. In der Ferne sieht sie ein Leuchten. Theodora tritt näher. Ein Thron, verziert mit Granatäpfeln und Palmen erstrahlt in goldenem Licht. Zwei Säulen, eine schwarze und eine weiße, stehen links und rechts des Throns. Langsam, ehrfurchtsvoll nähert sich Theodora. Eine Frau sitzt auf dem Thron. Den Kopf gesenkt, hält sie den Blick auf den Boden gerichtet. Langsam hebt sie die Hand, deutet in eine andere Richtung. Theodora dreht sich um und blickt auf den Gipfel eines verschneiten Berges. Ein Mann in einem langen grauen Mantel hält sein Gesicht unter einer Kapuze versteckt. In der linken Hand hält er einen Stab. Er stützt sich darauf. Sein Weg ist schwer, lang und einsam, es ist der Eremit. Dann hebt er den Kopf, sieht herüber zu Theodora, sie erstarrt. Der Eremit hält eine Karte in Händen, sie zeigt den Tod. Doch das Gesicht des Eremiten trägt die Züge Gabriele Engels …

Fragen über Fragen

Theodora erwachte nur langsam aus ihrem Traum. Regungslos lag sie noch immer wie betäubt in ihren Kissen. Das Geträumte lastete schwer auf ihr. Ungewollt hatte sie eine Reise unternommen. Eine Reise in ihr Unterbewusstsein, wie damals vor vielen Jahren, als ihr auf einer schamanischen Trommelreise der Weg zur Lösung eines ähnlich hoffnungslosen Falls gewiesen wurde. Was wollte dieser Traum der letzten Nacht ihr sagen? Wie sollte sie ihn deuten? Langsam richtete sie sich auf. Gestern Abend hatte sie sich die Karten gelegt. Sie hatte den Tod gezogen. Dann hatte das Telefon geklingelt und Herr Dr. Adick, der giftige Pinscher, hatte sie an ihre Pflichten als Tochter erinnert. Im Anschluss an das unerfreuliche Gespräch hatte sie Bier getrunken. Wahrscheinlich zu viel, wie sonst sollte sie sich die stechenden Kopfschmerzen erklären? Wie war sie ins Bett gekommen? Die Karten hatten im Traum zu ihr gesprochen. Vor dem Turm fand sie kein Entrinnen. Vom Lichtblitz getroffen wurde sein Dach abgerissen, Flammen regneten und zogen

Menschen mit sich in den Abgrund. Sie wusste um die Symbolik dieser Karte, die nicht nur Unheil bedeutete, im Gegenteil, sie konnte auch daraus deuten, dass alte Strukturen für immer zusammenbrechen würden. Theodora seufzte. War dies vielleicht die Botschaft, dass alte Weltbilder brechen und für immer vom Feuer verschluckt werden? Würde das die Befreiung von ihrem Vater verheißen? War sie selbst die Hohepriesterin auf ihrem Thron? War sie die weise Frau, die auf ihr Wissen, ihren Glauben, vor allem aber auf ihre Intuition vertraut? Wollten die Karten ihr dies sagen? Der Eremit zeigte ihr den Tod. Er brachte damit seinen unbändigen Schmerz zum Ausdruck. Seinen Wunsch sich zu betäuben, ja vielleicht sogar, sich zu töten und warum trug der Eremit, das Sinnbild für Einsamkeit, das Gesicht von Gabriele Engel?

MITTWOCH, 28. AUGUST

8.50 Uhr, Wohnhaus Theodoras Vater

Ein Blick auf die Uhr sagte ihr, dass es nur eine schnelle Tasse Kaffee im Stehen sein würde, die sie sich heute Morgen gönnen konnte. Ihr Kopf und ihre Beine waren schwer wie Blei, doch ihre To-do-Liste war lang. Zunächst würde sie das Haus ihres Vaters aufsuchen müssen, wovor ihr graute. Danach ins Krankenhaus und irgendwann schließlich wieder ins Büro. Und dann war da der Abend. Sie hatte Gabrieles Einladung angenommen. Gabriele Engel, die Eremitin. Sie versuchte den Gedanken zu verdrängen, es gelang ihr nicht. Immer wieder schob sich das Gesicht Gabrieles vor ihr inneres Auge. Sie brauchte einen klaren Kopf. Das, was zuerst auf ihrem Plan stand, würde schwer genug werden. Mit einem Kribbeln im Bauch stieg sie auf ihr Fahrrad. Was würde sie im Haus ihres Vaters erwarten? Schon von Weitem sah sie Herrn Dr. Adick in seinem Vorgarten mit der Heckenschere herumhantieren. Unweigerlich ertappte sie sich bei dem Wunschgedanken, er möge sich beim Rosenschneiden den Finger abzwicken. Sie tat, als habe sie ihn nicht gesehen. Als sie vom Fahrrad abstieg, hatte er bereits das Wort an sie gerichtet und ihr grußlos zugerufen, ihr Vater läge im Katharinenhospital. Sie dankte ihm knapp und ging rasch zur Haustür. Der Schlüssel klemmte. Sollte ihr Vater etwa vor lauter Misstrauen ihr gegenüber tatsächlich ein anderes Schloss angebracht haben? Es würde zu ihm passen. Wie Nadelstiche fühlte sie die Blicke des Nachbarn in ihrem Rücken. Endlich, das Schloss gab nach und die Tür öffnete sich. Sofort stieg ihr ein säuerlich fauler Geruch in die Nase. Langsam zwang sie sich hinein in das Dunkel ihres Elternhauses. Wie beim letzten Mal lagen im Flur – achtlos dahingeworfen – Schuhe, vom sommerlichen Slipper bis zum winterlichen Halbschuh war alles dabei. Um durch den Flur in die Stuben zu gelangen, musste sie zuerst alles auf die Seite schieben. Es war ihr ein Rätsel, wie es sein konnte, dass ihr Vater noch nie in seinem Haus gestürzt war, bei all den Hindernissen, die hier herumlagen. Beklommen setzte sie ihren Weg fort, hinüber ins Wohnzimmer. Als sie einen Blick hineinwagte, blieb ihr beinahe das Herz stehen. Wann hatte sie zuletzt in einer menschlichen Behausung eine ähnliche Situation angetroffen? Ihr fiel nur der tote Messie ein, der im vergangenen Jahr in seiner Wohnung aufgefunden wurde, nachdem Nachbarn einen eindringlichen Geruch im Treppenhaus festgestellt hatten. Plötzlich fühlte sie so etwas wie Mitleid mit ihrem Vater. Er war ganz offensichtlich ähnlich einsam, wie es der tote Messie gewesen war. Doch hatte er nicht selbst schuld daran? Wie oft hatte sie ihn besuchen wollen in den vergangenen Jahren und wie oft hatte er sie wissen lassen, dass er sie nicht sehen wollte? Entsetzt ging sie durch die Räume. Aus der Waschküche quoll ihr ein stinkender Berg Wäsche entgegen, undefinierbar, um was es sich dabei alles handelte. Das Waschbecken war voll gelber Flecken. Es roch nach Urin. Theodora schüttelte es bei dem Gedanken, ihr Vater könnte aus Bequemlichkeit in das Waschbecken gepinkelt haben. Immerhin lag die Waschküche der Stube näher als die Toilette. Auf dem Tisch in der Stube stapelten sich Teller, auf denen Reste von irgendetwas vor sich hin verwesten. Auf grün schillernden Fleischresten saßen dicke Fliegen, die erschrocken aufflogen und brummend das Weite suchten, als Theodora sich ihnen näherte. Tüten aus irgendwelchen

Supermärkten lagen überall in der Wohnung verteilt. Theodora hob eine davon auf, in dem Moment explodierte ein Becher Buttermilch, der sich in der Tüte befand und bespritzte Theodora. Sie würgte, im Versuch ihren Brechreiz zu bekämpfen. Der einzig freie Platz fand sich auf dem alten Ohrensessel, der noch ihren Großeltern gehört hatte. Darauf lag ein speckiges, zusammengedrücktes Kissen. In eine Ecke des Zimmers hatte ihr Vater Zeitungen, Werbeprospekte und ungeöffnete Briefe einfach auf den Boden geworfen. Sie zog einen hervor. Es war ein Kontoauszug seiner Bank. Das Datum des Poststempels verriet ihr, dass der Umschlag seit fünf Monaten hier herumlag. Doch der stechende Geruch, den sie gleich am Eingang wahrgenommen hatte, kam eindeutig aus der Küche. Das Bild, das sich ihr hier bot, konnte entsetzlicher kaum sein. Ein weiterer Berg ungewaschenen Geschirrs stapelte sich im Spülbecken und auf der Geschirrablage. Sie zog die Klappe der Spülmaschine auf und hielt sich sofort die Hand vors Gesicht. Ein dicker, grün-weißer Pelz durchwob die gesamte Maschine, auf deren Grund eine oxidierte Gabel lag, zwischen deren Zacken ebenfalls der Schimmel wucherte.

Selbst die einzige Wurst, die sie im Kühlschrank finden konnte, war verschimmelt. Ursprünglich musste es sich wohl um eine Fleischwurst gehandelt haben. Daneben ein halb leeres, vertrocknetes Glas mit Senf sowie ein überreifer Camembert. Im Seitenfach des Kühlschranks standen zwei Flaschen Obstwasser, eine davon fast leer. Theodora griff nach der ungeöffneten Flasche, schraubte sie auf und nahm einen großen Schluck daraus. Der Fusel brannte wie Feuer auf dem Weg hinunter in ihren Magen. Nein, so konnte das nicht weitergehen. Ihr Vater würde sich querstellen, das wusste sie, er würde alles boykottieren, was sie unternehmen würde, sie kannte ihn. Sie kannte ihn gut! Einen Raum hatte sie bis jetzt nicht betreten. Das Schlafzimmer. Sie starrte auf das Bett, das Sterbebett ihrer Mutter. Sie schloss die Augen und sah ihre Mutter darin. Tot, mit ausdruckslosem Gesicht und eingefallenen Lidern. Sie schüttelte sich und ging hinüber zum Kleiderschrank um ihn zu öffnen. Nach einigem Suchen fand sie schließlich zwei Kleidungsstücke, die entfernt an einen Schlafanzug erinnerten. Rasch stopfte sie alles in ihre Tasche und verließ fluchtartig dieses Zimmer. Im Bewusstsein, dass ab nun viel Ärger vor ihr lag, verließ sie schließlich das Haus ihres Vaters. Zum Glück hatte Dr. Adick seine Rosenpflege inzwischen abgeschlossen, er war jedenfalls nicht mehr zu sehen.

Unruhig ging sie durch die Wohnung. In der Hand hielt sie eine angebrochene Packung kleiner gelber Pillen. Diese Pillen, mit deren Hilfe es ihr in den letzten Jahren gelungen war, sich über Wasser halten zu können. Mit deren Hilfe es ihr überhaupt möglich gewesen war, nach außen hin als eine halbwegs normale Frau zu erscheinen. Eine Frau, die ihre überwiegend älteren Kundinnen zu Hause aufsuchte, um sie zu verwöhnen. Es hatte ihre ganze Kraft gefordert, all die Jahre. Irgendwann spürte sie, dass diese Kraft sich erschöpfte. Sie unternahm nichts. Sie machte weiter. Einfach so. Ignorierte, dass sich langsam die Wut einschlich. Und die Ohnmacht. Ohnmacht, gegen all das anzugehen. Hilfe suchte sie bei niemandem. Das Vertrauen zu den Menschen war ihr abhandengekommen. Bis jetzt. Doch es war ausweglos. Es gab kein Entrinnen für sie. Sie hatte ihr Schicksal selbst besiegelt. Als sie das erkannte, wurde sie ganz ruhig. Sie ging hinüber in das verschlossene Zimmer. Sie nahm ein Streichholz und zündete eine Kerze an. Sie war müde. Unendlich müde.

11.30 Uhr, Wohnung Klein, Stuttgart, Artusweg

Rinnsale liefen Theodoras Rücken entlang, als sie auf ihr Fahrrad stieg. Sie schwitzte, doch es fühlte sich trotz der Hitze kalt an. »Das kommt von den Nerven«, hatte ihre Mutter immer gesagt, wenn sie stark schwitzte, was sie oft tat. Tatsächlich hatte ihre Mutter im Alter Depressionen entwickelt, was Theodora nie gewundert hatte. Im Gegenteil, sie hatte ihre Mutter bewundert, wie sie es über all die Jahre geschafft hatte, das Ekelpaket, das ihr Vater schon immer gewesen war, zu ertragen. Ja, sie war wohl mit den Nerven am Ende. War das ein Wunder? Sie klammerte sich am Griff ihres Lenkers fest, bis das Weiß ihrer Fingerknöchelchen hervortrat. Auch die Zähne presste sie zusammen, bis sie einen Krampf in den Kiefer bekam. Sie war kopflos losgefahren, hatte einem von rechts kommenden Lieferwagen die Vorfahrt genommen und war nur dank der Geistesgegenwart des Fahrers heil davongekommen. Dass er heftig hupte und ihr den Vogel zeigte, konnte sie ihm wahrhaftig nicht verübeln. Wütend trat sie in die Pedale. Sie musste zuerst nach Hause und duschen. Als sie, kurz bevor sie das Haus verlassen hatte, einen letzten Blick in die Toilette ihres Vaters geworfen hatte, war es beinahe vorbei gewesen mit ihrer Beherrschung. Zum Glück nur beinahe, sonst hätte sie sich an Ort und Stelle übergeben.

Zu Hause angekommen stellte sie das Fahrrad rasch ins Treppenhaus und eilte die Stufen zu ihrer Wohnung nach oben. Aylin war bei der Arbeit, sie hatte also nicht zu befürchten, dass sie ihr begegnete. Theodora warf die Tür hinter sich zu, rannte in das Badezimmer, griff nach ein paar Handtüchern und zwei Waschlappen und stopfte sie in die Tasche zu dem Schlafanzug. Seife, Duschbad und eine neue Zahnbürste würde sie auf dem Weg ins Krankenhaus besorgen. Dann zog sie sich aus und warf ihre Klamotten in den Waschkorb im Badezimmer. Sei hatte das Gefühl zu stinken. Das ph-neutrale Duschbad würde heute nicht genügen. Der Geruch nach Urin, verfaulten Essensresten und Schimmel schien an ihr zu kleben, sich in ihren Haaren, in ihren Locken, eingenistet zu haben. Sie öffnete ihren Badezimmerschrank. Hinter den Handtüchern fand sie eine alte Tube *Roma*-Duschbad. Das war der Lieblingsduft ihrer Mutter gewesen und aus irgendwelchen sentimentalen Gründen hatte sie damals diese Tube mitgenommen und in ihrem Schrank hinter den Handtüchern versteckt. Sie schraubte den Verschluss ab und sofort war er da, der Geruch ihrer Mutter. Süß und schwer. Viel zu süß und viel zu schwer für sie, doch genau richtig, um sich den Gestank aus den Poren zu schäumen! Sie stieg in die Dusche, gleich darauf schoss das Wasser kalt aus dem Duschkopf. Sie zuckte zusammen. Das war nicht angenehm, doch es half, die Gedanken zu sortieren. Der Aufenthalt im Haus ihres Vaters hatte sie völlig aus der Fassung gebracht. Sie musste sich beruhigen, klaren Verstand walten lassen. Verdammt noch mal. Der Alte war selbst schuld an seiner Situation. Sie musste sich keinerlei Vorwürfe machen. Der Schaum des noch immer intensiv duftendenden Duschbades fühlte sich angenehm an, kleine Bläschen flogen schillernd durch die Duschkabine und erinnerten Theodora an einen Nachmittag in ihrer Kindheit. Sie war mit ihren Eltern im Zoo gewesen. An einer Ecke hatte ein Clown gestanden und aus einer großen Flasche Pustefix Seifenblasen in die Luft geschickt, die in der Sonne tanzten. Eine davon war auf ihrer Nase gelandet und geplatzt. Sie hatte gekichert, weil das so gekitzelt hatte, und ihre Eltern hatten sich angesehen und gelacht. Wie lange war das her? Sie stieg aus der Dusche, rubbelte sich ab und zog sich eine frische gelbe Leinenbluse und die dazu passende Hose an. Langsam beruhigte sie sich. Sie ging hinüber zu Mephisto, warf ihm ein paar Körner in die Schüssel und füllte das Wasser auf. Sie vermied, ihm in die Augen zu sehen. Er war das einzige Wesen, das sein Leben mit ihr teilte. Und sie vernachlässigte ihn sträflich.

Sie blickte zur Uhr. Die Zeit zerrann ihr unter den Händen, sie musste los.

13.45 Uhr, Katharinenhospital, Stuttgart

Kurz vor zwei traf Theodora in der Klinik ein. Am Hauptbahnhof war sie ausgestiegen, um beim Drogeriemarkt noch das Notwendigste für ihren Vater einzukaufen. In der S-Bahn hatte die Luft gestanden, eine Schwangere hatte einen Schwächeanfall erlitten und musste, gestützt von zwei jungen dunkelhäutigen Männern, hinausgebracht werden.

Inzwischen hatte Theodora die Klinik erreicht. Auch hier befand man sich, wie rund um den Hauptbahnhof, auf einer Großbaustelle. Sie ging durch die Drehtür und prallte mit einem männlichen Ganzkörpertattoo zusammen.

»Hey, siehst wohl nicht gut!«, maulte er und zog müde seinen Infusionsständer und eine kalte Rauchfahne hinter sich her.

»Na so krank kannst ja wohl nicht sein, wenn du noch rauchen kannst«, maulte Theodora zurück und steuerte den Informationsschalter an. Eine gestresst wirkende Dame hinter der Scheibe diskutierte mit einer Kollegin offensichtlich über einen kurzfristig geänderten Dienstplan. Von Theodora nahm sie keine Notiz.

»Entschuldigung«, Theodora trommelte mit dem Finger auf den Tresen. Die Dame drehte den Kopf und sah Theodora genervt an.

»Ich möchte zu meinem Vater«, fuhr Theodora ohne Umschweife fort.

»Name?«

»Klein. Er ist gestern Abend mit einer Lebensmittelvergiftung eingeliefert worden. Können Sie mir bitte sagen, auf welcher Station er liegt?«

Die Dame tippte den Namen ihres Vaters in ihre Tastatur und schaute auf den Bildschirm. Dann riss sie wortlos einen kleinen Zettel von einem Block, der vor ihr lag, kritzelte das Stockwerk und die Zimmernummer darauf und legte es vor Theodora auf die Ablage. Dann drehte sie sich um und diskutierte weiter mit ihren Kollegen. Theodora bedankte sich, schnappte den Zettel und ging zum Aufzug, vor dem sich eine Menschenschlange gebildet hatte. Es dauerte ewig, bis sich eine Tür öffnete. Der Aufzug war voll, nur zwei Patienten fanden Platz darin, die anderen mussten warten, bis der nächste Aufzug kam. Es war immer dasselbe mit den Aufzügen in den Krankenhäusern, es war zum Kotzen. Nach einer gefühlten Ewigkeit gelang es Theodora, mit nach oben auf die *Innere Abteilung* zu fahren, die sich im sechsten Stock befand. Auch hier wuselte es auf den Fluren. Theodora steuerte auf den Tresen zu, an dem sich zwei Krankenschwestern über den Befund eines Patienten unterhielten.

»Entschuldigung«, sagte Theodora, »ich suche Herrn Klein. Wo genau bitte ist das Zimmer?« Die beiden Schwestern sahen sich erschrocken an.

»Einen Moment«, sagte die Kräftigere der beiden. »Ich muss kurz den Chef holen.«

»Ist es so schlimm um meinen Vater bestellt?«, fragte Theodora nun doch in Sorge. »Nein«, sagte die andere Schwester und senkte verlegen den Blick. »Es ist nur …«

Weiter kam sie nicht, der zuständige Oberarzt bog gerade um die Ecke.

»Frau Klein?, Theodora Klein?«, fragte er mit strenger Stimme.

»Ja, das bin ich.« Allmählich wurde ihr nun doch etwas mulmig.

»Frau Klein, es ist so …«, dozierte der Herr Oberarzt, »… Ihr Vater hat hier bei uns auf Station schriftlich hinterlegt, dass wir Sie auf keinen Fall … auf gar keinen Fall, zu ihm lassen sollen. Er möchte Sie nicht sehen. Nicht jetzt und nicht irgendwann, Sie verstehen?«

»Aber …«, stammelte Theodora.

»Es tut mir wirklich leid Frau Klein. Wir haben den Wünschen und Anordnungen unserer Patienten Folge zu leisten. Daher bitte ich Sie, nun auch zu gehen.«

Obwohl es sie nicht verwunderte, dauerte es doch eine ganze Weile, bis Theodora begriff, was ihr hier gerade geschah. Sie stand da wie ein begossener Pudel und wurde einmal mehr in ihrem Leben von ihrem Vater abgewatscht. Diesmal hatte es der gelackte Oberarzt für ihn übernommen. Wie sie den Alten hasste, sollte er doch verrecken in seinem Dreck! Und Herrn Dr. Adick würde sie es auch noch ordentlich geben. Sie konnten sie alle mal. Sie griff in ihre Tasche, zog den Beutel hervor, den sie für ihren Vater gerichtet hatte, und legte ihn vor den Augen der Schwestern auf den Tresen. »Hier drin sind ein paar Sachen für meinen Vater, er wird es brauchen. Wenn er es sich doch anders überlegen sollte, dann soll er sich melden.« Mit dem Gefühl, von den Blicken der Schwestern durchbohrt zu werden, drehte sie sich um und ging zurück in Richtung Aufzug.

Es war halb drei und sie musste ins Büro. Nicht auszudenken, wenn sie heute auch noch von Hummel einen Anschiss kassierte. Sie kämpfte mit den Tränen, das war neu an ihr! Der Aufzug kam sofort und sie drückte Erdgeschoss.

Im zweiten Stock hielt er an, die Tür öffnete sich und ein anderer Besucher trat hinein …

»Frau Klein, Sie hier im Krankenhaus?«, fragte Eisele verblüfft.

»Ja, Eisele, ich hier im Krankenhaus«, antwortete Theodora knapp und trat einen Schritt zur Seite, um einem älteren Patienten im Rollstuhl Platz zu machen, der von einer jungen Frau hereingeschoben wurde. Liebevoll tätschelte er deren Hand. Theodora schluckte. Vermutlich handelte es sich hier um Großvater und Enkelin. Sie wischte sich über die Augen. Der Aufzug setzte sich in Bewegung. Ein Stockwerk tiefer hielt er an.

»Einen schönen Tag Ihnen beiden«, sagte die junge Frau freundlich und schob den älteren Herren hinaus. Wieder schloss sich die Tür, und Theodora und Eisele fuhren zusammen hinunter.

»Geht es Ihnen nicht gut?« fragte Eisele, noch bevor sie das Erdgeschoss erreicht hatten.

Theodora schaute ihn entgeistert an.

»Ich meine, ganz ehrlich Frau Klein, Sie sehen aus, als hätten Sie soeben ein Gespenst gesehen.«

»Der Vergleich ist nicht einmal so schlecht.«

»Wie meinen Sie das?«

»Ich habe meinen Vater besucht«, klärte ihn Theodora auf.

»Und Sie Ihre Mutter, nehme ich an?«

»Ja«, antwortet Eisele und verzog auf seltsame Weise den Mund.

»Wie geht es ihr inzwischen?«, wollte Theodora nun doch wissen.

»Ach Chefin.« Eisele seufzte tief.

»Chefin?«, Theodora lachte kurz auf. »So haben Sie mich ja noch nie genannt, aber das ist gut, nur weiter so.«

»Frau Klein …«, stammelte Eisele und vergrub seine Hände

in den Hosentaschen. Er war zum Modell der olivgrünen Cordhose zurückgekehrt. »Frau Klein, ich muss dringend etwas mit Ihnen besprechen.«

»Das ist jetzt ganz schlecht Eisele, ich sollte längst in meinem Büro sein?«

Eisele schwankte, als würde er gleich aus seinen Sandalen kippen.

»Ich weiß«, sagte er leise und senkte seinen Kopf, auf dem es verdächtig glitzerte. Sein Haarkranz war inzwischen noch spärlicher geworden. »Und es tut mir auch leid.«

»Was tut Ihnen leid und was wollen Sie mir denn so Wichtiges mitteilen?«

»Also … meine Mutter ist ja jetzt erst mal hier und ich, ich bin …«

»Eisele, gacksen Sie nicht so herum, ich habe nicht ewig Zeit.«

»Ich bin erst mal in den *Roten Flamingo* gezogen …!«

»In den *Roten Flamingo*? Sagen Sie nicht, Sie sind zu ihrer Kuttel-Queen gezogen!«

»Doch, genau das bin ich und das ist auch schon der springende Punkt«, ereiferte sich Eisele, als der Fahrstuhl im Erdgeschoss hielt und sie beide frei ließ.

»Hätten Sie nicht ein paar Minuten Zeit, vielleicht auf eine Tasse Kaffee drüben in der Cafeteria?«

Theodora blickte auf die Uhr im Eingangsbereich. Es war bereits halb vier. In dreieinhalb Stunden sollte sie bei Gabriele Engel sein. Zuvor musste sie unbedingt noch in die Dienststelle. Sie schüttelte mit dem Kopf. Eisele machte ein betrübtes Gesicht.

»Gut, von mir aus, das müssen Sie mir dann aber auf die Schnelle erzählen, ich habe nämlich wirklich keine Zeit. Heute habe ich keine Zeit, aber ich verspreche Ihnen, wir holen das nach. Also, um was geht's?«

»Frau Klein …, Frau Klein …, ich wollte, dass Sie es als Erste erfahren.«

»Eisele, Sie wollen mir jetzt aber nicht sagen, dass Sie Ihre Bordsteinschwalbe heiraten werden?«

»Nein, ganz so weit ist es noch nicht«, ereiferte sich der Kollege. »Wobei ich sagen muss, dass der Gedanke so abwegig gar nicht ist. Zunächst wollen wir uns selbstständig machen.«

»Wie bitte? Wollen Sie etwa unter die Callboys gehen? Oder wechselt Ihre Rotlicht-Lady zur Polizei?« Theodora lachte und zog die Augenbrauen nach oben.

»Bitte machen Sie sich nicht lustig über uns und reden Sie nicht so abfällig von meiner Chantal!«

»Hach Eisele, machen Sie sich nicht ins Hemd. Nur weil sie Ihnen einmal den Arsch gerettet hat. Sie ist und bleibt eine Prostituierte, vergessen Sie das nicht! Und jetzt entschuldigen Sie mich, ich muss gehen. Ich habe eine Verabredung heute Abend und zuvor muss ich noch ins Büro.«

»Da ist aber noch etwas …«

»Ein anderes Mal, Eisele, wirklich, ein anderes Mal.«

Auf dem Weg zur Dienststelle ließ sie sich das Gespräch mit Eisele noch einmal durch den Kopf gehen. Wieder einmal hatte sie ihn nicht ausreden lassen. Irgendetwas war da noch gewesen, was er ihr gerne gesagt hätte, doch ihre Zeit hatte es nicht zugelassen. Sie würde später noch einmal das Gespräch mit ihm suchen. Eisele hatte ihr fast leidgetan, wie er so unbeholfen vor ihr gestanden hatte, doch sie selbst war mindestens genau so hilflos im Umgang mit diesen »neuen« Gefühlen, die sie ihm seit ihrem Gespräch vor zwei Tagen entgegenbrachte. Waren tatsächlich erst zwei Tage vergangen seit diesem Gespräch? Die Zeit raste, alles schien sich zu überschlagen.

16.30 Uhr, Polizeidienststelle, Stuttgart

Die Uhr im Foyer zeigte bereits auf halb fünf, als Theodora durch die Eingangstür ging. Sie nahm den Aufzug und fuhr in den vierten Stock. Auf dem Flur herrschte Dunkelheit. Wie im tiefsten Süden waren sie in den vergangenen Wochen auch im Ländle überall dazu übergegangen, am Tag die Fenster zu verdunkeln so gut es ging, um der gnadenlosen Hitze Einhalt zu gebieten, was nur bedingt gelang. Stattdessen stand der Mief auf allen Fluren.

»Verdammt«, hörte sie die Stimme Sallys aus deren Büro. Von Neugier getrieben, klopfte Theodora an die angelehnte Tür und trat ohne auf ein *Herein* zu warten ein.

Sally kroch unter ihrem Schreibtisch herum und sammelte einen Stapel hinuntergefallener Blätter ein.

»Kannst du verdammt noch mal nicht warten, bis ich sage, dass du reinkommen kannst?«, fauchte Sally und sortierte weiter Seite um Seite.

»Dieses Scheißding wedelt mir alles vom Tisch, wenn jemand die Tür aufmacht und es einen Durchzug gibt«, sagte sie mit heiserer Stimme und wies auf den Ventilator, der auf höchster Stufe surrte. »Und eine Sommergrippe habe ich auch bekommen von dem Ding.« Sie hustete demonstrativ.

»Ich wollte eigentlich nur fragen, wie weit du in der Sache mit Murat gekommen bist. Aber wenn es im Moment schlecht ist, dann gehe ich wieder, ich habe sowieso nur wenig Zeit.«

»Na ja, du scheinst es hier ja inzwischen nicht mehr allzu ernst zu nehmen«, konterte Sally und kroch nun endlich mit den vormals weißen Blättern unter dem Tisch hervor.

»Wie meinst du das?«, fragte Theodora spitz.

»Also wie kannst du so fragen? Hast du etwa bereits eine so gestörte Selbstwahrnehmung, dass du nicht mehr mitbekommst, was die Kollegen hier so über dich reden?«

»Was meinst du damit, *über mich reden*? Immer raus mit der Sprache, ich möchte das jetzt wissen.« Wie sie diese tätowierte Schnepfe ankotzte.

Sally hatte inzwischen auf ihrem Bürostuhl Platz genommen und sich einen frischen Kaugummi in den Mund gesteckt, auf dem sie herumkaute, als gäbe es ein Stück Holz zu bearbeiten.

»Na ja, lächerlich hast du dich über ihn gemacht und wie. Vielleicht ist das ja auch der Grund, weshalb Eisele so Knall auf Fall gegangen ist!«

Theodora schluckte trocken. Das konnte nicht sein, oder war es das gewesen, was er ihr noch hatte sagen wollen?

Sie hatte sich doch mit ihm ausgesprochen, doch das würde sie Sally nicht sagen. Ihr war sie keine Rechenschaft schuldig.

»Was soll das heißen, er ist Knall auf Fall gegangen?«

»Keine Ahnung. Ich lass mich nicht auf so ein Gezicke ein. Was der macht, ist mir letzten Endes scheißegal, ganz ehrlich. Fakt ist, Eisele hat mit sofortiger Wirkung seinen Dienst quittiert. Er hat noch fast dreißig Tage alten Urlaub von seiner alten Dienststelle mit herübergebracht, den hat er eingereicht, kurz bevor der verfallen wäre. Und danach wird er nicht mehr wiederkommen. Also, es ist noch nicht ganz offiziell, bevor es nicht von oben abgesegnet ist…«

Theodora holte tief Luft. Das hatte sie nicht gewollt. Bis vor ein paar Tagen hätte sie sich über diese Entwicklung gefreut, aber jetzt…

Sally fuhr fort: »Hummel war den ganzen Tag hier zugange. Er ist beinahe durchgedreht. Schon kurz nach neun kam er zum ersten Mal herein und wedelte mir mit Eiseles Kündigungsschreiben vor der Nase herum. Sein blöder Dackel, ich habe seinen Namen vergessen…«

»Max, der blöde Dackel heißt Max«, sagte Theodora kühl.

»Ach ist doch egal, wie das Vieh heißt!«, gab Sally schnippisch zurück und ließ ihren Kaugummi knallen. »Jedenfalls hat dieser Kerl den ganzen Tag herumgebellt, wollte wohl Gassi gehen, oder es war ihm zu heiß, keine Ahnung. Hummel war völlig von der Rolle, rannte ständig im Kreis um meinen Tisch herum. *Nein, ich lasse ihn nicht gehen, das kann er nicht bringen, nicht jetzt,* hat er immer wieder gekräht.«

»Das kann ich mir lebhaft vorstellen«, sagte Theodora leise und sah ihn im Geiste vor sich, wie er den obersten Knopf seines Hemdes öffnete, um seinem hüpfenden Adamsapfel Freiheit zu schenken.

»Und auf deine Frage mit Murat zurückzukommen. Wir konnten ihm keine DNA nachweisen. Wir haben nichts gefunden, was mit irgendwas am Tatort von Frau Häberle oder Frau Hornung identisch gewesen wäre. Es ist verflucht, wie von Geisterhand. Er ist bis zur Verhandlung auf freien Fuß gesetzt worden. Natürlich darf er die Stadt nicht verlassen. Doch das brauche ich dir ja nicht zu sagen. Übrigens, stimmt es, dass er im selben Haus wohnt, wie du?«

Es klopfte.

»Herein«, rief Sally und Gerda kam herein. Theodora war erleichtert, auf die Frage nach Murats Wohnort, nun keine Antwort mehr geben zu müssen.

»Theodora, wie gut, dass ich dich hier treffe«, sagte Gerda aufgeregt und warf einen verlegenen Blick auf Sally. »Weißt du, eigentlich wollte ich auch zu dir, nur bist du ja in letzter Zeit so selten hier, also ich meine …«

»Bitte verschon mich«, konterte Theodora, »ich habe es oft genug gehört und weißt du was, es reicht mir allmählich. Ich sage dir was, ich gehe jetzt. Ich habe heute Abend eine Verabredung und bin schon spät dran.«

»Theodora«, ereiferte sich Gerda, »bleib, es ist wichtig, ich habe da etwas, über das ich mit dir sprechen will. Es geht um Eisele.«

»Sie weiß es bereits ...«, hörte Theodora Sally noch sagen, als sie empört das Zimmer verließ.

Es war unglaublich, welchen Ton sich diese Göre ihr gegenüber herausnahm. Jung, unerfahren und frech. Eine andere Generation eben. Wenn sie daran zurückdachte, wie sie in ihren ersten Jahren gewesen war. Aufmüpfig nannten sie die Kollegen damals, aber im Vergleich zur heutigen »Jugend« war sie geradezu zahm gewesen. Und sie hatte es nie an Respekt gegenüber Älteren fehlen lassen. Das war etwas, was heute ganz offenbar keinerlei Stellenwert mehr besaß.

»Einen schönen Feierabend«, grüßte der Pförtner, als sie wortlos aus dem Gebäude eilte. Der Himmel hatte sich verdunkelt, Blitze zuckten am Horizont. Ein gespenstiges Grau hatte sich über die Stadt gelegt. »Weltuntergangsstimmung«, flüsterte Theodora, als sie vom ersten bleischweren Tropfen getroffen wurde. Rasch holte sie ihr Fahrrad. Wenn sie Glück hatte, würde sie noch vor dem großen Guss nach Hause kommen. Seit Wochen war es viel zu trocken gewesen, doch dass es ausgerechnet heute Abend zu regnen begann, passte zu diesem Tag. Ihre Gedanken gingen zurück zu ihrem Vater. Sie stellte ihn sich vor, wie er in seinem Bett lag, sah seine eingefallenen Wangen, die gelben, dürren Arme und die wässrigen grünen Augen vor sich. Warum nur wollte er sie nicht sehen? Was hatte sie ihm getan? Sie brauchte sich diese Frage nicht mehr zu stellen, trotzdem tat sie es immer wieder. Und – wie sollte es weitergehen? Inzwischen schüttete es wie aus Kübeln. Die Frisur war hinüber und das Wetter schien sich nicht beruhigen zu wollen.

Spätnachmittag, Wohnung Klein, Stuttgart Artusweg

Theodora stellte ihr Fahrrad im Hausflur ab und hinterließ eine mittelgroße Pfütze im Eingangsbereich. Diese Woche war sie dran mit der Kehrwoche und am Mittwoch hätte sie eigentlich die »kleine« Reinigung vornehmen müssen, kehren auf den Stockwerken und um das Haus herum. Diese kleinkarierte Eigenschaft der Schwaben hatte sie, obwohl sie diesem Volksstamm selbst angehörte, schon immer gestört. Selten hatte sie sich daran gehalten – auch in dieser Woche nicht. Ein schlechtes Gewissen beschlich sie, denn nach ihr war es immer Aylin, die damit beglückt wurde und Aylin nahm es im Gegensatz zu ihr sehr genau mit der Gründlichkeit. Sie ging schnell hinauf in ihre Wohnung. Ein undefinierbares Gefühl beschlich sie, und obwohl es heiß war, fröstelte sie. Sie würde wohl noch ein weiteres Mal duschen müssen. Erst neulich hatte sie im Radio in einem Bericht über den Klimawandel gehört, wie dramatisch knapp es mit den Wasserressourcen auf der Erde bestellt war, so konnte sie nicht dauerhaft weiter wirtschaften. Doch sie fror und aus Erfahrung wusste sie, wenn sie sich nicht unter einem heißen Wasserstrahl wärmte, würde sie krank werden, Ressourcen hin oder her. Sie schloss die Tür auf und trat ein. Die Wohnung lag im Halbdunkel, aus Mephistos Ecke kam kein Laut. Das war merkwürdig. Theodora blieb stehen und lauschte in die Dunkelheit. Wie eine dunkle Wolke legte sich die Ahnung über ihre Seele. Sie ging ins Wohnzimmer und knipste ihren alten Deckenfluter an. Das lieb gewonnene Rascheln setzte nicht ein. Alles blieb stumm. Da wusste sie es. Sie straffte ihren Oberkörper und ging hinüber zu Mephistos Käfig. Da lag er, seine vier Beine weit von sich gestreckt, steif zwischen den letzten Körnern, die sie ihm in seine Futterschüssel gegeben hatte. Mit aufgerissenen Augen starrte er sie vorwurfsvoll an. Theodora fühlte einen Schmerz, wie sie ihn lange nicht gefühlt hatte. Dort, irgendwo in ihrer Körpermitte, oberhalb des Nabels, zwischen ihren Brüsten, dort saß der Schmerz, tief und bohrend. Tränen stiegen auf und schnürten ihr den Hals zu. »Ja, sag es, sag es nur, mein kleiner Freund«, flüsterte sie mit erstickter Stimme. »Ich habe dich vernachlässigt, habe mich nicht mehr um dich gekümmert. Du warst einfach da. All die Jahre, immer da, ganz selbstverständlich. Und irgendwann in den letzten Wochen habe ich dich fast vergessen.« Behutsam griff sie in den Käfig und streichelte über das seidige Fell ihres toten Freundes. Gewiss, er war alt gewesen. Sie hatte ihn vor fast drei Jahren gekauft. Daran hatte sie gar nicht mehr gedacht. Er war in die Jahre gekommen, hatte viel geschlafen, war insgesamt ruhiger geworden. Erst jetzt, wo es zu spät war, fiel es ihr auf. Der arme kleine Kerl. Sie wusste doch genau, dass eine Ratte selten ihr drittes Lebensjahr erreichte. Was wohl Eisele dazu sagen würde? Merkwürdig, dass sie als Erstes an ihn dachte, obwohl, nun hätte er kein Problem mehr mit seiner Tierhaarallergie. Doch auch das Kapitel Eisele war zu Ende, wie es schien.

»Seltsam, wie sich manchmal alles regelt«, murmelte sie. Sie dachte an die Karten, die sie gestern gelegt hatte. Davon hatte sie nur eine aufgedeckt und den *Tod* gezogen, das Symbol für Ende und für Neubeginn. Geendet hatte das Leben der beiden alten Frauen, geendet hatte offenbar auch die Zusammenarbeit mit Eisele, geendet hatte Mephistos Leben. Was würde noch alles enden und wo war der Neubeginn? Der Tag war noch nicht vorüber, was würde er ihr noch bringen? Sollte sie tatsächlich heute noch zu Gabriele Engel fahren? Konnte sie das nicht verschieben? Sie hatte ein merkwürdiges Gefühl, wenn sie an Gabriele dachte. Und ihr Gefühl, ihr siebter Sinn, hatte sie schon oft auf die richtige

Fährte gesetzt. Wieder hörte sie die Stimme des Mediums, *geh deinen Weg, geh ihn zu Ende, gib nicht auf,* diese Botschaft war ganz eindeutig an sie gerichtet gewesen. Je länger sie darüber nachgedacht hatte, desto sicherer war sie diesbezüglich geworden. Und was hatte Inge gesagt? *Ihre kleine Tochter lag da auf der Kinderstation.*

Nein, sie konnte sich nicht drücken, sie musste zu Gabriele, und zwar heute!

Theodora zog sich langsam aus und betrachtete sich im Spiegel. Ein müdes, noch faltiger gewordenes Gesicht blickte ihr entgegen. Sie durfte sich nicht so gehen lassen. Als sie ihre Wäsche in den Korb warf, roch sie ihren eigenen Schweiß. Der Tag war grauenhaft gewesen. Sie vermied noch einmal den Gedanken an die Wasserressourcen der Erde, stieg unter die Dusche und ließ sich das Wasser vom Kopf über den Rücken rieseln, dann schloss sie die Augen und konzentrierte sich auf eine Meditation, die sie früher öfter gemacht hatte.

»Stelle dir vor, deine Füße haben Wurzeln geschlagen, sie reichen tief in die Erde hinein, gaaaanz tief. Fühlst du die Wärme, die Energie, die Kraft? Nun stell dir vor, du stehst unter einem Wasserfall. Von oben kommt der kühlende, reinigende Strahl, direkt aus dem Felsen, dem Urgestein des Lebens. Fühlst du die reinigende Kraft des Wassers? Es wäscht dich rein, spült ab, alles was beladen ist, mit schlechter Energie, mit Schmutz, mit Schmerz. Gib es ab, habe Vertrauen. Nun konzentriere dich auf deine Füße, fühlst du die Wurzeln, tief in der Erde?

Ein Geräusch erschreckte Theodora. Normalerweise wäre an dieser Stelle der Meditation der sonore Klang einer tibetischen Klangschale zu hören. Das hier war allerdings ganz eindeutig ihre Haustür. Sie stieg aus der Dusche, wickelte sich ein Handtuch um die nassen Haare und schlüpfte in ihren Bademantel. Es klingelte ein weiteres Mal. Durch das Milchglas ihrer Wohnungstür erkannte sie Aylin. Die hatte ihr gerade noch gefehlt. Doch Aylin hatte sie bereits gesehen, so blieb ihr nichts anderes übrig, als zu öffnen.

»Wie gut, dass du da bist«, sagte Aylin aufgeregt und rannte unaufgefordert an Theodora vorbei in die Wohnung. Zielgenau steuerte sie Theodoras afrikanischen Tisch an, zog den Stuhl hervor und ließ sich darauf nieder.

»Ich muss mit dir reden. Also, Murat ist zu Hause, stell dir vor, er ist oben in seinem Zimmer und hat sich auf das Bett gelegt. Er ist fix und fertig, aber er ist da. Verstehst du Theodora, was das bedeutet. Er ist da!«

Theodora blickte Aylin ungläubig an. »Ist das wirklich ein Grund, sich so zu freuen?«, fragte sie und bereute es sofort, als sie Aylins vergrämtes Gesicht sah.

»Er ist kein Mörder«, verteidigte Aylin ihren Sohn. »Er hat großen Mist gebaut, aber …«

»Mist nennst du das? Also ich weiß nicht, ob du da nicht auf dem Holzweg bist. Du kannst nicht verharmlosen, was dein Sohn getan hat. Immerhin hat er eine alte Frau zusammengeschlagen, die zum Glück nicht verstorben ist an ihrer Kopfverletzung.«

Theodora begann sich allmählich aufzuregen. Bemerkte Aylin eigentlich nicht, dass sie wie eine Gehetzte durch die Wohnung rannte? Die Zeit rann ihr davon! Noch immer das Handtuch um den Kopf gewickelt, hatte sie sich inzwischen ebenfalls an den Tisch gesetzt und damit begonnen, ihre Augen mit einem Kajalstift zu umranden.

»Also, da hat jemand zu mir gesagt, mit einem guten Anwalt sollte das hinzubekommen sein.«

Theodora interessierte sich nicht dafür, wer dieser jemand gewesen war, sie hatte nur noch ein Problem, wie sollte sie Aylin endlich aus ihrer Wohnung bringen.

»Sag mal was machst du da eigentlich?«, unterbrach Aylin die peinliche Stille.

»Nach was sieht es denn aus?«, gab Theodora ärgerlich zurück, »ich schminke mich. In einer halben Stunde habe ich eine Verabredung. Wie ich das noch schaffen soll, weiß ich ehrlich gesagt nicht. Sei mir bitte nicht böse, aber wenn ich ganz ehrlich sein darf, wäre es mir lieber, wenn du jetzt gehst.«

»Schon gut, schon gut, das hättest du mir ja auch gleich sagen können«, meinte Aylin eingeschnappt und sprang von ihrem Stuhl hoch. Fluchtartig rannte sie hinaus in den Flur. Einen Herzschlag später fiel die Wohnungstür laut hinter ihr zu.

Theodora betrachtete sich im Spiegel. Wieder beschlich sie diese Vorahnung und sie dachte an das zurück, was ihr das Tarot gedeutet hatte. Wenn sie heute Abend nach Hause kam, würde sie wissen, ob sie sich geirrt hatte. Sie setzte buchstäblich alles auf diese eine Karte.

19.45 Uhr, auf dem Weg nach Stuttgart Asemwald

Wenig später hastete Theodora durch die Unterführung am Stuttgarter Hauptbahnhof. Es war ihr nicht mehr möglich, pünktlich bei Gabriele Engel zu erscheinen, dazu war es längst zu spät. Wenn sie konnte, vermied sie diese Art der öffentlichen Fortbewegung, doch heute hatte es keine andere Möglichkeit gegeben. Gabriele wohnte im »Hannibal«, einer Wohnsiedlung im Stuttgarter Stadtteil Asemwald, was für Theodora bedeutete, dass sie nun von der Stadtbahn in die U-Bahn umsteigen musste, die sie wiederum bis Degerloch brachte. Von dort würde sie nur noch mit dem Bus weiterkommen. Die Stadtbahn war wie immer überfüllt gewesen und Theodora hatte zum ersten Mal in ihrem Leben das Gefühl gehabt, ersticken zu müssen. Sie war dem jungen Kerl mit seinem übergroßen Rucksack fast dankbar gewesen, dass er sie so schnell aus dem Wagen geschubst hatte, als dieser seine Türen öffnete. Doch nun musste sie sich orientieren, um die Linie U5 nach Degerloch zu finden. Die Menschen rannten wie Gejagte umher, ihre Blicke entweder auf die Uhr oder auf das Handy gerichtet. Was war das nur für eine Zeit, in der sie lebten. Keiner hatte mehr einen Blick für einen Menschen übrig, keiner würde bei einer Befragung je sagen können, wer ihm heute Abend auf seinem Weg begegnet war. Die Trott-war-Verkäuferin, die üblicherweise mit ihrer Zeitschrift an der Oper stand, hatte heute den Platz im Untergrund bezogen.

»Hallo«, rief sie ihr nach, doch Theodora winkte nur und rief: »Beim nächsten Mal wieder, bin in Eile.« Genau gesagt war sie auf der Suche nach einer Blumenverkäuferin. Sie wusste, irgendwo hier um die nächste Ecke würde sie stehen. Schließlich konnte sie nicht mit leeren Händen bei Gabriele erscheinen. Gott sei Dank, weiter vorn, in etwa hundert Metern, sah sie den Blumenstand. Sie ging darauf zu, um die Schnittblumen und fertig gebundenen Sträuße zu betrachten, doch sie sah bereits von Weitem, dass sämtliche Blumen die Köpfe hängen ließen. *Alles zum halben Preis*, stand auf einem armseligen Schild. »Vielleicht soll es so sein«, murmelte Theodora und entschied, dass keine Blumen besser wären, als dieses verdorrte Kraut.

In Degerloch angekommen, war sie froh im Bus einen Sitzplatz zu ergattern. Sie war müde, erschöpft und vor allem traurig. Niemand würde wohl je verstehen, was ausgerechnet diese Ratte ihr bedeutet hatte. Der Bus schwankte durch die Stadt und Theodora fielen die Augen zu. Für einen

Moment musste sie eingenickt sein, denn als die Ansagen-Stimme *Haltestelle Asemwald* knarrte, erschrak sie heftig. Sie schälte sich aus dem Sitz und stieg aus, dabei ließ sie sich Zeit, denn sie war der einzige Fahrgast. Der Busfahrer stellte den Motor ab, kletterte nach draußen und zündete sich eine Zigarette an. Er hatte Pause. Theodora blieb erst einmal stehen, um sich zu orientieren. Wie gerne hätte sie jetzt auch eine Zigarette geraucht! Die drei Wohnblöcke erhoben sich vor ihr wie überdimensionale Insektenhotels. *Ich wohne in dem, der rechtwinklig zu den beiden anderen steht,* hatte Gabriele gesagt. Theodora steuerte auf das Gebäude zu. Fasziniert blickte sie auf das Klingelschild. Wie viele Namen mochten es wohl sein bei 23 Stockwerken? Theodora begann zu lesen. Müde, wie sie war, begannen die Namen bereits vor ihren Augen zu verschwimmen. Endlich entdeckte sie den Namen Engel im neunzehnten Stock. Sie zögerte. Verflucht! Niemand wusste, wohin sie heute Abend gegangen war. Nicht einmal einen Zettel mit Gabriele Engels Adresse hatte sie in ihrer Wohnung hinterlegt. Die Gedanken begannen unsortiert durch ihren Kopf zu rasen. Was tat sie hier? Sie folgte ihrem Instinkt. Früher hatte sie bei Fällen, die ihr ausweglos erschienen waren, auch keine Skrupel gehabt, die Karten zu befragen. Oftmals war ihr nur ihr Instinkt geblieben. Sie hatte auf ihn gehört, hatte ihm und sich vertraut und nur sehr selten wurde sie enttäuscht. Mehrfach hatten sich Kollegen und Vorgesetzte gefragt, wie sie auf die Lösung gekommen war. Im Laufe der Jahre wurde sie erfolgreich mit ihrer ESO-Methode und irgendwann hatte sie damit begonnen, offen über ihre Verbindung zur anderen Welt zu sprechen. Sie wusste genau, dass sie nicht von allen Kollegen ernst genommen wurde, dass einige hinter ihrem Rücken über sie lachten und manche sogar spotteten, doch solange der Erfolg ihr recht gab, ließen sie sie in Ruhe. Und heute hatte sie wieder so ein Gefühl. Ein Gefühl wie damals, als sie noch mehr auf ihre innere Stimme gehört hatte. Nun würde sie also der Einladung Gabriele Engels folgen. Sie würde sich in eine fremde Wohnung begeben. Wenn sie dies sonst tat, fand sie die Bewohner dort in der Regel nur noch tot vor. Theodora zögerte einen Moment. Es war ein schwerer Tag gewesen. Sollte sie umdrehen? Sie war zu spät. Sie dachte an Mephisto, der kalt und steif in seinem Käfig lag. Sie musste ihn schnellstens unter die Erde bringen. Gleich morgen musste sie sich darum kümmern. Während sie an ihn dachte, füllten sich ihre Augen erneut mit Tränen. Unwirsch fuhr sie sich mit dem Ärmel über die Augen. Sie und heulen, das war etwas, was es nicht gab! Trotzdem, sie konnte unmöglich so tun, als sei nichts vorgefallen. So abgebrüht war noch nicht einmal sie. In dem Augenblick öffnete sich die Tür und ein junges Paar trat heraus. Spontan ging Theodora ins Innere des Gebäudes. Der Aufzug war noch im Erdgeschoss. Sie ging hinein und drückte den 19. Stock. Mit einem *Bing* schloss sich die Tür. Der Aufzug setzte sich in Bewegung. Von nun an gab es kein Zurück.

Innerhalb weniger Sekunden hatte der Aufzug den neunzehnten Stock erreicht. Theodora stieg aus und ging den langen Flur entlang. Sie las die Namen an den Wohnungstüren und endlich stand sie vor der Tür mit dem Namen *Engel*. Noch einmal holte sie tief Luft, dann drückte sie den Klingelknopf. Von innen waren Schritte zu hören, dann die Stimme Gabriele Engels, die offenbar in die Sprechanlage sprach. »Hallo? Hallo!«, rief sie vergeblich. Theodora klopfte an die Wohnungstür, die sich gleich darauf schwungvoll öffnete.

20.20 Uhr, »Roter Flamingo«

»Mist«, schimpfte Chantal und zog eine rosa Feder aus den in Trollinger und Tomatenmasse blubbernden Kutteln.

»Also, wenn man nicht wüsste, was das ist, könnte man fast meinen, wir hätten hier eine Obduktion mit Gewebeentnahme vorgenommen«, sagte Eisele und schnupperte in den Topf hinein.

»Na ja, genau genommen, sind die Kutteln ja auch nix andres als Innereien«, antwortete Chantal und goss etwas vom Trollinger nach. »Magst probieren?« Sie hielt ihm den dampfenden Löffel unter die Nase.

»Wenn du mich so fragst«, sagte er und schnappte den Löffel. Im selben Moment schrie er auf und begann von einem Bein auf das andere zu hüpfen.

»Ha, du bisch ja scho an Seggl«, schimpfte Chantal. Wie immer wenn sie sich aufregte, verfiel sie in tiefstes Schwäbisch.

»Wie oft hosch jetzt scho bei mir Kuddla gessa und immer wieder verbrennschd du dir dei Gosch!«

»Ein Indianer kennt keinen Schmerz«, murmelte er zerknirscht und ging zum Schrank, um zwei Teller und einen Untersetzer aus Kork zu holen. Die Küche im hinteren Teil des *Roten Flamingo* war inzwischen zu seinem zweiten Wohnzimmer geworden.

»Jetzt erzähl mal«, sagte Chantal, während sie zwei Teller mit den in dunkelroter Soße schwimmenden Kutteln füllte und vor sich auf den Tisch stellte.

»Leg um Himmels willen jetzt diese blöde Federboa weg – ich habe keine Lust, ständig auf Federn herumzukauen, außerdem erinnert mich das Ding an die Straußenfederschlappen meiner Mutter«, mahnte Eisele, während er seinen Löffel beherzt in die Soße tunkte.

»Ja, ja isch schon gut, ich mag des alte Ding halt, aber du hosch ja recht«, sagte sie, zog die Federboa von ihren Schultern und warf sie achtlos in die Ecke. Auf die Schlappen seiner Mutter ging sie nicht ein. Sie beschäftigte eine wichtigere Frage.

»Sag mal, meinst du ned, dass du ein bissle zu voreilig gewesen bist? Ich mein, gleich zu kündigen. Wie stellst du dir denn das vor? Wovon sollen wir leben und vor allem wo? Du kannst doch ned dauerhaft bei mir im *Roten Flamingo* unterschlüpfen.«

Aha, es wurde ernst, Chantal sprach wieder »Hochdeutsch«!

»Aber wieso nicht? Ich meine, der Alte von neulich nachts hatte doch eine grandiose Idee. Ich als Detektiv mit meinem Büro hier im *Roten Flamingo*. Wir haben doch noch ein Zimmer frei, oder? Und solche schlüpfrigen Fälle wie ihn, hat es schon öfter hier gegeben, das hast du mir selbst erzählt. Wir müssen nur mit Uschi reden, ob sie damit einverstanden ist.«

»Ich glaub wirklich, du spinnst. Oder habe ich vielleicht zu viel Rotwein in die Kutteln gegossen? Was hat denn des mit Detektivarbeit zu tun? Und der Alte von neulich nachts war ein Vollpfosten!« Chantal schnaubte. »Wie kann man bloß so bleed sei, und sich zwei Wochen nach einer Hüft-OP einbilden, man könnt hier den wilden Hengst geben? Wen wundert's denn da, dass der sich bei seine bleede Verrenkungen das neue Hüftgelenk ausgekugelt hat? Im Übrigen, der hätt auch ohne Hüft-OP keinen mehr, na ja, du weißt schon …«

»Chantal, ich mag wirklich nicht, wenn du so über die Männer redest. Abgesehen davon habe ich ihn hier unbemerkt rausgeschafft und zurück in seine Reha-Einrichtung verfrachtet, ohne dass auch nur ein Mensch bemerkt hätte, was da gelaufen ist. Das muss mir erst einmal jemand nachmachen, findest du nicht?«

»Mir reicht's! Ich habe genug Innereien für heute gehabt«, sagte Chantal und wischte sich den Mund an einer Papierserviette ab. »Ich find wirklich, du solltest noch einmal in Ruhe drüber nachdenken. Überhaupt sollten wir die ganze Sach mit unsere Zukunftsplän noch einmal überdenken. Dei Mutter ist ja schließlich auch noch da.«

Eisele zuckte zusammen. Den Gedanken an seine Mutter hatte er erfolgreich verdrängt gehabt. Aber ja, Chantal hatte recht. Wahrscheinlich sogar mit allem, was sie gesagt hatte. Seine Mutter würde schon bald entlassen werden und er würde zurückgehen in sein Kinderzimmer in der Rosenbergstraße.

Morgen würde er Hummel aufsuchen. Vielleicht ließe sich seine Kündigung ja doch rückgängig machen ...

20.30 Uhr, Wohnung Engel, Stuttgart, Asemwald

»Da bist du ja«, sagte Gabriele Engel und strich sich eine Haarsträhne aus dem Gesicht. »Ich habe schon befürchtet, du kommst nicht. Ihr Mund lächelte. Um ihre Augen zuckte es. »Jetzt freue ich mich umso mehr, dass du da bist. Komm herein.« Sie schloss die Tür und führte Theodora in einen schmalen dunklen Flur, der Theodora sofort an eine Gruft erinnerte. Auch ihre Augen mussten sich zuerst an die Dunkelheit gewöhnen. Als hätte Gabriele ihre Gedanken erahnt, sagte sie: »Komm heraus aus der Dunkelheit, hinüber ins Licht.«

Theodora fühlte, wie sich eine Gänsehaut über ihren Rücken legte. Wie pathetisch das klang, *aus der Dunkelheit hinüber ins Licht.*

»Schau, hier lebe ich ...« Endlich wurde es hell, mehr

noch, Gabriele war vorausgegangen in einen geradezu lichtdurchfluteten Raum. Theodora entspannte sich.

»Wie schön«, sagte sie und meinte es auch so. Hier wohnten keine Schatten.

»Meine Wohn- und Essbereich«, sagte Gabriele und fuhr verlegen fort: »ich habe zwar noch einen Arbeitsraum und ein kleines Schlafzimmer, aber beides ist nicht vorzeigbar«, sie lachte nervös. »Toilette und Bad sind hier drüben«, fahrig wies sie auf eine hellblau gestrichene Tür. »Aber das Beste an der Wohnung ist mein Balkon. Von dort aus hast du eine Aussicht bis hinauf zur Schwäbischen Alb. Ich dachte auch, wir setzen uns raus. Hier oben im 19. Stock geht immer ein Lüftchen.«

»Gerne,« antwortete Theodora, der die nervöse Hektik, die von Gabriele ausging, nicht entging. Sie ließ den Blick durch die Wohnung schweifen. Der Wohnbereich wurde dominiert von einem steingrauen Sofa. Drei Kissen aus demselben Stoff waren ordentlich in etwa gleichem Abstand darauf drapiert. Davor stand ein ovaler Tisch, dessen gläserne Platte auf einem Klotz lag, der an einen Felsbrocken erinnerte. Auf dem Tisch waren in einer Schale aus Olivenholz zwei Bananen und vier Äpfel angeordnet. Dieses ganze Arrangement erinnerte Theodora an einen Möbelhausprospekt. An der Wand gegenüber stand ein langes Sideboard, darauf ein Fernseher, links davon ein kleines Radio ohne Stereoboxen, rechts ein Stapel Zeitschriften. Theodora ging langsam näher um einen kurzen Blick auf die Zeitschriften zu werfen und war erstaunt, dass es sich um Zeitschriften der Reihe *Eltern* handelte, die offenbar schon älteren Datums waren. Das Papier war brüchig und abgegriffen. Unter den Zeitschriften lag etwas anderes, um was es sich dabei handelte, konnte Theodora auf die Schnelle nicht erkennen. Wie gerne hätte sie sich hier etwas länger umgesehen, die

Umgebung auf sich wirken lassen. Nichts in dem ganzen Ambiente wirkte gemütlich auf sie, alles schien leblos und tot, fast so, als wohnte nicht wirklich ein Mensch in diesen Räumen. Gabriele war in die offene Küche hinübergegangen und hatte sich am Kühlschrank zu schaffen gemacht. Hier war es ebenso steril wie im Wohnbereich. Theodora konnte weder einen Wasserkocher noch einen Toaster entdecken, auch die obligatorische Küchenmaschine fehlte an diesem Ort, einzig eine Kaffeemaschine hatte ihren einsamen Platz in der linken Ecke der Arbeitsfläche eingenommen. Von hier aus hatte man einen direkten Blick auf die Wand gegenüber, die aus einer großen Fensterfläche bestand, die einen unmittelbaren Blick in die Ferne, auf die Schwäbische Alb, bot. Die Tür zum Balkon war geöffnet und ein Vorhang aus bunten Schnüren wehte leise im Wind.

»Und, gefällt dir meine Wohnung?«

»Ja, ja, ganz außerordentlich«, Theodora wischte sich über die Stirn. »Sehr schön, wirklich, sehr schön, vor allem der Blick vom Herd aus durchs Fenster hinüber zur Schwäbischen Alb beeindruckt mich, wer hat das schon?«

»Weißt du, es gibt viele Leute, die auf mich herabsehen, weil ich in einer solchen Wohnanlage lebe. Doch die haben alle keine Ahnung, wie schön es hier oben ist«, plapperte Gabriele.

»Wenn ich ehrlich bin, auch ich hatte da bisher meine Vorbehalte«, gestand Theodora nach kurzem Zögern.

»Wieso denn, wenn ich fragen darf?«

»Bei mir hat das eher berufliche Gründe«, Theodora versuchte auszuweichen, doch Gabriele setzte nach.

»Ach komm, was hat denn dein Beruf mit einer Wohnung in einer Wohnanlage zu tun? Das musst du mir jetzt aber erklären.«

»Liest du denn keine Zeitungen? Also ich wurde schon

oft zu Verstorbenen gerufen, die in so einem anonymen Wohnblock gelebt haben und die ihren Mitmenschen erst dann aufgefallen sind, wenn sie nach Wochen angefangen haben, bis nach draußen zu riechen. Achte mal darauf, meist ist es den Reportern nur eine kleine Randnotiz wert und das, obwohl jedes Mal großes Leid und noch größere Einsamkeit hinter einer solchen ›Randnotiz‹ stecken.«

»Ach so meinst du das«, Gabriele schien verwirrt. »Jetzt haben wir aber ein trauriges und vor allem unappetitliches Thema angeschnitten. Wie soll uns denn da nachher das Essen schmecken?«

Bevor Theodora antworten konnte, ging Gabriele zum Kühlschrank. »Darf ich dir einen Aperol Spritz zubereiten? Ich meine mich zu erinnern, dass du gesagt hast, du magst keinen Hugo, dafür umso mehr einen Aperol?«

»Das stimmt – danke – sehr gerne!«

Während Gabriele mit dem Verschluss der Sektflasche kämpfte, ging Theodora zurück zum Sideboard. Vorsichtig schob sie die Zeitschriften zur Seite und beförderte ein lila Notizbuch mit der Aufschrift *angels diary* zutage. In der Küche knallte der Sektkorken. Gabriele war es gelungen, die Flasche zu öffnen. Theodora schob die Zeitschrift unauffällig wieder über das Buch und ging hinüber in die Küche zu Gabriele.

»Prost, auf einen schönen Abend«, sagte Gabriele, und reichte Theodora das Glas.

»Auf einen schönen Abend«, wiederholte Theodora gequält und nahm einen großen Schluck von dem erfrischenden Getränk.

»Das tut gut«, sagte sie mehr zu sich selbst.

»Haben die beiden alten Damen auch in einem solchen Wohnblock gewohnt?«, fragte Gabriele unvermittelt.

Theodoras Augen verengten sich.

»Wie kommst du denn jetzt so plötzlich auf die beiden alten Damen?«

»Ist das nicht der Fall, in dem du gerade ermittelst? Du ermittelst doch noch, oder? Oder seid ihr inzwischen einen Schritt weitergekommen? Ich meine, die wurden ja recht schnell gefunden, die beiden. Wer hat sie eigentlich gefunden?«, Gabriele ging zu einer Küchenschublade und holte ein Salatbesteck hervor.

»Ich glaube«, sagte Theodora nachdrücklich, »ich glaube, ich hatte es bereits gesagt, es ist ein eisernes Gebot, mit niemandem außerhalb des Dienstes über eine Ermittlung zu sprechen.« Theodora beobachtete Gabriele genau. »Weshalb interessierst du ich denn so für den Fall? Mir ist das schon vorgestern in der Gartenwirtschaft aufgefallen. Da hast du mir fast ein Loch in den Bauch gefragt. Hast du die beiden Damen etwa gekannt? Oder wenigstens eine davon?«

»Wie kommst du denn auf die Idee?«, Gabrieles Stimme klang plötzlich schrill.

»Irgendwoher muss doch dein Interesse an den beiden Damen kommen. Könnte es vielleicht sein, dass sie dir während deiner Tätigkeit als Schneiderin irgendwann einmal begegnet sind? Vielleicht sind es ja sogar Kundinnen von dir?«

»Ich arbeite schon lange nicht mehr als Schneiderin. Die Miete für mein kleines Atelier war viel zu hoch. Und nachdem es inzwischen an jeder Straßenecke eine Änderungsschneiderei gibt, hat sich das nicht mehr für mich gelohnt. Ich mache inzwischen etwas anderes. Aber jetzt lass uns rausgehen und essen …«

»Jetzt hast du mich aber neugierig gemacht, was das sein könnte, was ganz anderes. Hängt das vielleicht mit diesen Zeitschriften dort drüben zusammen?«, Theodora wies auf das Sideboard.

Gabriele war blass geworden. Das Salatbesteck, das sie

soeben aus der Schublade geholt hatte, fiel ihr aus der Hand und knallte auf die weißen Fliesen.

»Von welchen Zeitschriften sprichst du?«, fragte sie tonlos.

»Na von diesen da«, Theodora ging hinüber und hob die oberste Ausgabe in die Höhe.

»Ach so, das meinst du«, Gabriele rang um Fassung. »Die stammen alle aus einem Werbepaket eines Verlags. Ich habe sie nicht weggeworfen, weil da ein paar gute Rezepte drin sind.« Ihr Atem ging flach. Sie lachte gequält.

Für wie blöd hältst du mich?, schoss es Theodora durch den Kopf.

»Ich habe uns einen frischen griechischen Salat zubereitet«, wechselte Gabriele schnell das Thema. »Mit Feta, Oliven und Paprika und allem, was sonst so dazugehört. Ich hoffe, du magst das? Gefüllte Weinblätter gibt es auch noch. Hier …«, Gabriele hatte ihre Fassung wiedererlangt. Welche Rolle spielte sie hier, überlegte sich Theodora. Gabriele drehte sich um und griff nach einem frischen Weißbrot, legte es in einen Brotkorb und reichte es Theodora. »Sei so gut und nimm du das, ich bringe uns den Wein und die Gläser. Du kannst schon mal auf den Balkon raus gehen. Ich komme sofort nach.«

Theodoras Herz schlug hart gegen ihren Rippenbogen. Das Gespräch war ihr entglitten. Es war in eine seltsame Richtung gegangen und hatte in einer Sackgasse geendet. Sie nahm den Brotkorb und ging hinaus. Der atemberaubende Ausblick ließ sie für einen Moment die Welt um sich herum vergessen. Die Weite, die sich ihr erschloss, die Unendlichkeit bis hinauf zum Albtrauf, war, gemessen an ihrer stickigen Stadtwohnung, eine Offenbarung. Nachdenklich blickte sie in die untergehende Sonne. Ihr Herzschlag beruhigte sich nur langsam. Sie würde einen Weg finden. Doch wo war Gabriele? *Ich komme sofort nach*, hatte sie gesagt, dann war wie verschwunden. Theodora rief ihren Namen, erhielt aber keine Antwort. Sie wartete noch einen Augenblick, dann ging sie zurück in die Wohnung. Alles war still. Schnell war sie beim Sideboard. Sie schob die Zeitschriften zur Seite und zog das kleine Buch hervor. *Angels diary*, es handelte sich eindeutig um ein Tagebuch. Vorsichtig schlug sie es auf, ein Kinderbild fiel heraus und segelte vor ihren Augen langsam zu Boden. Theodora hob es auf und betrachtete es. Es zeigte ein kleines blondes Mädchen mit langen Zöpfen. Theodora schätzte das Kind auf dem Foto auf drei oder vier Jahre. Noch immer war kein Laut zu hören. Sie begann in dem Buch zu blättern. Die Seiten waren eng beschrieben. Die Handschrift war unregelmäßig und wechselte von gut lesbar in Gekritzel. An manchen Stellen war die Schrift jedoch verwischt und unlesbar geworden. Auch Flecken waren vereinzelt darauf zu sehen. Handelte es sich hierbei um Wasserflecke? Theodora las:

Ein Schrei! Jemand weint. Ich lausche. Ich höre nichts. Ich streiche mir über mein Gesicht. Meine Hände sind nass. Meine Wangen sind nass. Klopfen auf meinem Kissen, bum, bum, bum … harte Schläge, laut und gnadenlos.

Herz, bist du das? Da ist er wieder, der Druck in meiner Brust. Ich ringe nach Atem. Ich muss aufstehen, zum Fenster gehen, es öffnen. Schweiß rinnt mir den Rücken hinab. Meine Beine sind schwer. Ich ziehe die Vorhänge zurück, öffne das Fenster. Unter mir liegt die Stadt. Wie durch Watte dringen Geräusche zu mir durch, fremd, und doch, ich kann es hören: Menschen lachen, aus einem fernen Lautsprecher klingt Musik. Es ist eine Sommernacht. So eine wie damals, als ich deinen Vater kennenlernte. Wie lange ist das her? Er sah gut aus. Fred hieß er und er bastelte in jeder freien Minute an irgendeinem Auto herum.

Sie blätterte um:

Er hat mich herausgeholt aus dem Heim. Denen war es egal, was aus mir wird, aus mir, einem Waisenkind, nach dem kein Hahn kräht. Bald war ich schwanger, doch Fred hat das gar nicht gefallen. Verantwortung wollte er nicht übernehmen, dein nobler Vater. Angefangen zu saufen hat er. Schließlich habe ich ihn rausgeworfen aus unserer kleinen Wohnung. Nur du und ich, für immer. So war es gut. Tag und Nacht hab ich genäht …

Erschrocken klappte Theodora das Buch zu. Plötzlich wurde ihr klar, die Flecken mussten von Tränen rühren. Jemand hatte diese Zeilen geschrieben und dabei geweint und dieser Jemand konnte niemand anderer sein als Gabriele. Wie reimte sich das alles zusammen? Und was hatte das Ganze mit den Morden an den beiden Frauen zu tun? Hatte es überhaupt etwas damit zu tun? Mit Gabriele stimmte etwas nicht, ihr Gefühl hatte sie wieder einmal nicht betrogen und Theodora nahm sich vor, diesen Ort nicht zu verlassen, bevor sie Gabrieles Geheimnis gelüftet hatte. Gabriele. Wo war sie überhaupt und wie lange war sie schon verschwunden? Theodora hatte jedes Gefühl für Zeit verloren. »Gabriele, wo bist du?«, rief sie und ging in Richtung Flur, wo sie beinahe mit Gabriele zusammenprallte, die aus der Dunkelheit heraustrat.

»Entschuldige, dass ich dich so lange habe warten lassen«, sagte sie verlegen. Ihre Stimme war belegt. »Der Aperol macht immer das gleiche mit mir. Das Essen ist gleich fertig. Ich bringe es jetzt, du kannst wieder rausgehen.«

Kurze Zeit später hatten sie beide am Tisch Platz genommen.

»Ich weiß nicht, ob du mit einem kühlen Riesling einverstanden bist?«, fragte Gabriele, die bereits dabei war, Theodoras Glas zu füllen. Wieder erschien sie gefasst. Egal welche Rolle sie auch spielte, sie spielte sie perfekt. Beinahe …

»Doch ja, danke, sehr gerne.« Theodora überlegte fieberhaft, wie sie weiter vorgehen sollte. Der Alkohol war ihr inzwischen deutlich in den Kopf gestiegen. Sie hatte den ganzen Tag nichts gegessen und fühlte sich merkwürdig erschöpft. Inzwischen war es dunkel geworden. Ein paar wenige Sterne glitzerten am Firmament.

»Schon nach elf«, stellte Theodora fest.

»Ich hoffe nicht, dass du schon gehen willst, jetzt, wo es endlich ein bisschen kühler geworden ist. Schließlich wartet auch niemand auf dich.«

Theodora schluckte. Verdammt der Alkohol, er machte sie schwach. Diese ganze surreale Situation, in der sie sich befand, verwirrte sie. Schon wieder fühlte sie, wie Tränen in ihr aufstiegen.

»Ja, das stimmt«, sagte sie mit heiserer Stimme. »Es wartet niemand auf mich, nicht mehr.«

»Nicht mehr?«, Gabriele war hellhörig geworden.

»Entschuldige, ich weiß, es ist völlig absurd, aber ich hatte ein Haustier, das heute verstorben ist.« Theodora kamen die Tränen.

»Das ist ja schrecklich, du Arme. Was war es denn, ein Hund?«

Theodora schüttelte den Kopf.

»Eine Katze?«

»Nein, es war eine Ratte. Nur eine Ratte. Eine Hausratte. Verstehst du, das ist ja das Absurde – ich weine um meine Ratte, um Mephisto.«

Gabrieles Züge wurden weich. Sie legte den Kopf zur Seite, stand langsam auf, ging um den Tisch herum und setzte sich neben Theodora.

»Aber das ist doch völlig gleichgültig, um was für ein Tier

es sich handelt«, sagte sie verständnisvoll. »Es war ein Lebewesen. Ein Lebewesen, das du geliebt hast und das es jetzt nicht mehr gibt.«

Rasch legte Gabriele ihren Arm um Theodoras Schultern und begann sie hin und her zu wiegen. »Schlaf, Kindlein schlaf«, summte sie leise dazu.

Theodora erstarrte. War sie jetzt vollkommen verrückt geworden? Der Wein hatte sie nicht nur wehleidig gemacht, er hatte ganz offensichtlich auch ihren Geist verwirrt, oder war da noch etwas anderes in dem Getränk gewesen? Sie schob Gabrieles Arm von ihrer Schulter, putzte sich die Nase, räusperte sich und versuchte, ihre altbekannte Haltung einzunehmen. Dies war das Signal für Gabriele, dass der Augenblick der Nähe zu Ende war, dass sie zu weit gegangen war. Sie stand auf, ging um den Tisch herum und setzte sich zurück auf ihren Platz. Dann griff sie zur Flasche und goss noch einmal Wein in die halb geleerten Gläser.

»Das Wiegenlied, das du gesummt hast, das kenne ich von meiner Großmutter. Manchmal, wenn ich bei ihr übernachten durfte, hat sie es abends gesungen, wenn sie an meinem Bett saß. Sie hat mir dann über die Stirn gestreichelt, bis ich eingeschlafen bin. Schön war das, so geborgen ...«, erinnerte sich Theodora und ließ Gabriele dabei nicht aus den Augen.

»Ach ja?«, Gabriele hob ihr Glas zum Mund. Sie zitterte.

»Eigentlich ...«, Theodora fixierte Gabriele wie eine Schlange, kurz vor dem Biss. Es hatte sich etwas verändert, eine undefinierbare Spannung lag in der Luft.

»Was ›eigentlich‹?«, fragte Gabriele.

»Na, eigentlich ist es schade, dass du keine Kinder bekommen hast. Ich glaube, du wärst eine hingebungsvolle Mutter geworden, so wie du mich gerade getröstet hast.«

Einen Herzschlag später klirrte es. Gabriele hatte ihr Glas

fallen gelassen, das auf dem gefliesten Boden des Balkons in tausend Scherben zerbarst.

»Du entschuldigst mich«, sagte sie mit bebend kalter Stimme und ging hinein, in die dunkle Wohnung, die sie augenblicklich verschluckte.

20.30 Uhr, Wohnung Eisele, Stuttgart, Rosenbergplatz

Es roch muffig, als er aufschloss. Widerwillig trat er ein und ließ die Tür hinter sich ins Schloss fallen. Nur zwei Schritte geradeaus und er stand im Wohnzimmer. Er kannte sich hier aus, auch im Dunkeln. Die Ampel vor dem Haus warf schemenhaft buntes Licht ins Innere. Grün, gelb, rot. Rot, gelb, grün. Wie ein erhobener Zeigefinger erschien der Lichtstrahl durch die dichten Vorhänge. Er ging zum Fenster und öffnete es, lehnte sich einen Moment hinaus und atmete tief ein. Aus der Ferne hörte er dröhnende Bässe, übertönt von lautem Motorengeräusch. Das Auto kam näher. Er sah es, hörte es. Es war ein Cabrio. Die Ampel schaltete auf Rot. Der Fahrer trat das Gaspedal durch und raste weiter die Rosenbergstraße hinauf. Für kurze Zeit war es still, dann hörte er aus der Ferne das nächste Auto kommen. Es war Sommer. *Summer in the City*, der geflügelte Spruch von Sally, wenn er sich wieder einmal über die Hitze beklagt hatte. *Was wollen Sie, Eisele, es ist eben Sommer. Summer in the City.* Sie hatte ihren Kaugummi knallen lassen, und war an seinem Schreibtisch vorübergegangen, ohne sich noch einmal zu ihm umzudrehen. Eisele schloss das Fenster und machte endlich Licht.

»Geh nach Hause«, hatte Chantal gesagt und er war gegangen. Nach Hause. Hier her. War dies sein Zuhause? Er ging in die Küche. Hier herrschte ein extrem unguter Geruch, nein, es war fast schon als Gestank zu bezeichnen. Er öffnete den Schrank unter der Spüle. Kein Wunder, der Müll quoll über. Seit Tagen war er nicht mehr hier gewesen, genau genommen, seit seine Mutter überfallen worden war. In ein paar Tagen würde sie entlassen werden. Er konnte sie unmöglich in eine derart versiffte Umgebung bringen, vorher würde er alles aufräumen und für Ordnung sorgen müssen.

Er schaute sich um. Auf dem Küchentisch standen in Reih und Glied die Nagellackfläschchen seiner Mutter. Das dunkle Rot war beinahe leer. Das giftige Grün schien gänzlich unbenutzt zu sein. Diese Farbe hatte er auch noch nie auf den Nägeln seiner Mutter gesehen. Merkwürdig, was ihm für Gedanken durch den Kopf gingen. Er setzte sich auf die Eckbank und dachte an sie. Sah sie vor sich, in ihrem scheußlich bunten Morgenmantel, den lächerlichen Schlappen mit dem Federbesatz. Sah ihr runzliges Gesicht mit den viel zu roten, verschmierten Lippen, wenn sie wieder einmal mit dem Lippenstift nicht richtig getroffen hatte.

Wie oft hatte er sich mit und wegen ihr geschämt, ja, manchmal hatte er sie beinahe gehasst. Sie hatte sich an ihn geklammert nach dem frühen Tod des Vaters. Ein Muttersöhnchen hatte sie aus ihm gemacht und er hatte sich nicht gewehrt. Konnte er ihr einen Vorwurf machen? Unter dem Tisch lag etwas. Papier. Er ging hinüber und hob es auf, ohne einen Blick darauf zu werfen. Es war eine der unzähligen Visitenkarten, die seine Mutter ebenso sammelte, wie sie alles andere sammelte. Er löschte das Licht und ging hinüber in sein Zimmer. Er war müde. Er zog seine Schuhe aus, den Rest behielt er an. Chantal hatte recht mit allem, was sie ihm heute Abend und an den vielen Abenden zuvor gesagt hatte. Er konnte niemanden außer sich selbst für sein verkorkstes Leben verantwortlich machen. Chantal war eine Prostituierte, Chantal kam von der Schwäbischen Alb, trotzdem war sie klug. Er schloss die Augen, fiel in einen schlafähnlichen Zustand, schreckte wieder hoch. Er hatte rote Locken gesehen, Locken, die im Feuer loderten. Theodora Kleins Locken. Wieder erschrak er, er schwitzte, die verdammte Hitze brachte ihn um den Verstand. Von Traumbildern gejagt, wälzte er sich hin und her. Der Morgen dämmerte bereits, als er endlich einschlief.

23.30 Uhr, Wohnung Engel, Stuttgart, Asemwald

Theodora fühlte sich wie ein Opossum in Schockstarre. Sie hatte Gabriele provoziert, endlich alles auf eine Karte gesetzt und Gabriele hatte entsprechend reagiert. Theodoras vages Gefühl, ja, ihr Verdacht, dass mit dieser Frau irgendetwas nicht stimmte, hatte sie nicht betrogen. Nicht zuletzt darum hatte sie die Einladung angenommen. Sie konnte zwar noch immer keinen Bezug zu den Morden an den beiden alten Damen herstellen, trotzdem glaubte sie, der Lösung des Falles ganz nah zu sein. Sie brauchte unbedingt einen letzten Schluck Wein, ihre Kehle war trocken, doch die Flasche war leer. Es war bereits die zweite. Auch Wasser gab es keines mehr. Der Boden schwankte leicht unter ihren Füßen, als sie aufstand. Wo war Gabriele? Endlich stand sie wieder fest auf den Beinen. Sie warf noch einmal einen Blick an den inzwischen mit Sternen übersäten Nachthimmel, dann ging sie hinein in die stockdunkle Wohnung.

»Gabriele?«, rief sie. Gabriele antwortete nicht, auch sonst herrschte gespenstische Stille. Es dauerte einen Moment, bis sich ihre Augen an die Dunkelheit gewöhnt hatten. Wieder rief sie Gabrieles Namen, wieder blieb es still. Langsam ging Theodora den Flur entlang in Richtung Wohnungstür.

Hatte Gabriele etwa die Wohnung verlassen? Im finsteren Flur tastete sich Theodora bis zur Wohnungstür. Erleichtert fühlte sie das kalte Metall der Türklinke in ihrer Hand. Endlich! Sie musste hier raus. Morgen würde sie wiederkommen. Vielleicht mit Eisele, vielleicht unter irgendeinem Vorwand, denn dass hier etwas ganz Entscheidendes nicht stimmte, war nicht mehr von der Hand zu weisen. Aber jetzt musste sie erst mal raus hier! Sie drückte die Türklinke nach unten – die Tür ging nicht auf. Das konnte nicht sein! Wieder drückte Theodora die Klinke, sie rüttelte, die Tür blieb verschlossen. Theodora war eingeschlossen. Ein Gefühl, von dem sie lange geglaubt hatte, es besiegt zu haben, stieg in ihr auf – Panik! Ihr Herz klopfte laut und viel zu schnell, das Blut rauschte in ihren Ohren. Sie löste ihre Hand von der Türklinke, die inzwischen warm geworden war. »Ganz ruhig, ganz, ganz ruhig«, versuchte sie, sich selbst zu manipulieren. Wann hatte sie zum letzten Mal etwas Vergleichbares erlebt und wie war sie mit der Situation umgegangen? Sie musste nicht lange überlegen, in einer solch ausweglosen Situation hatte sie sich noch nie befunden. Langsam begann sie, den Flur abzuschreiten. Vor und zurück, vor und zurück, vorbei an den beiden Zimmern, von denen Gabriele gesagt hatte, dass sie nicht vorzeigbar seien, was auch immer sie damit gemeint hatte. Plötzlich blieb Theodora stehen. Sie starrte auf den dunklen Fußboden. Da war etwas. Ein Lichtstreifen, zart und schemenhaft. Er musste aus einem der beiden, direkt nebeneinanderliegenden Zimmer kommen. Sie ging zur ersten Tür, hielt den Atem an, drückte die Klinke hinunter, doch diese Tür war ebenfalls, so wie die Wohnungstür, verschlossen. Nun gab es nur noch dieses eine Zimmer!

Theodora überlegte nicht lange, sie drückte auf die Klinke – die Tür sprang auf.

Zunächst konnte sie nichts sehen, so geblendet war sie

vom Schein unzähliger Kerzen. Ein aufdringlicher Duft stieg ihr in die Nase. Lilien, es mussten Lilien sein, so roch es sonst nur auf dem Friedhof. Sie schloss die Augen. War sie auf einem Friedhof? Was war in dem Wein gewesen? Sie öffnete die Augen, gab ihnen Zeit, sich an das Licht zu gewöhnen. Dann sah sie es!

Sie stand vor einem Altar, der in der Mitte des Raumes aufgebaut war. Auf einer großen Säule aus Marmor stand ein riesiges Foto. Es zeigte ein Kind. Ein Mädchen, dessen lange, blonde Haare wie Gold um den Spitzenkragen eines weißen Nachthemdes flossen. Es war das Kind von dem Foto, das aus dem Tagebuch herausgefallen war. Das Mädchen lag aufgebahrt in einem schneeweißen Sarg, umgeben von weißen Lilien. Die Augen geschlossen, hielt es die kleinen Hände gefaltet, in denen ein Sträußchen weißer Rosen ruhte. Einzelne Fingerkuppen waren bereits blau verfärbt, was darauf hinwies, dass das Mädchen bereits lange aufgebahrt war. Rechts und links der Säule stand jeweils eine große Bodenvase, gefüllt mit frischen Lilien. Sie verströmten diesen unvergleichlichen Geruch nach Tod und Verwesung, nach Abschied und Tränen. Langsam ging Theodora einen Schritt auf den Altar zu. Zunächst hatte sie nur diesen wahrgenommen, doch nun erkannte sie an der Wand dahinter einen Tisch. Auch darauf standen brennende Kerzen, ein Holzkästchen mit silbernen Verzierungen und eine große Buddha-Statue aus Messing. Theodora ging näher heran. Die Wand über dem Tisch war tapeziert mit Zeitungsausschnitten. Sie blinzelte, traute ihren Augen kaum.

Zwei Todesanzeigen waren nebeneinander geklebt. Sie las die Namen Karolina Häberle und Brunhilde Hornung. Darunter hingen diverse Ausschnitte aus Stuttgarter Zeitungen und lokalen Blättchen, die über die Morde der beiden Frauen berichtet hatten. Auch der Ausschnitt, der Hummel fast um den Verstand gebracht hatte, *Stuttgarter Polizei tappt weiter im Dunklen,* war dabei.

Ein Geräusch ließ Theodora zusammenzucken. Es kam aus einer Ecke des Raumes, die in völliger Finsternis lag.

»Gabriele?«, rief sie und erschrak. Diese schrille Stimme konnte unmöglich ihr selbst gehören. Da trat Gabriele aus der Dunkelheit heraus. Ihre Augen waren rot unterlaufen wie bei einem Zombie. Die Haare, vorhin noch geordnet in einem Gummi zum Pferdeschwanz gebunden, hingen ihr nun wirr ins nasse Gesicht. Speichel troff aus ihrem Mund, den sie hämisch verzogen hatte.

»Da staunst du was?«, sagte sie, und lachte irr. »Ich habe mich die ganze Zeit gefragt, wie lange es wohl dauern wird, bis du endlich dahinterkommst.«

»Gabriele«, stammelte Theodora fassungslos. »Was um alles in der Welt geht hier vor?«

»Was hier vorgeht?« Gabriele wischte sich mit dem Ärmel die Spucke aus dem verzerrten Gesicht. Plötzlich begann sie zu schwanken und zu stöhnen. Ihr Oberkörper kippte nach vorn, als würde alle Kraft sie verlassen. Im Versuch sie aufzufangen ging Theodora einen Schritt auf sie zu doch Gabriele entglitt ihr und stürzte zuckend zu Boden.

»Schnell«, stammelte Gabriele und versuchte in ihre Hosentasche zu greifen. Theodora kniete sich auf den Boden, packte Gabrieles Arm und hielt ihn fest. Was meinte sie mit schnell?

»Hilf mir«, flehte Gabriele, »die Tabletten. In meiner Hosentasche, greif rein!«

Theodora drehte Gabriele auf den Rücken und griff in ihre rechte Hosentasche. Außer einem gebrauchten Taschentuch befand sich nichts darin.

»Die andere!«, geiferte Gabriele, die noch immer zuckte, wie bei einem epileptischen Anfall. Tatsächlich, in der anderen

Hosentasche fand sich ein Briefchen mit Tabletten. Ohne lange zu schauen, um was es sich dabei handelt, schob sie Gabriele eine Tablette in den Mund, die sofort zu kauen begann. Dann drehte sie sich auf die Seite. Die Tablette wirkte rasch, nach wenigen Sekunden bereits wurde Gabriele ruhiger, atmete regelmäßiger und hörte schließlich ganz auf zu zucken. Sie blieb noch einige Zeit auf dem Boden liegen und hielt die Augen geschlossen, dann begann sie sich langsam zu bewegen. Sie richtete sich auf und streckte Theodora Hilfe suchend ihre Hand entgegen. Theodora ergriff sie und zog sie hoch. Gabriele, noch wacklig auf den Beinen, ging hinüber zu dem Stuhl in der Ecke und setzte sich. Sie schaute Theodora, die die Sprache noch immer nicht wiedergefunden hatte, lange und eindringlich an.

»Du willst dass ich es dir erkläre, stimmt's?«, sagte sie.

Theodora nickte.

Gabriele Engel ließ den Blick sinken. Es dauerte eine Weile, bis sie zu sprechen begann:

»Ich hatte eine Tochter.«

»Wie bitte? Ich dachte, du sagtest doch …«

»Das war gelogen! Ich hatte eine Tochter, vor langer Zeit. Du siehst sie, sie ist direkt vor dir. Angelina, mein kleiner Engel, mein Ein und Alles.«

Theodora verstand nicht. Sie blickte hinüber zur Wand, an der die Zeitungsausschnitte mit den Todesanzeigen von Karolina Häberle und Brunhilde Hornung hingen.

»Was hat das alles mit den beiden Frauen zu tun?«, fragte sie.

»Das verstehst du nicht, na klar, das kann ich mir schon denken.«

»Erkläre es mir und ich werde versuchen, es zu verstehen.«

»Das ist eine lange Geschichte.« Sie machte eine Pause und blickte mit verhangenen Augen auf das Foto ihrer toten

Tochter. »Mein Leben war leer, so leer, bevor ich sie bekam. Und dann so reich, so unendlich reich«, fuhr sie fort, »du, du hast gehadert und gejammert, über deinen Vater, über deine Mutter, über dein Leben, dabei ist dir überhaupt nicht klar, wie gut es dir ergangen ist. Du hattest immerhin ein Elternhaus. Ich hatte nichts. Ich weiß nicht, wer meine Eltern sind, weiß nicht, woher ich komme, ich bin ein Findelkind, eine namenlose.« Gabriele stockte, ihr Atem ging schwer.

Es stimmte, was Gabriele sagte. Sie hatte am Abend ihres ersten Treffens von sich erzählt. Danach hatte sie sich geärgert, weil das nicht ihrer Art entsprach. Was sie davon hatte, sah sie jetzt.

»Es war eine kalte Nacht im Januar, in der mich das Weib, das mich geboren hat, einfach vor dem Klostertor abgelegt hat. Kannst du dir das vorstellen? Was ist das für eine Mutter, die so etwas tut? Beinahe hätte ich diese Nacht nicht überlebt und ich sage dir, es wäre besser gewesen, wenn ich damals gestorben wäre und dieses scheiß Leben nicht hätte leben müssen!«, sprach Gabriele weiter. »Die Nonnen haben mich drei Jahre behalten, sie haben mir auch meinen Namen gegeben, Gabriele Engel, weil ich aussah, wie die Zeichnung des Engels Gabriel in der Bibel einer alten Nonne. Ich erinnere mich nicht an die Zeit bei den Nonnen, erst als ich zu der Pflegefamilie kam, setzt meine Erinnerung ein. Dort ging es mir gut. Ich war gerade elf, da starb meine Pflegemutter und ich wurde weitergereicht zu einem Schlachterehepaar. Ich muss dir wohl nicht sagen, was der Alte mit mir gemacht hat, in den Nächten, in denen seine Frau so geschnarcht hat, dass im ganzen Haus die Wände gewackelt haben. Meine Schreie hat dort niemand gehört, nicht hören wollen, denn sie haben sich alle gefürchtet vor dem Alten, der seine Frau und seine Kinder verprügelt hat, wie den Kettenhund, der vor dem Haus lag. Irgendwann bin ich abgehauen.«

»Und dann?«, fragte Theodora.

»Dann habe ich in einer Bar gearbeitet. Dort habe ich Fred kennengelernt. Ich habe mich verliebt in ihn, bis über beide Ohren.«

Hier brach Gabriele ab. Theodora ließ ihr Zeit, bis sie von alleine weitersprach. Auch sie selbst brauchte Zeit, um zu begreifen, was sie da soeben gehört hatte.

»Es kam, wie es kommen musste. Bald schon war ich schwanger. Fred verließ mich, noch bevor die Kleine geboren war. Doch als ich sie in den Armen hielt, war alles Leid, aller Kummer und alles Elend vergessen. Plötzlich lohnte es sich zu leben. Nun hatte ich sie, meinen Engel. Inzwischen hatte ich das Nähen gelernt, ich ging in eine andere Stadt und mietete mir eine kleine Wohnung für uns beide. Wir brauchten nicht viel. Mit meiner Näherei verdiente ich genug, um uns beide durchzubringen, und irgendwann kamen die Damen dann mit mehr als nur Änderungsschneidereien zu mir. Ich nähte auf Wunsch inzwischen ganze Kostüme, Röcke und Kleider, es lief gut. Der Kontakt zur Kundschaft, die Gespräche mit den Frauen taten mir gut.« Wieder machte sie eine längere Pause.

»Gabriele«, Theodora machte einen Schritt auf Gabriele zu, doch diese wehrte energisch ab, Theodora blieb stehen.

»Gabriele, ich verstehe noch immer nicht, was das alles mit den Frauenmorden zu tun hat. Gewiss, dein Leben war ein einziges Desaster, du hättest dir Hilfe holen müssen, schon damals.«

»Hilfe, Hilfe«, äffte Gabriele Engel sie nach. »Wer glaubst du denn, hätte mir Hilfe angeboten? Du hast doch immer in deinem bürgerlichen Kokon gesteckt. Wie es wirklich aussieht im Leben von Menschen, die am Rande der Gesellschaft stehen, davon hast du doch nicht die geringste Ahnung. Du trauerst um eine Ratte. Um eine gottverdammte Ratte, dass ich nicht lache!«

Sie begann zu schluchzen. Tränen und Speichel verwandelten ihr Gesicht in eine Pfütze.

Theodora fühlte nichts mehr. Sie befand sich in einem Albtraum, der erst begonnen und seinen Höhepunkt noch nicht erreicht hatte.

»Das Leben war schön, zum ersten Mal war es schön, verstehst du?« Gabriele sah Theodora aus verquollenen Augen an.

»Wir hatten es so gut zusammen, doch dann kam die Zeit, in der Angelina immer öfter umkippte, sie klagte über Kopfschmerzen. Ständig musste sie sich übergeben. Der Kinderarzt war so unverschämt, er hat es auf die Psyche geschoben. Immer wird zuerst einmal alles auf die Psyche geschoben, wenn jemand krank wird.«

Dem konnte Theodora nicht widersprechen.

»Keiner hat mich ernst genommen, bis es zu spät war. Irgendwann hat sie im Kindergarten Blut erbrochen. Sie haben den Notarzt gerufen, und dann kam sie in die Klinik, die sie nie wieder verlassen hat. Vier Monate musste ich meinen Engel sterben sehen. Noch heute habe ich den Geruch nach Desinfektionsmitteln und Äther in der Nase. Unter jedem Stuhl, hinter jedem Vorhang lauerte er, der Tod. Er hatte seine Krallen ausgestreckt nach Angelina, aber ich stellte mich ihm in den Weg so gut ich konnte. Ich habe gebettelt, um noch eine Therapie und noch eine, bis sie sich ergab, bis sie nicht mehr konnte. Die Haare waren ihr längst ausgegangen, ihre schönen, langen blonden Haare …«

»Aber …«, stammelte Theodora …

»Du meinst das Foto? Ich habe meiner kleinen Prinzessin eine Perücke gekauft. Als sie tot war. Sie sollte nicht so begraben werden, sie war meine Prinzessin, meine Prinzessin mit langem, blondem Haar …«

Hier brach Gabriele Engel ab. Stille breitete sich aus im

Raum, die Kerzen waren, bis auf wenige, herabgebrannt. Theodora konnte nicht sehen, ob Gabriele eingeschlafen oder bewusstlos geworden war. Sie wusste nicht, wie lange sie so gestanden hatte, wusste nur, dass sie hier raus musste. Sie konnte sich nach wie vor keinen Reim darauf machen, was der Tod der beiden alten Damen mit dem grauenvollen Verlust zu tun haben sollte, den Gabriele Engel erlitten hatte, aber daran, dass sie die Mörderin war, bestand kein Zweifel mehr.

Der Fall war gelöst, doch die Ermittlerin saß in der Falle. Auf Zehenspitzen ging sie hinüber ins Wohnzimmer. Dort hatte sie ihre Handtasche auf das graue Sofa gelegt. Sie würde telefonieren. Wen sollte sie anrufen? Hummel? Eisele? Warum kam sie jetzt ausgerechnet auf den Kollegen Eisele? Er war angeblich gar nicht mehr im Dienst. Sie musste sich leise verhalten, nicht sprechen, besser würde es sein, eine WhatsApp abzusetzen. Sie öffnete die Kontaktleiste unter dem Buchstaben E.

Rasch tippte sie: »Eisele, kommen!!! Tote Omas, Hannibal, Asemw…«, da traf sie ein Schlag auf den Hinterkopf. Es wurde Nacht um Theodora Klein…

DONNERSTAG, 29. AUGUST

6.30 Uhr, Wohnung Kächele, Stuttgart, Artusweg

Der Tag und der Mensch erwachen mit einem Glas Tee, so lautete ein altes türkisches Sprichwort und auch für Aylin begann jeder Tag mit diesem Ritual. Ihren Mann hatte sie dafür nie begeistern können, er hatte stets auf seinen Kaffee bestanden, Murat hingegen teilte glücklicherweise ihre Vorliebe für dieses Getränk. Murat! Aylin seufzte. Unweigerlich musste sie an Theodora denken, auf die sie noch immer wütend war. Gewöhnungsbedürftig war sie ja immer gewesen, so unnahbar, wie sie in den vergangenen Tagen allerdings geworden war, war es nicht auszuhalten mir ihr. Immer wirkte sie irgendwie genervt und getrieben. Was sollte sie denn erst sagen, bei all den Sorgen, die sie hatte, eine alleinerziehende Mutter mit einem Früchtchen wie Murat. Theodora musste sich um niemanden ernsthaft Sorgen machen, soweit sie wusste, gab es nur noch ihren alten Vater, zu dem sie jedoch keinen Kontakt pflegte. Vielleicht war er ebenso schrullig und eigensinnig wie Theodora, dann würde sie die Hand nicht umdrehen, aber das konnte ihr auch egal sein. Was ging sie das alles überhaupt an? Sie würde jedenfalls in Zukunft auf Distanz zu Theodora Klein gehen. Sie hatte es nicht nötig, einer Frau nachzulaufen, die nicht müde wurde, ihr und ihrem Sohn die Tür vor der Nase zuzuknallen.

Das Wasser kochte, der Tee konnte aufgegossen werden. Gleich musste sie zur Arbeit. Wo Murat nur wieder blieb. Er hatte heute einen Termin beim Anwalt. Sie ging hinüber in sein Zimmer und weckte ihn. Wieder musste sie an Theodora denken. Hatte sie gestern nicht etwas von einer Verabredung gemurmelt? Doch ganz sicher, das hatte sie und es war ihr wieder einmal nicht schnell genug gegangen, sie wieder hinauszukomplimentieren. Hatte Theodora neuerdings etwa einen Freund? Aylin konnte es sich nicht vorstellen. Irgendwie war ihr Theodora immer so vorgekommen, als ob sie keine Gefühle hätte. Nur für diese komische Ratte. Das war das einzige Lebewesen, das sie zu lieben schien. Murat war immer noch nicht aufgetaucht, immerhin hörte sie das Wasser im Badezimmer rauschen. Er duschte. Erfahrungsgemäß dauerte das eine halbe Ewigkeit. An die Wasserrechnung durfte sie gar nicht denken! Sie wusste, dass er sie nicht hören konnte, trotzdem klopfte sie an die Badezimmertür und rief: »Ich gehe.« Natürlich kam keine Antwort von Murat, er hatte das Radio auf volle Dröhnung eingestellt. Aylin warf sich ihre Jacke über und verließ die Wohnung. Einen halben Stock tiefer sah sie bereits den Lichtschein, der aus Theodoras Wohnung drang. Hatte sie vergessen, das Licht zu löschen, bevor sie gegangen war? Und überhaupt, das war doch gar nicht ihre Zeit. Normalerweise verließ sie das Haus nie vor halb acht am Morgen, jetzt war es kurz vor sieben. Sollte sie klingeln? Theodora hatte ihr schon so oft die Tür vor der Nase zugehauen, da würde es auf einmal mehr nicht ankommen. Sie holte tief Luft und drückte den Klingelknopf. Nichts rührte sich. Sie klopfte gegen die Tür und rief Theodoras Namen, doch drinnen blieb alles still. Irgendetwas stimmte hier nicht. Sie würde die Polizei holen. Sie ging nach oben in die Wohnung. Murat saß inzwischen in seinen Boxershorts am Tisch und schlürfte seinen Tee. »Was is Mom?«, fragte er verwundert.

»Ich muss die Polizei anrufen. Irgendetwas stimmt nicht

mit Theodora. In ihrer Wohnung brennt Licht, aber sie macht nicht auf.«

»Mom, das dauert viel zu lang, lass misch das machen«, Murat sprang vom Tisch auf und ging in sein Zimmer. Aylin schaute ihm verwundert nach. »Was machst du, ich hole jetzt die Polizei«, rief sie ihm zu, doch er stürmte aus seinem Zimmer und polterte die Treppe hinab. Vor Theodoras Wohnungstür blieb er stehen und nestelte kurz am Schloss herum. Kurz darauf sprang die Wohnungstür auf. Murat drehte sich zu seiner Mutter um und grinste stolz, doch Aylin hatte sich vor Entsetzen die Hände vors Gesicht geschlagen. »Murat, was hast du getan?«, stammelte sie. »Isch? Was isch getan habe? Isch habe die Tür für disch aufgemacht. Isch bin schneller, wie die Polizei. Isch habe Theodora gerettet!«

»Dann lass uns endlich reingehen«, sagte Aylin und ging voran in den Flur.

»Isch bin dann weg«, kam es von Murat, der die Treppe nach oben stürmte.

»Theodora«, rief Aylin, Theodora antwortete nicht.

Vorsichtig öffnete sie die Tür ganz und ging hinein in die Wohnung. Sie schaute sich um. Alles sah genau aus, wie gestern Abend, als sie die Wohnung Theodoras verlassen hatte. Die Kaffeetasse, in der sich noch ein letzter Rest kalten Kaffees befand, stand unverändert am selben Platz wie gestern. Daneben lagen das Schminktäschchen und der Lippenstift, den sie offensichtlich vergessen hatte, mitzunehmen. So wie es aussah, war Theodora heute Nacht nicht nach Hause gekommen. Weshalb machte sie sich überhaupt Gedanken. Noch vorhin hatte sie sich geschworen, auf Distanz zu Theodora Klein zu gehen, doch irgendetwas sagte ihr, das hier etwas nicht stimmte. Sie ging hinüber zu Mephistos Käfig. Der kleine Kerl sollte wenigstens ein paar Körner zum Frühstück bekommen. Sie schaute hinein, wollte ihn streicheln, da entfuhr ein Schrei ihrer Kehle. Sie hatte zum Glück noch nie ein totes Tier gesehen, Mephisto jedoch war unverkennbar tot. Ob Theodora das gewusst hatte?

Aylin raufte sich die Haare. »Bok, bok, bok«, schrie sie und verfiel in ihre Muttersprache. *Bok* klang zwar besser als Scheiße, doch es drückte genau das aus, was Aylin fühlte.

Was sollte sie tun? Murat hatte die Tür zu Theodora Kleins Wohnung aufgebrochen. Er hatte dies getan, um rasch zur Hilfe eilen zu können, für den Fall, dass dies notwendig geworden wäre. Doch würde das irgendjemanden interessieren? Nichts in der Wohnung ließ auf einen Überfall oder gar Schlimmeres schließen. Theodora hatte ganz einfach in ihrer gestrigen Aufregung vergessen, beim Verlassen der Wohnung das Licht zu löschen. Nicht mehr und nicht weniger. Vorsichtig ging Aylin durch den Flur zurück ins Treppenhaus. Sie betrachtete die Wohnungstür genau. Nichts ließ erkennen, dass diese Tür vor wenigen Minuten von Murat geöffnet worden war. So sollte es bleiben. Leise zog sie die Tür hinter sich ins Schloss und ging nach oben in ihre Wohnung und schnurstracks in Murats Zimmer.

»Mom?«, erschrak er, als sich seine Mutter vor ihm aufpflanzte.

»Murat, hör gut zu! Du hast die Wohnungstür von Frau Klein niemals geöffnet, hast du verstanden? Wir waren heute nicht in Frau Kleins Wohnung!«

Auf Murats Gesicht machte sich Enttäuschung breit.

»Bist du nisch stolz auf misch?«, fragte er traurig.

»Doch mein Junge«, Aylin stellte sich auf die Zehenspitzen und fuhr ihrem Sohn über die Haare. »Ich bin stolz auf dich …«

Wohnung Engel, Stuttgart, Hannibal

Theodoras Kopf schmerzte. Etwas Klebriges hing an ihrer Augenbraue, tropfte hinab in ihr rechtes Auge, das brannte. Sie blinzelte, konnte nichts sehen. Es war dunkel. Sie wollte die Hand heben, damit über ihr Gesicht streichen, doch es ging nicht. Ihre Hände waren gefesselt. Wo war sie? Was war geschehen? Sie leckte sich über die Lippen. Auch sie waren verklebt, schmeckten metallisch. Blut! Der Geruch nach Lilien hing in der Luft. Totenblumen! Plötzlich war sie wieder da, die Erinnerung. Sie hatte Gabriele eine Tablette gegeben, daraufhin war diese eingeschlafen, so hatte sie zumindest gedacht. Sie hatte lange gewartet, bis sie versuchte, mit ihrem Handy Hilfe anzufordern. Doch Gabriele hatte nicht geschlafen. Mit einem harten Gegenstand hatte sie sie k. o. geschlagen. Wo war ihr Handy? Wo war Gabriele?

»Na, kommen wir wieder zu uns?«, hörte sie Gabrieles Stimme aus der Dunkelheit. Gleich darauf wurde eine Kerze entzündet.

Erst jetzt bemerkte Theodora, dass sie auf dem Fußboden saß, den Rücken an die Wand gelehnt, die Hände im Schoß, mit einem Seil zusammengebunden. Sie befand sich in dem Zimmer, in dem der Altar stand, das Zimmer, in dem all die Zeitungsausschnitte an die Wand geklebt waren, die mit den beiden Morden zu tun hatten. Gabriele hatte auf dem Stuhl ihr gegenüber Platz genommen und blickte verächtlich auf sie herab.

»Gabriele«, Theodora fiel das Sprechen schwer, so sehr klebte ihre Zunge am Gaumen. »Gib mir einen Schluck Wasser.« Gabriele reagierte nicht. Regungslos saß sie auf dem Stuhl und fixierte Theodora wie eine Spinne, die ihr Opfer in ihre tödlichen Fäden verstrickt. Nach einer Weile stand sie auf, ging hinüber zu dem Tisch, auf dem gestern noch die

Buddha-Statue aus Messing gestanden hatte. Wie in Zeitlupe nahm Gabriele den Deckel des braunen Holzkästchens ab, griff hinein und holte frische Kerzen heraus. Danach verschloss sie das Kästchen. Andächtig entzündete sie eine um die andere Kerze, so lange, bis alle brannten. Der Altar mit dem Foto des toten Mädchens schien besonders zu leuchten. Bis auf das Kerzenlicht herrschte völlige Dunkelheit. Theodora, die jedes Gefühl für Zeit und Raum verloren hatte, überlegte. Draußen musste längst der Tag angebrochen sein und sicherlich war es genauso heiß, wie immer. Der Geruch der Blumen raubte ihr fast den Atem. Ihr wurde übel. Sie versuchte sich zu bewegen.

»Eigentlich war sie ja ganz nett … und eigentlich wollte ich das gar nicht.« Gabrieles Blick glitt ins Leere.

»Was wolltest du nicht?« Theodora wusste, nun musste sie behutsam sein. Sie durfte nicht zu viel fragen, sie durfte aber auch nicht zulassen, dass Gabriele an dieser Stelle wieder verstummte.

»Sie hatte sich so gefreut, dass ihr Alter endlich den Löffel abgegeben hat.«

»Von wem sprichst du, Gabriele?«

»Na von der Häberle.«

»Was war mit Frau Häberle? Wie hast du sie kennengelernt?«

»Wie? Ich habe da so eine alte Studienrätin als Kundin. Eine eingebildete Schnepfe, kann ich dir sagen. Die hat mich irgendwann an Frau Häberle weitervermittelt.«

»Als Schneiderin?«

»Quatsch! Ich sagte doch, dass ich das schon lange nicht mehr mache. Vor ein paar Jahren habe ich eine Ausbildung zur Fußpflegerin abgeschlossen. Das war einfacher für mich. Ich habe meine Kunden zu Hause aufgesucht. Bei der Häberle war ich schon viermal. Die hat geredet wie ein Buch.

Von ihrem Gottlieb hat sie erzählt, das muss ja ein richtiger Kotzbrocken gewesen sein. Und von ihrer Schwiegermutter, die war auch nicht besser. Schon komisch, dass eine so alte Frau immer noch unter ihrer Schwiegermutter leidet? Findest du nicht?«

Gabriele verstummte, ihr Blick ging wieder in die Ferne.

»Gabriele, ich habe Durst. Kannst du mich nicht losbinden? Warum hast du mich überhaupt gefesselt?«

Gabriele blickte sie verständnislos an.

»Warum? Weil du es jetzt weißt. Du weißt, dass ich die beiden Frauen getötet habe. Das darf niemand wissen. Das habe ich noch nicht einmal meinem Baby gesagt, aber jetzt hört sie alles!«, sagte sie mit einem Schluchzen, das tief aus ihrem Innersten zu kommen schien.

Gabriele sprang auf, rannte auf die Kerzen zu und blies sie aus, alle, eine nach der anderen. Rauch und Qualm legte sich auf Theodoras Bronchien. Sie begann zu husten. Nun herrschte totale Dunkelheit. Sie konnte Gabrieles Gesicht nicht mehr sehen.

»Sie hat mir jedes Mal ein gutes Trinkgeld gegeben.« Gabrieles Stimme kam aus der Ecke des Zimmers, in der der Stuhl gestanden hatte. »Freitags ist sie regelmäßig in ihren Kirchenkreis gegangen. Sie hatte so viel Freude am Leben, trotz ihres Alters. An dem Tag hat sie mich zum ersten Mal zum Kaffee eingeladen. Ich sollte nach der Behandlung noch bleiben. Früher hat sie gern mit ihrer Putzfrau Kaffee getrunken, hat sie mir erzählt, aber die ist zurückgegangen in ihre Heimat. Zuerst war alles fast so wie sonst auch. Ich konnte es irgendwann nicht mehr hören und wollte schon gehen, da ist sie plötzlich aufgestanden und hat von ihrem Sideboard das Foto geholt. »Das ist meine Emilie, als sie ganz klein war«, hat sie gesagt und mir das Foto unter die Nase gehalten. Ich habe fast keine Luft mehr bekommen.

Diese Emilie sah genau so aus, wie meine Angelina, mein Baby. Erst habe ich gar nicht mehr verstanden, was sie alles gesagt hat. Irgendwann habe ich begriffen, dass es sich um ihre Tochter handelt, die inzwischen längst erwachsen ist. Ich versuchte, mich zu beruhigen, doch dann drehte sie sich um und kam noch einmal mit einem anderen Foto auf mich zu. Ich habe nur noch Rauschen in meinen Ohren gehört. »Und das ist Leslie, meine Enkelin«, hat sie geflötet, die Alte.

»Was ist dann passiert?«, fragte Theodora.

»Dann ...«, Gabrieles Stimme klang erstickt.

»Es ging wie von selbst. Sie hat mir ins Gesicht gelacht und mir das Foto unter die Nase gehalten. Aber das war nicht mehr Frau Häberle, das war die Oberschwester.«

»Welche Oberschwester?«, fragte Theodora.

»Die Oberschwester in der Klinik, die, die mich fortgejagt hat, damals, und das Kind auf dem Foto, das war nicht diese Leslie, das war Angelina, meine Angelina. *Wie kommen Sie zu einem Foto meiner Tochter?,* habe ich sie gefragt, und sie hat wieder gelacht. *Ihre Tochter*?, hat sie geantwortet und mit ihrem Kopf geschüttelt. Das ist Leslie, *meine Enkelin,* hat sie wieder behauptet, doch das war gelogen. Ich bin auf sie zugegangen, wollte ihr das Foto aus der Hand nehmen. Sie hat sich umgedreht, wollte es zurückstellen auf den Schrank. Da habe ich den Buddha gesehen, den aus Messing. Ich habe ihn genommen und zugeschlagen. Sie ist gestürzt.«

Gabrieles Stimme wurde zittrig. »Zuerst habe ich gar nichts begriffen, bis ich das viele Blut gesehen habe«, fuhr sie fort, als ob sie das Sprechen anstrengte. »Sie glotzte mich an wie der tote Fisch, den ich die Woche zuvor beim Fischhändler gekauft hatte. Ich habe eine Weile gewartet, aber sie regte sich nicht mehr. Da habe ich bemerkt, dass sie genauso tot war. So, wie der Fisch. Ich habe meine Sachen genommen und alles sauber gemacht. In meinem Koffer, den ich für die

Fußpflege brauche, habe ich alles dabeigehabt. Desinfektionsmittel, meine ich. Die Buddha-Statue habe ich eingepackt und mitgenommen. Ich habe sie auch bei der anderen Alten dabeigehabt …«

Theodora begann zu schwitzen. Ihr Herz begann noch schneller zu klopfen. Weshalb fiel ihr das erst jetzt ein? Der Satz! Der Satz des Gerichtsmediziners im Obduktionsbericht von Karolina Häberle wäre in Wirklichkeit der Schlüssel zur Lösung gewesen, wenn sie ihn nicht für einen lapidaren Scherz des Gerichtsmediziners gehalten hätte. Der letzte Satz hatte gelautet: *Die Tote hatte erstaunlich gepflegte Füße!* Die ganze Zeit über hatte es dagestanden, direkt vor ihrer Nase und sie hatte dem keine Bedeutung beigemessen.

Der Stuhl wurde gerückt, Schritte kamen auf Theodora zu, gingen an ihr vorüber. Die Tür wurde für einen Moment geöffnet, ein gleißender Lichtstrahl blendete sie, dann fiel die Tür erneut zu und Theodora war wieder in der Dunkelheit gefangen.

Gabriele hatte noch eine Tablette. Nur noch eine Tablette von denen, die sie seit Jahren nahm. Und dann war da noch die andere. Die Kapsel, die sie sich im Darknet besorgt hatte, die Kapsel für das Finale.

Sie ging hinüber in ihre Küche. Erst vor wenigen Stunden hatte Theodora ihre Wohnung bewundert. Nun saß sie gefesselt in der Dunkelheit, drüben in der *Kapelle*. Gab es einen schöneren Platz, um zu sterben?

Gabriele zitterte so sehr, dass ihr die Tablette aus der Hand fiel und unter das Sofa kullerte. Das war ihre letzte Tablette. Sie brauchte sie. Ohne diese würde sie das Ende nicht schaffen. Sie ging auf die Knie und robbte unter das Sofa. Die Tablette lag neben einem Handy, dem Handy von Theodora Klein. Sie legte sich auf den Bauch und fischte beides, Handy und Tablette, unter dem Sofa hervor. An der Tablette klebte

Staub. Sie hatte keine Zeit, darüber nachzudenken. Wacklig stand sie auf, ihr wurde schwindlig. Auf dem Weg zurück zur Küche musste sie sich an der Wand abstützen. Sie öffnete den Schrank und griff hinein. Das Wasserglas entglitt ihren zittrigen Händen, fiel auf die Fliesen und zerbarst in tausend Scherben. Verzweifelt nahm sie die Pille in den Mund und hielt ihren Kopf unter den Wasserhahn. Das Wasser lief in ihren Mund, über ihre heißen Wangen, an ihrem Hals hinab. Sie schluckte. Dann glitt sie hinab auf den Boden und wartete, wartete, bis die Wirkung der Tablette eintrat und sie ruhig machte. Ruhig, für das Finale …

8.56 Uhr, Wohnung Eisele, Stuttgart, Rosenbergplatz

Eisele hatte verschlafen. Benommen richtete er sich auf und schaute zur Uhr. Es war kurz vor neun. Er hatte Chantal versprochen, heute zu Hummel zu gehen, um seine Kündigung rückgängig zu machen. Er hatte keine Lust dazu, doch irgendetwas trieb ihn an. Der Traum der vergangenen Nacht war merkwürdig bedrohlich gewesen. Die im Feuer lodernden Locken von Theodora Klein ließen ihn noch jetzt erschaudern. Langsam richtete er sich auf. Sein Rücken schmerzte. Kein Wunder, dieses Bett war längst nichts mehr für seinen inzwischen angegrauten Rücken. Es war heiß in der Wohnung. Er ging zum Fenster, öffnete es, allerdings nur kurz. Abgase und Hitze brauchte er nicht hereinzulassen. Auf den Kaffee würde er verzichten, eine Dusche musste reichen, eine frische Hose und ein Hemd mit kurzen Ärmeln hatte er bereits aus seinem Schrank genommen und auf seinem Bett ausgebreitet. In der Küche roch der Müll noch aufdringlicher als am Abend zuvor. Verdammt, warum hatte er ihn nicht gestern Abend runtergebracht, nun würde er ihn entsorgen müssen, egal, wie spät er dran war. Als er aus dem Badezimmer ging, fiel sein Blick in den Wäschekorb. Noch immer hatte er die mit Blut besudelte Kleidung seiner Mutter nicht gewaschen. Nach dem Überfall auf sie war er regelrecht aus der Wohnung geflohen. Dabei hätte er jetzt ausreichend Gelegenheit gehabt, Ordnung in die Wohnung zu bringen und damit vielleicht auch in sein Leben. Nachdenklich ging er zurück in die Küche. Obwohl er spät dran war, brühte er sich nun doch einen Kaffee auf. Darauf kam es jetzt auch nicht mehr an, so viel Zeit musste sein. Er nahm die dampfende Tasse und setzte sich an den Küchentisch. Was empfand er für seine Mutter, das fragte er sich in letzter Zeit immer öfter. Als man sie gefunden hatte, war er in größter Sorge um sie gewesen, was genau so lange vorgehalten hatte, bis es ihr wieder besser ging, dann waren die alte Abneigung und Verachtung wieder in ihm aufgekeimt. Er beschloss, darüber jetzt nicht nachzudenken. Sein Blick fiel auf die Visitenkarte. Er drehte sie um und erstarrte. Was er für die Karte eines Staubsaugervertreters, einer Tupperberaterin oder einer Kosmetikpräsentantin gehalten hatte, war etwas ganz anderes. Sein Herz raste, denn auf der Karte war, unter dem Namen, der Anschrift und der Telefonnummer ein Termin vermerkt. Es war der Tag, an dem seine Mutter überfallen worden war. Er musste Hummel anrufen, sofort. Er stellte die Tasse in die Spüle und griff zu seinem Handy. Auf dem Display blinkte es. Es war eine Nachricht von Theodora Klein:

Eisele, kommen!!!!!!! Tote Omas, Hannibal, Asemw…

Mit zittrigen Händen wählte er Hummels Nummer. Es klingelte, Eisele wartete, endlos. Verdammt, weshalb ging Hummel nicht ran?

Wohnung Engel, Stuttgart, Hannibal

Gabriele wusste nicht, wie lange sie auf dem Boden gesessen hatte. Sie war erschöpft gewesen. Wahrscheinlich war sie, nachdem sie die zweite Tablette so kurz hintereinander genommen hatte, eingeschlafen. So wie die Sonne stand, musste es bereits um die Mittagszeit sein. Ihr Körper schmerzte, als sie sich langsam erhob. Wie musste es da erst Theodora ergehen? Mit schleppenden Schritten ging sie hinüber in die Kapelle. Als sie die Tür öffnete, schlug ihr ein furchtbarer Gestank entgegen, eine Mischung aus menschlichen Ausdünstungen, Ruß und Fäulnis. Sie hörte ein leises Röcheln. Theodora! Sie kauerte noch immer mit verbundenen Händen auf dem Boden.

»Gabriele, da bist du ja wieder«, sagte sie mit schwacher Stimme. »Ich habe solchen Durst.« Gabriele zögerte einen Moment, dann ging sie wieder hinaus und schloss erneut die Tür. Theodora wimmerte. So hatte sie sich ihr Ende nicht vorgestellt und daran, dass ihr Ende nahe war, zweifelte sie keinen Augenblick. Doch dann öffnete sich die Tür erneut und Gabriele kehrte zurück. In der einen Hand ein Glas Wasser, in der anderen eine Heckenschere, ging sie auf Theodora zu, kniete sich hinab und stellte das Glas auf den Boden. »Gib mir deine Hände«, forderte sie Theodora auf. Nur mit Mühe gelang es Theodora, ihre Arme anzuheben. Gabriele zog sie zu sich herüber, setzte die Heckenschere an und schnitt das Seil durch. »Danke«, schluchzte Theodora und griff mit zitternder Hand nach dem auf dem Boden stehenden Wasserglas. Wie eine Verdurstende sog sie es in einem Zug in sich auf, dann sank sie ermattet in sich zusammen. Gabriele hatte sich wieder auf den Stuhl gesetzt.

»Ich muss frische Blumen kaufen«, sagte sie beiläufig, »das Wasser stinkt bereits. Oder besser noch, ich kaufe frische

Lilien, was meinst du?«, sie lachte irr. »Die Lilie ist die Königin unter den Blumen, gerade recht für meine Prinzessin.« Wieder lachte sie. »Sie hat so gerne Blumen gepflückt, meine Kleine. Einmal kam sie mit einem Sträußchen Löwenzahn an. *Für dich, Mami*, hat sie gesagt, und mir die Blümchen hingehalten. Dann fing sie an zu weinen, *sie bluten* hat sie gesagt, und auf die Milch gedeutet, die aus den Blumenstängeln tropfte. Ich konnte sie kaum beruhigen. Danach hat sie nie wieder Blumen gepflückt.«

Theodora rieb sich die geschundenen Hände, das Seil hatte tief in ihre Haut geschnitten. Gabriele schien sie vollkommen vergessen zu haben.

»Gabriele, sag mir, was hast du vor? Irgendwann werden sie mich suchen«, versuchte sie Gabriele ins Jetzt zurückzuholen. Sie konnte sich nicht mehr erinnern, ob es ihr gelungen war, eine Nachricht an Eisele zu verfassen. In dem Moment, in dem sie sich nach ihrem Handy gebückt hatte, war es auch schon dunkel um sie geworden. Zudem hatte sie es sich in letzter Zeit viel zu oft herausgenommen, unentschuldigt nicht zur Arbeit zu kommen, oder sich erst viel zu spät zu melden. Niemand würde sie vermissen. Diese Erkenntnis traf sie wie ein Schlag.

»Wir sind noch nicht am Ende«, hörte sie Gabriele flüstern. Theodora schloss die Augen. Sie fror und schwitzte zugleich, sie fieberte, sah sich am Boden liegen, in einem See aus Blut.

»Wir sind noch nicht am Ende«, wiederholte Gabriele.

»Das stimmt wohl«, gab ihr Theodora entsetzt recht. »Der Mord an Karolina Häberle war Tötung im Affekt, aber ich weiß noch immer nicht, weshalb du Brunhilde Hornung getötet hast.«

»Die Hornung?« Gabriele holte tief Luft. »Die Hornung habe ich, wie schon einige andere alte Damen vor ihr, in der Stadt, am Schlossplatz kennengelernt. Weißt du, es ist ganz einfach. Irgendwann bekommst du einen Blick dafür, wer einsam ist, wer niemanden zum Reden hat. Solche Leute sind dankbar, wenn du dich zu ihnen auf die Parkbank setzt und gerne bereit, mit dir ins Gespräch zu kommen.«

»Aha«, sagte Theodora bitter, »so, wie bei mir? Als du vorbeigejoggt kamst, hattest du da auch bereits schon länger vor, meine Bekanntschaft zu machen? Hast du mir meine Einsamkeit auch schon von Weitem angesehen?«

»Nein, ob du es glaubst oder nicht, damals im Park, also ich meine, unsere erste Begegnung, das war wirklich Zufall. Aber dann, nachdem wir uns auf der Esoterikmesse wiederbegegnet sind, da …«

»Warum Brunhilde Hornung? Warum Karolina Häberle? Und warum jetzt ich?«

Wie aus der Ferne erklang Gabrieles Stimme:

»Es war ganz merkwürdig. Ich wollte die Häberle nicht töten, es geschah einfach, doch nachdem ich es getan hatte, da breitete sich so eine unglaubliche Leichtigkeit in mir aus. Es war, als fiele eine Last von mir ab, die ich jahrelang mit mir herumgetragen hatte. Ich habe sie bestraft, endlich konnte ich sie bestrafen. Sie hat mir mein Baby genommen, verstehst du? Sie war schuld an allem.«

»Gabriele, deine Tochter war krank. Darum ist sie gestorben. Und das vor vielen Jahren. Die Häberle hat sie dir nicht genommen, und die Hornung auch nicht. Das waren zwei alte Frauen, die niemandem etwas Böses wollten. Gabriele, du brauchst Hilfe. Lass uns die Polizei rufen, lege ein Geständnis ab, und dann …«

»Halt die Klappe«, fauchte Gabriele. »Du wirst Hilfe brauchen, und zwar schon bald, wenn du noch einmal den Mund aufmachst.« Wütend stampfte sie auf.

»Zwei alte Frauen, die niemand etwas Böses wollten, dass ich nicht lache! Die Hornung war ganz genau so eine.«

»Was war sie für eine?«

»Na so eine wie die Häberle. Sie haben mir ein Foto gezeigt von meiner Tochter. Ich war schon öfter bei der Häberle und auch bei der Hornung. Bei der Hornung immer am selben Tag jeden Monat und immer hat sie mich mit ihrer Klassik genervt. Jedes Mal sollte ich etwas mit ihr anhören, mal war es ein langweiliges Klavierkonzert, mal eine Sinfonie. Es hat mir gegraut in ihre muffige Wohnung zu gehen – schon wenn ich die beiden Rokoko-Sessel da stehen sah, habe ich einen Hustenreiz bekommen. Das Gefühl, ich müsste es wieder tun, hat sich gleich nach der Häberle bei mir eingestellt. Die Hornung hatte auch eine Tochter und eine Enkelin. Dafür musste ich sie bestrafen. Das verstehst du doch sicher Theodora, oder?«

Theodora schwieg. Das Gekritzel auf Frau Hornungs Wandkalender fiel ihr ein. Schlagartig wurde ihr klar, was sie da gesehen hatte. Es waren Flügel gewesen. Engelsflügel, das Zeichen für Gabriele Engel.

»Hast du verstanden«, bohrte Gabriele nach.

Gabriele war eindeutig verrückt. Sie hatte es immer gespürt, nun hatte sie die Bestätigung.

»Bei der Dritten kam es gar nicht erst so weit, die war schon tot, als ich kam …«

»Bei der Dritten? Von wem sprichst du?«

»Na, von der Alten in der Rosenbergstraße. Ich habe sie auch auf dem Schlossplatz kennengelernt. Dass die eitel war, konnte ich daran sehen, wie sie angezogen war. Sie war in Begleitung eines komischen Kerls. Ich glaube nicht, dass das ihr jugendlicher Liebhaber war. Vielleicht ein Pfleger oder ein Betreuer. Er trug altbackene Cordhosen und ein schrecklich kariertes Hemd.«

Theodora hatte sofort ein Bild im Kopf – kein Liebhaber, kein Betreuer, sondern Eisele.

»Ich habe ihr meine Visitenkarte gegeben, und es hat keinen Tag gedauert, da hat sie auch schon angerufen. Aber als ich hinkam, da war sie bereits tot.«

Theodora schwieg. Eiseles Mutter war nicht tot gewesen, doch Gabriele hatte sie für tot gehalten, das hatte Eiseles Mutter das Leben gerettet.

»Gabriele, was ist mit mir? Warum ich?«, fragte sie nach einer Zeit der Stille.

»Warum du? Du bist stark. Du wirst mir helfen, es zu vollenden.«

12.10 Uhr, Polizeidienststelle, Büro Hummel

»Hier ist ja überall Blut!«

Gerda rannte aus Hummels Büro und prallte auf dem Flur mit Sally zusammen.

»Gerda, jetzt beruhigen Sie sich doch, was ist denn los?«

»Blut, da drin ist überall Blut«, stammelte Gerda und zeigte aufgeregt auf Hummels Bürotür.

»Als ob man jemanden abgestochen hätte«, flüsterte sie ängstlich.

Im selben Moment kam Hummel aus der Herrentoilette. »Gott sei Dank, Sie leben«, sagte Gerda außer sich. Doch Hummel schüttelte nur mit dem Kopf, ging schnurstracks an ihr vorbei und knallte seine Bürotür zu.

»Meine Güte, hat der wieder eine scheiß Laune«, sagte Sally, vergrub die Hände in ihren Jeans und schlürfte in ihr Büro zurück.

»Coole Socke«, raunzte ihr Gerda hinterher.

Sie konnte dieses blöde Weib nicht ausstehen und die wusste das auch. Aus diesem Grund wollte sie unbedingt mit

Hummel sprechen. Sie rückte ihre Umhängetasche zurecht, in der sich der verschmierte Wandkalender von Frau Häberle befand. Dann holte sie tief Luft und klopfte an Hummels Bürotür.

»Was gibt's«, bellte er – er klang schon fast so gut wie Max, der Dackel.

»Darf ich kurz reinkommen?« Gerda streckte vorsichtig ihren Kopf ins Zimmer.

»Die Hälfte von Ihnen ist ja schon drinnen, jetzt können Sie auch vollends ganz hereinkommen«, maulte Hummel.

Er drückte sich ein ehemals weißes Taschentuch gegen seinen Adamsapfel, aus dem es noch immer heftig blutete. »Das sollte sich ein Arzt ansehen, das muss vielleicht genäht werden«, sagte Gerda besorgt.

»Quatsch«, fauchte Hummel. »Ich habe mich nur geschnitten. Ich rasiere mich immer nass, und mein Rasierschaum war eingetrocknet.«

Gerda blickte sich um. Es war nicht zu übersehen, dass Hummel im Büro übernachtet hatte. Auf seiner abgewetzten Ledercouch aus Studentenzeiten lag seine gelb-schwarz-grün karierte Kaschmirdecke, die er sich einmal aus Schottland mitgebracht hatte. Auch ein Kissen lag da. Es war zwar ein Sofakissen, dennoch, er hatte hier übernachtet.

»Soll ich Ihnen in der Kantine einen Kaffee besorgen? Ich meine, so können Sie sich ja nirgendwo im Haus blicken lassen«, fragte Gerda und konnte sich ein leichtes Grinsen nicht verkneifen.

»Nein, lassen Sie es gut sein«, sagte Hummel etwas versöhnlicher. »Nun kommen Sie aber endlich zur Sache. Was gibt es denn so früh am Morgen?«

»Es ist so …«, stottertet Gerda, »… es ist so, ich wollte, dass Sie sich das mal ansehen …«

»Was haben Sie denn da?«, fauchte Hummel nun wieder.

»Ich glaube, dass Theodora einer wichtigen Sache auf der Spur ist, jedenfalls hat sie offenbar etwas entdeckt?«

Hummel schüttelte den Kopf, holte Luft, doch Gerda fuhr fort: »Dieser Kalender hat auf Theodoras Schreibtisch gelegen, daneben lag ein Zettel, auf dem verschiedene Tage im Jahr notiert waren. Ich habe mir diese Tage mal angesehen, und was glauben Sie habe ich gefunden?« Da Hummel nicht antwortete, breitete sie den verschmierten Wandkalender vor ihm auf dem Tisch aus. Hummel warf einen kurzen Seitenblick auf das unappetitliche Stück Papier. »Wollen Sie nicht mal genauer hinsehen?«, fragte Gerda.

»Nein, bloß nicht. Schaffen Sie mir dieses eklige Etwas vom Leib. Wenn Sie unbedingt meinen, dann reden Sie mit der Klein. Überhaupt, was mischen Sie sich eigentlich ein? Die Klein soll gefälligst selbst bei mir vorbeikommen. Solange wäre es mir allerdings recht, wenn Sie mich in Ruhe ließen.«

»Das ist ja das Problem«, sagte Gerda. »Frau Klein ist nicht zum Dienst erschienen.«

Hummel holte tief Luft und wollte gerade etwas sagen, da …

»Ich weiß, ich weiß«, fuhr Gerda beherzt fort. »Das ist nicht das erste Mal. Aber heute früh hatte sie einen Termin hier im Haus, wegen diesem Murat, und den hätte sie nicht so ohne Weiteres platzen lassen. Dazu kenn ich sie zu gut. Ich habe verdammt noch mal kein gutes Gefühl.«

Hummels Handy begann zu vibrieren. Er bedeutete Gerda, dass sie nun das Zimmer zu verlassen habe, doch Gerda reagierte nicht. Irgendwann würde Hummel ans Telefon gehen. Solange würde sie hier stehen bleiben.

»Waas?«, brüllte er schließlich, als er das Gespräch entgegennahm. »Was sagen Sie, Eisele? … Wie ist der Name? … und die Adresse? … Gut, ich werde sofort jemanden hinschicken.«

COUNTDOWN

»Was willst du vollenden? Wobei soll ich dir helfen?«

Gabriele richtete sich auf und sah Theodora von der Seite an. Dann stand sie langsam auf. Wie in Trance ging sie auf den Altar zu. Vor dem Foto blieb sie stehen und faltete die Hände. Die Zeit stand still. Gabriele schien Zwiesprache mit ihrer Tochter zu halten, ihre Schultern zuckten unmerklich. Theodora fühlte, wie ihr etwas den Rücken hinab kroch. War es die Angst? War es der kalte Schweiß, in den sie gebadet war? Was hatte Gabriele Engel vor? Theodora schloss die Augen und sah einen Film. Eine Frau hatte sich im Park den Fuß verknackst, sich neben sie gesetzt und ein Gespräch mit ihr begonnen. Beide stellten sie fest, dass sie keine Kinder mochten, dabei hatten sie zum ersten Mal miteinander gelacht. Sie sah sich Gabriele im Biergarten gegenübersitzen. Sie witzelten über Blutwurst und *Saure Kutteln,* und wenn Gabriele lachte, wippte ihr zum Pferdeschwanz gebundenes Haar. Wann hatte sie zum ersten Mal das Gefühl beschlichen, dass mit Gabriele etwas nicht stimmte? Dass sie vorgab, jemand zu sein, der sie nicht war?

Sie sah Gabriele, als sie die Sitzung des Engelmediums völlig aufgelöst verlassen hatte und Theodora keine Erklärung dafür geben wollte, als sie sich hinterher unterhielten.

Für alles das hatte sie jetzt eine Erklärung, doch was meinte Gabriele damit, wenn sie sagte, sie solle ihr helfen?

»Sie haben mich weggeschickt, damals im August«, begann Gabriele zu sprechen, den Blick unverwandt auf das Foto ihrer toten Tochter gerichtet.

»Ich solle endlich einmal eine Nacht zu Hause schlafen, in meinem eigenen Bett, nicht auf einem Stuhl im Krankenzimmer, auf dem ich ausgeharrt hatte, die Tage und Nächte zuvor. Jedes Mal, wenn ich das Zimmer verließ, hörte ich die schwache Stimme meines Kindes, das sagte *Mama, wohin gehst du?*, oder, *Mama, bleib da, geh nicht weg.* Doch an jenem Abend war sie so schwach, dass sie gar nicht mehr bemerkt hat, dass ich gegangen war. Ich fühlte es selbst, dass ich nicht mehr gut gerochen habe – ja – dass ich gestunken habe, ich musste tatsächlich einmal wieder ausgiebig unter die Dusche und mir frische Kleidung besorgen. So profan kann das Leben sein. Doch ich wollte nicht. Die Oberschwester, sie sah aus wie die Häberle, eine alte Schachtel mit grauen, halblangen, ondulierten Haaren, hat mich fast dazu gezwungen. »Heute Nacht wird nichts geschehen«, versprach sie mir, und blickte hinüber zu meinem Baby, die da lag in ihrem Bett, die Augen geschlossen. Ihr Gesicht war durchsichtig, wie aus Wachs gegossen. Sie schlief tief und fest, also bin ich gegangen. Und dann ist sie gestorben. Alleine! Verstehst du, sie war alleine, als sie starb, ich war nicht bei ihr«, schrie Gabriele.

Theodora war langsam aufgestanden und hatte sich neben Gabriele gestellt, die noch immer mit dem Streichholz in der Hand vor dem Alter stand. Vorsichtig legte sie ihren Arm um Gabrieles Schultern, die von einem stummen Schrei geschüttelt wurde. »Es ist noch nicht zu spät, um etwas zu ändern«, sagte sie leise. »Ich bitte dich, hol das Telefon, lass mich anrufen. Sie werden kommen und einen Arzt mitbringen. Ich werde dich unterstützen, wo ich kann, ich lass dich nicht allein!«

Gabriele drehte sich um und sah Theodora lange in die Augen. *Ein Blick aus einer anderen Welt,* durchfuhr es Theodora mit Entsetzen. Diesen Blick kannte sie von Menschen, die ihren unmittelbaren Tod vor Augen hatten. Gabriele war entschlossen. Sie war entschlossen zu sterben.

»Schade, dass wir uns nicht früher begegnet sind«, sagte Gabriele und tiefe Trauer schwang in ihren Worten mit. »Wir hätten tatsächlich Freundinnen werden können. Ich weiß, dass du mich nicht alleine lässt. Du lässt mich nicht alleine sterben, du wirst mir beistehen.«

»Gabriele, du brauchst Hilfe, hörst du!«

»Ja, ich brauche tatsächlich Hilfe. Deine!«, sagte Gabriele und war ganz still dabei. Dann drehte sie sich um, griff in ihre Hosentasche und holte etwas hervor. Die letzte Tablette. Ehe Theodora begriff, steckte sich Gabriele die Kapsel in den Mund. Theodora hörte, wie es leise knackte, als sie darauf biss.

»Ein Rettungswagen!«, schrie Theodora verzweifelt, doch in Gabrieles Mundwinkel bildeten sich bereits erste Schaumbläschen. Es war zu spät. Sie war ihren Weg zu Ende gegangen. Sie nahm Gabriele in ihre Arme und sackte gemeinsam mit ihr zu Boden.

Schlaf Kindlein schlaf, summte Theodora und Tränen liefern über ihr Gesicht, während sie Gabriele streichelte. Sekunden später bebte Gabrieles Körper ein letztes Mal, dann hörte sie auf zu atmen.

Die Zeit blieb stehen.

Theodora summte …

Geräusche aus der Ferne, ein Poltern, ein Krachen und immer wieder ein Rufen: *Frau Klein, Frau Klein, sind Sie hier drin?*

Theodora kam zu sich.

»Gott sei Dank, hier ist sie!«, rief eine altbekannte Stimme – und dann – »Gott sei Dank, sie lebt.«

Ein Mann in beigen Cordhosen und einem bunt gemusterten Hemd beugte sich hinab zu Theodora.

»Eisele, wie schön, dass Sie da sind…«

EINE WOCHE SPÄTER

Langsam ging Theodora über den Friedhof. Die Blätter begannen sich zu verfärben, kein Wunder, der Sommer war viel zu trocken gewesen und nun stand der September vor der Tür.

Vor einem Grabmal aus Marmor blieb sie stehen. Es zeigte einen Engel, der sich auf einem Stein abstützte. Seinen Kopf geneigt, schien er den ewigen Schlaf zu schlafen, gestützt und gehalten von dem großen Stein, der sein Fundamt darstellte. Auf seinem Gesicht lag ein tiefer Frieden. Der Anblick hatte etwas Tröstliches, das ihrer Seele guttat.

Sie schluckte. So wie der Stein den Engel hielt, so hatte sie Gabriele gehalten in den letzten Minuten ihres schweren Daseins. Das Wort Suizid wollte ihr nicht über die Lippen kommen. Gabriele war die Eremitin gewesen, einsam und voller Schmerz, und sie hatte sich selbst erlöst von ihren Qualen. Theodora hoffte, dass sie ihren Frieden finden würde, dort, wo auch immer sie nun sein mochte. Der Pfarrer hatte etwas von Schuld und Vergebung gefaselt und irgendwann hatte sie nicht mehr zugehört. Gabriele Engel war eine Mörderin, keine Frage, aber Gabriele war auch eine Frau gewesen, die an ihrem schweren Schicksal zerbrochen und am Ende ihr eigener Engel des Todes geworden war.

In der Ferne sah Theodora ein Paar auf sich zukommen, das sich an den Händen hielt. Theodora verlangsamte ihre Schritte, um die beiden zu beobachten. Sie blieben stehen, umarmten sich kurz, dann kehrte die Frau um und ging zu einer der Bänke, die den Friedhof säumten, um sich darauf niederzulassen. Der Mann setzte seinen Weg fort. An seinem Gang hatte sie ihn schon von Weitem erkannt. Seine hohe Stirn leuchtete in der Sonne. Er trug eine grüne ausgebeulte Cordhose und ein rot-gelb kariertes Hemd mit kurzen Armen. Irgendetwas hatte er sich unter den Arm geklemmt. Was aus der Ferne aussah wie ein überdimensionales Gesangbuch, entpuppte sich beim näheren Hinsehen als eine kleine braune Kiste. Er winkte verhalten und verlangsamte seine Schritte. Als er ihr schließlich gegenüberstand, blinzelte er heftig.

»Hallo Eisele«, sagte Theodora leise und reichte ihm die Hand.

»Hallo«, er erwiderte ihren Händedruck. »Chantal lässt Sie herzlich grüßen, sie wartet dort auf mich …«, er zeigte zu der Bank in der Ferne. Theodora sah zu ihr hin, hob den Arm und winkte. Chantal winkte zurück.

»Könnten wir uns vielleicht dort drüben hinsetzen?«, fragte Eisele und wies auf eine Bank, die unter einer Linde stand.

»Ich schaue sonst direkt in die Sonne und die blendet mich.« Eisele lächelte sie verlegen an.

»Gerne«, antwortete Theodora. Die Erlebnisse der vergangenen Tage und Stunden hatten sie verändert.

»Ich wusste, dass ich Sie hier finden werde.« Eisele zog ein Taschentuch aus seiner Cordhose und wischte sich den Schweiß von seiner lichten Stirn. »Meine Güte, wie ich den Winter herbeisehne.«

»Sie wussten, dass Sie mich hier finden?«, fragte Theodora verwundert.

»Na ja, wissen ist vielleicht übertrieben. Sagen wir, ich habe es geahnt, schließlich kenne ich Sie ja nun auch schon ein paar Tage.«

Theodora schwieg.

»Wollen Sie denn gar nicht wissen, wie es gekommen ist, dass wir Sie so schnell gefunden haben?«

»Schnell?« Theodora schnaubte. »Also unter schnell verstehe ich wirklich etwas anderes«, fuhr sie bereits etwas versöhnlicher fort. »Immerhin war ich fast …, wie viele Stunden war ich in Gabriele Engels Gewalt?«

»Zu viele auf jeden Fall«, antwortete Eisele. »Aber wenn Sie auch solche Alleingänge machen und niemanden informieren, brauchen Sie sich nicht zu wundern. Wie konnten Sie überhaupt zu dieser Frau in die Wohnung gehen?«

»Ach, Eisele, das verstehen Sie nicht. Ich hatte ja nur einen Verdacht. Und der war so vage, dass ich beinahe selbst nicht daran geglaubt habe. Aber wie sind Sie denn auf Gabriele Engel gekommen?«

»Tja, das haben Sie nicht zuletzt der Sammelleidenschaft meiner Mutter zu verdanken.«

»Ihrer Mutter? Wie das?«

»Meine Mutter kann nichts wegwerfen, und das war in diesem Fall nahezu lebensrettend.« Er schmunzelte, stand auf und kramte in der tiefen Tasche seiner verbeulten Cordhose. Schließlich zog er ein weißes Stück Papier hervor.

»Schauen Sie, was ich bei meiner Mutter unter dem Tisch gefunden habe. Was sagen Sie jetzt? Ich habe extra eine Kopie davon anfertigen lassen, ich wollte, dass Sie das sehen. Das Original ist natürlich bei den Akten.«

Theodora betrachtete das Papier.

Gabriele Engel, Fußpflegerin, Stuttgart, Asemwald stand auf der Karte und daneben eine Telefonnummer.

»Zuerst habe ich die Karte entdeckt, dann Ihre Nachricht, und dann musste ich nur noch eins und eins zusammenzählen.«

Theodora wurde es mulmig. »Eisele, bitte erzählen Sie mir alles, ich habe einen absoluten Filmriss.«

»Na ja, nachdem ich Hummel angerufen hatte, hat der sofort die Truppe – und mich natürlich auch – losgeschickt. Als wir kamen, haben Sie in diesem Raum auf dem Boden gesessen und die tote Gabriele Engel im Arm gehalten. Sie waren nicht ansprechbar und völlig dehydriert. Der Arzt hat Ihnen eine Beruhigungsspritze gegeben und Sie mitgenommen. Den Rest wissen Sie?«

»Ja, wenn auch schemenhaft. Am nächsten Morgen hat mich Frau Kächele besucht, die Mutter von Murat. Sie hat mir gesagt, dass Mephisto gestorben ist, daran konnte ich mich wieder erinnern. Sie und Murat haben ihn im Garten begraben. Heimlich natürlich.«

»Dann ist der Fall *Tote Omas* also gelöst. Und wie geht es jetzt weiter?«, fragte Eisele.

»Ich weiß es noch nicht. Als Erstes werde ich mich jetzt mal um Aylin kümmern, auch Murat muss geholfen werden. Ich kann mir vorstellen, dass das in Ihren Ohren seltsam klingt, aber er ist kein schlechter Junge. Ich habe Aylin versprochen, ihr und auch Murat zu helfen, soweit ich das kann. Das hätte ich schon viel früher tun müssen, wer weiß, vielleicht wäre es dann gar nicht erst so weit gekommen.«

»Und wie soll die Hilfe aussehen?«

»Zuhören, Eisele, manchmal hilft es schon, wenn man zuhört. Damit würde ich Aylin schon helfen. Und bei Murat werden wir sehen. Vielleicht bekommt er ja ein mildes Urteil, vielleicht ein paar Sozialstunden im Altersheim, keine Ahnung.«

»Ja, zuhören, hinsehen und miteinander reden …«, Eisele wurde nachdenklich.

»… Sie meinen, das hätte uns beiden auch nicht geschadet?«

»Ja …«

»Wir haben daraus gelernt, Eisele.«

»Wir beide!«

Aber dann ist da noch das ungelöste Problem mit meinem Vater …«

»Stimmt«, sagte Eisele. »Und dann ist da noch das ungelöste Problem mit meiner Mutter.«

Nun konnte sich sogar Theodora ein Lachen nicht verkneifen.

»Aber wir sind am Leben, Eisele, wir sind am Leben!«

»Ach, Apropos …«, Eisele holte die Pappschachtel hervor, die die ganze Zeit unbeachtet neben ihm auf der Bank gelegen hatte. »Machen Sie die Augen zu, und greifen Sie bitte mal da hinein.«

Theodora schloss die Augen und senkte ihre Hand in die Tiefe. Erschrocken zuckte sie zusammen und zog die Hand zurück.

»Was ist das denn Hartes?«, rief sie aus und starrte Eisele an.

»Dann wollen wir mal«, sagte er, griff in die Schachtel und zog eine Schildkröte hervor.

»Das ist Ramses, Ihr neues Haustier. Ihn können Sie auch gerne mit ins Büro bringen.« Eiseles Grinsen breitete sich über sein gesamtes Gesicht aus. »Schildkröten haben schließlich keine Haare.«

»Das wollen wir erst mal sehen, Eisele, ob Hummel uns wieder zusammenarbeiten lässt.«

»Ja, Theodora, wir werden sehen.«

MEIN DANKESCHÖN GEHT AN …

… meinen Mann, Werner Amrhein, für sein unermüdliches Zuhören und Kommentieren während der gesamten Zeit der Entstehung dieses Romans

… meine »Mörderische Schwester«, Autorin Lisa Straubinger sowie an meine Autorenkollegen Volker Döring und Thomas Zunker vom Autorenkreis Atmosphäre, Nürtingen, die mit viel Interesse die erste Fassung des Manuskriptes gelesen und kommentiert haben

… meine »Mörderische Schwester«, die Autorin und Lektorin Mareike Fröhlich, die mich durch ihre wichtigen Tipps und Hinweise soweit gebracht hat, dass ich den Mut fand, das Manuskript an den Verlag Oertel & Spörer zu senden

… meinen Lektor Bernd Weiler, durch dessen interessante Anregungen das Manuskript den letzten Schliff erhalten hat

… den Verlag Oertel+Spörer für die Veröffentlichung dieses Romans

… an Sie liebe Leserin, lieber Leser, die Sie den Roman nun in Händen halten

Autorin

Ruth Edelmann-Amrhein arbeitet als Projektverwalterin in einem Forschungsinstitut der Universität Stuttgart. Nachdem sie schon immer viel gelesen hatte, entdeckte sie ihre Liebe zum Schreiben erst in ihrer zweiten Lebenshälfte. Es erfüllt sie, mit ihren Geschichten Menschen zu berühren, dies ganz besonders bei Lesungen, im direkten Kontakt mit den Lesern und Zuhörern.

Seit 2011 ist sie Mitglied des Nürtinger Autorenkreises *Atmosphäre*, im Jahr 2017 schloss sie sich den *Mörderischen Schwestern e.V.* an.

Zusammen mit ihrem Mann lebt sie in Württembergs Mitte, im schönen Aichtal.

Dieser Kriminalroman spielt an realen Schauplätzen.
Alle Personen und Handlungen sind frei erfunden.
Sollten sich dennoch Ähnlichkeiten mit lebenden oder verstorbenen Personen ergeben, so sind diese rein zufällig und nicht beabsichtigt.

Postfach 16 42 · 72706 Reutlingen

Titelbild: © Ruth Edelmann-Amrhein
Gestaltung: PMP Agentur für Kommunikation, Reutlingen
Lektorat: Bernd Weiler
Korrektorat: Sabine Tochtermann
Satz: Uhl + Massopust, Aalen
Druck und Bindung: CPI books GmbH, Leck
Printed in Germany
ISBN 978-3-96555-081-0